MELISSA

影の英雄の治癒係

浅岸 久

Illustrator
亜子

この作品はフィクションです。
実際の人物・団体・事件などに一切関係ありません。

影の英雄の治癒係

MELISSA

プロローグ

——ガン!!

勢いよく、自らの頭をテーブルに打ちつけた男を見下ろし、ナンナは頬《ほお》を引きつらせた。

(ひ、……ひええええ……割れてるー……っ)

もののみごと、まっぷたつに。

絢爛《けんらん》豪華な部屋のなか、市井《しせい》の——いち商家の下っ端召使いでしかないナンナにとっては、今、腰かけているソファーですら、汚すのが怖くて腰かけていることすら恐れ多いのに、だ。

目の前の男が、ものすごい勢いで頭を下げたまではいい。が、勢いあまって、目の前のテーブルを頭突きでまっぷたつにしてしまったのだ。

上品な白いテーブルが、見るも無惨な状態になっている。

金銭的な意味でも、物理的な頭の硬さ的な意味でも、理解の範疇《はんちゅう》を超えている。

さらに、その人物が〈光の英雄〉カインリッツ・カインウェイルであるという事実がナンナを困惑させた。

この国で彼のことを知らない人間はいない。

街を歩けば老若男女《ろうにゃくなんにょ》の黄色い声が飛び交う、民衆の人気圧倒的ナンバーワンの英雄さまだ。

ツヤツヤの華やかな金髪に赤い瞳《ひとみ》。

十人が十人、美丈夫と言い切るであろう凜々《りり》しくも麗しい英雄さまが、しがない商家の召使いごときに、なぜこんな行為をしているのか。

それには――、

「どうかっ！　君の処女を！　オレのッ!!　……いや、〈影の英雄〉ルヴェイに捧《ささ》げてやってはくれないか!!」

――深い理由があったのだ。

……あるのだろう。

…………たぶん。

第一章　処女を捧げてやってくれと言われても

すべてのはじまりは、数日前のとある出会いにあったらしい。

その日はナンナにとって、一ヶ月ぶりの休みであった。

時間ができたときの行き先は、もっぱらここ、ミルザの薬屋だ。

乾燥させた独特の薬草の匂《にお》いが漂う小さな店のなかで、ナンナは肩にかかるくらいの長さの甘い赤茶色の髪をくるくるいじっては、鼻歌まじりに本を開く。翠《みどり》色の瞳《ひとみ》は好奇心できらきら輝き、本の概要を確認しては、さらに隣の本をぱらりと開く。

ここには医学薬学魔法学はもちろん、ナンナの趣味をふまえたうえで、物語の本もたくさん置いてある。店主のさりげない配慮が嬉《うれ》しくて、彼女は壁一面にギッシリ並んだ本のなかから、今回のお持ち帰りの一冊はどれにしようかと、選別していたのだった。

けれども、ふと、窓の外を見てぎょっとする。

好きなことをしていると、時間が経《た》つのはあまりに早い。夕刻前には帰るつもりだったのに、どうやらすっかり夜になってしまっているようだった。

「もうこんな時間!?　ミルザ先生、声かけてくださいよ！」

「えー……？　アンタ声かけてもどーせ気がつかないじゃーん」

なんて、店のカウンターの方から間延びした女性の声が聞こえてくる。

そこには若草色の髪をゆったりと三つ編みにし、長いローブを引きずっている女性がいた。彼女はのっそりと身体《からだ》を起こすなり、ずれた眼鏡《めがね》を直す。

彼女の名前はミルザ。この店の店主ではあるのだが、商売をする気はまず感じられないぐうたらを絵に描《か》いたような人間だ。

ナンナはカウンター奥でぼんやりしたままのミルザに挨拶《あいさつ》だけ済ませる。

「すみませんっ、これ、お借りしますっ！　帰りますねっ！」

そして手にしていた一冊をミルザに見せると、持参した袋にしまい込んだ。

「アンタほんといつも慌ただしいねえ」

「ごめんなさーい！」

ナンナは慌てて入口のドアのほうへと向かう。ちゃんとドアを閉める余裕もないまま、外に飛び出したそのときだ。

――ドン！

周囲の状況に注意できてなかったせいか、出た瞬間、誰《だれ》かと肩がぶつかった。

「わわっ、ごめんなさいっ！」

ナンナはよろめきながら声を上げる。

もうお店は閉めてる時間のはずなのにお客さん？　とも思ったけれども、深く考える余裕もない。

ぶつかった誰かはフードをかぶっていて、どんな人かもわからない。

ただ、今は早く帰ることで頭がいっぱいで、振り返ることすらなかった。もちろん、このときの出会いがナンナの人生を変えるものになるなど、知るよしもなく――。

ディアルノ王国は大陸の西に位置する、歴史ある大国であった。大陸を横断する大河と、肥沃《ひよく》な大地に恵まれた豊かな国だ。

この王都リグラには各地から人々が訪れ、この日も活気に満ちていた。宵《よい》の口にもなると、煌々《こうこう》とした明かりが周囲を照らす。

人々が酒場に集まりはじめ、テラス席を陣取っては、仕事終わりの乾杯をとグラスを打ち鳴らす。ふんわりと香ばしい匂いが漂ってきて、ナンナもくうとお腹《なか》が鳴るのを感じつつ、帰路を急いだ。

「おー！　ナンナ、えらく急いでいるじゃないかっ」

「アンタはいつも忙《せわ》しないねえ！」

「ゆっくりできるならうちでメシでも、って言ってやるんだがな！」

人当たりのよいナンナは、年齢性別問わず知り合いが多い。

特にこの飲食店も多い南区第二商店街には、よく通っていることもあって、彼女のことを気にかけてくれている人も多いのだ。

もちろん王都だけあって、ここリグラは人口が多く、住んでいる人間の入れ替わりだって激しい。それでも、ナンナは人の顔を覚えるのが好きだし、得意だった。

商家の召使いで、さらに下っ端の下っ端だからこそ、商店街までお使いに出ることもそれなりにある。そうこうしているうちに、持ち前の人なつっこさで、すっかり皆と顔見知りになってしまったわけだ。

「気をつけて帰れよ！」

皆、上機嫌な様子で、声をかけてくれる。ナンナも人好きのする笑顔を浮かべ、手を振り返した。

「うん。ありがと！　今日は帰るね！　またね！」

今日はというより、今日もと言ったほうが正しいが。

実際、ナンナが彼らとお店でゆっくりできたことなど一度だってない。

ナンナの行動には色々制限があり、当然門限だってある。時間的な意味でも、そして金銭的な意味でも、ナンナに余裕なんてないからだ。


商店街を抜けると、周囲の建物がだんだん小綺麗《こぎれい》になっていく。

ナンナのなりだと表通りでは目立つので、裏の細い道へと入って、帰るべき場所へと急ぐ。

大きなお屋敷の敷地内――その隅っこにある使用人用の離れのさらに裏。ナンナが使用するのはいつも、この裏口だった。そこに入ってさらに急な階段を上がった二階の北側奥に、ナンナの部屋はあるのだ。

けれども、すぐに自分の部屋へは行かせてもらえないらしい。そのドアを開けたところで、ナンナの帰りを今か今かと待ち続けていたメイド長と目が合ったからだ。

……メイド長ともあろうお方が、こんなところで待ち伏せですか。とは思ったけれど、もちろん口には出さない。

彼女は何かを言いたそうに、じーっとこちらを見つめている。背筋をピンと伸ばしたその上品な振る舞いたるや。

「あ……えー……っと。あはは……」

ただいま戻りましたと、引きつった笑顔で報告する。

メイド長は悪い人ではないのだけれど、厳しいときはとことんだ。

彼女の視線は、真っ直《す》ぐにナンナが大切に抱えている荷物へと注がれる。それを見ただけで、聡《さと》い彼女は、ナンナがこんな時間までどこで何をしていたのかを正確に把握したのだろう。

「ナンナ……あなたはまた……」

「ええと、そのっ。きょ、今日は時間が、ありましたでしょう？　で、ですから」

「あなたがいないおかげで、多くの使用人がしなくていい苦労をしたわけですが？」

「へっ⁉　ご、ごめんなさいっ」

ナンナの帰還を待っていたのは、彼女ひとりではないらしい。

自分よりも位が高い他《ほか》のメイドたちが押し寄せてくる。そのひとりはナンナの抱えていた本を預かり、残りの者たちがナンナの背中を押す。

彼女らの表情を見ただけで、おおよそ何が起こっているのかは理解した。

「あなたがいなくて、イサベラさまのご機嫌が悪いのよ……っ」

「お願い。早く顔を出してっ」

案の定、この屋敷のお嬢さまであるイサベラの名前が出てきて、ナンナはマズいと顔色を変える。

彼女の呼び出しはいつも突然だ。よりにもよって、自分がいないときに呼び出さなくてもいいじゃないか。あまりにタイミングが悪すぎる。

今日は久しぶりの休日だった。

だからきっちり外出の許可まで取っていたのに、ナンナなど所詮《しょせん》、召使い。下っ端も下っ端だ。主人のお呼び立てには、いついかなるときも馳《は》せ参じて当然なわけで――。

「イサベラさま！　ナンナが！　ナンナが戻りました！」

メイドたちに背中を押され、連れていかれたのはこの家の令嬢、イサベラの元だった。本館にある彼女の部屋の前まで辿《たど》り着き、ナンナはごくりと唾《つば》を飲み込む。

緊張で、ぴんと背筋を伸ばしたところで、他のメイドがドアをノックする。その後ろで、ナンナは主人の声がかかるのを待ち続けた。

「入りなさい」

ドア越しに聞こえる主人の声は冷ややかで、ナンナはすでに逃げ出したい気持ちになる。

メイドのひとりがドアを開けた。その間ナンナは、失礼にならないよう頭を下げたまま、主人の呼びかけを待ち続けた。

「ずいぶんとゆっくりとしたお出ましね」

語りかけてくる娘の名は、イサベラ・ワイアール。

ここ十年ほどでどんどんと大きくなっている成り上がりの商家、ワイアール家のひとり娘だ。

彼女の金髪は寒々しい浅い色で、睨《にら》みつけられるとその冷たさが際立つ。顔の作りも非常に整っているけれども、なまじ、美しいだけに迫力がある。

ナンナは長く働いているとはいっても、召使いのなかでは下の下。本来ならば本館のこのような場所には立ち入ることすら許されない下っ端だ。たとえ清掃であっても、高価なものがある場所は担当させてもらえない。

それでもなぜか、自分よりもふたつ年下のこのお嬢さまは、なにかとナンナを呼びつける。

お気に入りということはまずない。どちらかと言うとその逆。ナンナを目の敵《かたき》にして、気難しい態度ばかり取ってくるのだ。

「どうして呼び出したときにすぐに来ないのかしら?」

……それは、お休みだったからです。なんて言えるはずもない。

「申し訳ありません」

下っ端召使いごときでは、ただひたすら頭を下げることしかできない。

ナンナは身分関係なく、思ったことはハッキリ口に出す性格ではある。だが、このお嬢さまの前ではそんな自分を抑え込んでいる。素直に口を開くことによって、余計に彼女の不興を買ってばかりいたからだ。

素直に謝って頭を下げてしまうのが手っ取り早い。いちいちへこたれるような性格でもないため、ナンナはただ謝ることをよしとしていた。

だから今も、一切の口答えはせず、頭を下げる。

「外を走り回る元気はあるようね?」

しかも、どこで何をしていたのかまでバッチリばれている。

お休みの日くらい自由にさせてくださいよとも思うのに、彼女は、ナンナにだけは厳しいのだ。

「アナタ、誰のおかげで生きていけているのかわかってるの?」

うっ……と、ナンナは言葉に詰まる。

だって、それを言われてしまうと、もうなにも言い返せない。

ずっと昔――そう、もう九年にもなるだろうか。今はなき東の隣国、旧フェイレンと呼ばれる国が攻め込んできたとき、ナンナはすべてをなくした。故郷も、家族も、そして戸籍も。

ナンナ――正しくは、ナンナ・メルクという人間は、九年前に死んでいるらしい。書類上ではもうどこにも存在していない人間になってしまっていた。

そんな彼女を引き取り、仕事と住処《すみか》、そして食事を与えてくれたのが、このワイアール家だった。

……と言うと、すごく印象良く感じるけれども、つまり、ていのいい安上がりな召使いにされたわけだ。とはいえ、この家のおかげで生きていけているというのは事実なわけで。

「申し訳ありません」

だからナンナは頭を下げる。

もちろん、こうも理不尽な扱いが続くと、心の奥底で燻《くすぶ》るものはある。それでも、この家に引き取られた九年前から、自分は戸籍を持たない難民と同じような存在になってしまった。だからこの家に頼らなければまともに生きていけないこともよくわかっている。

「ふんっ。走り回る元気があるのなら、食事なんていらないでしょう？」

――結果、罰として今夜の食事抜きと、倉庫の掃除を言いつけられたのだった。


腹ぺこのまま、なんとか夜を過ごし、翌朝は太陽が昇る前から倉庫の掃除をする。そのあと、ようやく通常業務に戻ってからも、ナンナにまともに休む時間なんてない。

長い冬が終わり、ようやく夜の寒さも和《やわ》らいだ季節。幾分か過ごしやすくはなったとはいえ、水仕事は、まだまだ堪《こた》える。

そんななか、ナンナは毎日夜中まで、家中の食器や鍋《なべ》をかじかむ手で洗い続け、朝も日が昇る前から仕事に追われる日々を過ごしていた。

日中も洗濯や、あちこちにお使いで走り回り、毎日忙しい。

そんな彼女にとっての唯一の慰めは、月明かりのある夜にだけ、ひっそりと楽しむ読書だった。

蝋燭《ろうそく》でさえ、もったいなくてまともに使えない。だから、狭い自室の小さな窓から差し込むかすかな光を頼りに、彼女はそっとページを捲《めく》るのだ。

彼女が持ちあわせている本は二冊。

一冊は、休みのたびに薬屋のミルザから借りてくる、新しい本。

そしてもう一冊は、少ない給金をせっせと貯《た》め込み、必死で手に入れたナンナの宝物『月影の英雄』だった。

何度読み返しても、その本は、ナンナを夢の世界へといざなってくれる。特に、冒険や戦いで主人公が活躍する騎士物語がいっとう好きで、なかでも『月影の英雄』は特別だった。

『月影の英雄』といえば、七年ほど前に王都で大流行した大衆小説である。

当時、流行に敏感だった年上の同僚が貸してくれたことをきっかけに、すっかりと虜《とりこ》になってしまったのだった。

その物語は、影ながら国を守護するひとりの英雄ヴィエルの生き様を描いていた。

異民族の侵略に対し、仲間たちからも隠れる形で、ただひとり戦う影の英雄。仲間を信じ切れなかった彼が、最後は皆と交流を深め、最後には孤独から解放されるのが感動的で、ナンナはすっかりその物語の虜になった。

さらに、この物語の舞台になったのがナンナの故郷ルドで、九年前の旧フェイレンによる侵攻をモデルにしていたことを知り、深くこの物語に共感したのだった。

……ただ、その本を貸してくれた同僚は、結婚により仕事を辞めてしまったけれども。

主人公のヴィエルという存在に憧《あこが》れ、どうしてもこの話を忘れることができなかった。だからその同僚が退職したのち、こつこつと給金を貯めて同じ本を手に入れたのだ。

いくら住み込みとはいえ、屋敷から支給されるものは少ない。毎日の食費は当然給料から天引きだし、生活必需品だって揃《そろ》えなければいけない。となると、自由にできる給金などほとんど残らない下っ端召使いのナンナにとって、本を一冊買うことがどれほど大変だったか。

毎月少しずつ貯めてきた銅貨を握りしめ、ぴかぴかの本を手に入れてからというもの、ずっと大切にし続けてきた。

ページが擦り切れるほどに読み返し、内容も全部頭に入っているけれど、この本はナンナにとっての救いだった。

ただでさえ短い睡眠時間を削ってしまうことになるけれど、これだけは譲れない。本の世界に浸ることで、ナンナはたっぷりと心に潤いを与えてもらっている。

……ナンナだって、このまま一生ワイアール家で飼い殺されることはわかっている。

それでも、こうして心安らげる時間があるだけで、なんとか頑張れそうな気がしてくる。

ヴィエルという英雄に憧れ、妄想を膨らませることで、灰色の世界は彩りを帯び、日中働きながらも、ふわふわと空想の世界に夢想する。

自分は大丈夫。この小さな世界で生きていける。どんな場所でも楽しみを見つけて頑張れる。そう、思い続けてきたけれど。

――そんな日もとうとう、終わりを告げた。

ある日、家のなかがにわかに騒がしくなった。

「大変大変！」

使用人用の離れへと、ひとりのメイドが駆け込んでくる。そのメイドの話を聞くなり、皆一斉に顔色を変えた。

どうやら高貴な来客が、このワイアール家にやってくることになったらしい。

とはいえ、ナンナだけは実にマイペースなものだった。来客かあ、と思いながらも、いつも通り過ごすだけだ。

だって、客人の対応など自分にはほぼ無関係。ただひたすら雑用を片付けるっていうお仕事は変わらないのだから。

幼いころから、お話の世界に浸ることが得意だったナンナは、さくさくと皿洗いをしながら妄想を繰り広げるのもお手のものだ。

手はあかぎれだらけで、冷たい水がいちいちしみる。けれども、そんな痛みにももう慣れた。

というわけで、ナンナはこの日も変わらず、るんるんと妄想を膨らませつつ、いつも通りキッチン回りの下仕事をしていたのだった。

しかし、このときばかりはのんびりとさせてもらえないらしい。

「それで、お嬢さまがここに向かってきてるのよ！」

「えっ⁉」

メイドの言葉に耳を疑う。だって、ここは使用人のための離れだ。ワイアール家本家の人間にとって、このような下賤《げせん》な場所に足を踏み入れることは逆にあってはならないことのはず。

むしろ、あのプライドの高いイサベラがいったいどうして？　と、誰もが疑問に思った。

ナンナ自身も嫌な予感しかしない。

腕まくりを戻して、襤褸《ぼろ》ではあるけれども精一杯身なりを整える。背筋を伸ばし、頭を軽く下げた状態で、遠くから鳴り響くヒールの音を静かに聞いていた。

「――ナンナ！」

強く呼びかけられて、ナンナは頬《ほお》を引きつらせる。

使用人用のキッチンの入口前に辿り着いたらしいイサベラは、キッと両目を吊《つ》り上げて、ナンナを睨みつけている。

（え!?　わたしに用事なの!?）

理由はさっぱりわからないけれど、またナンナは、彼女のカンに障るようなことをしでかしてしまったらしい。

「アナタいったい、何をしでかしたのよ!?」

「え……？」

ナンナは困惑する。

この家に勤めて九年。ありとあらゆることでイサベラの怒りを買ってきた自覚はある。それでも、使用人用の離れにまで来させてしまうほどの何かをしでかしただろうか。

ここ最近で叱《しか》られたのは、あの理不尽な食事抜きの日だけだった。あまりに心当たりがなさすぎて、ナンナは狼狽《うろた》える。

「あの……なんのことだか……」

「とぼけないでよ!?　この前、外に出ていたときでしょう？　アナタ、カインリッツさまと何かあったのでしょう!?」

「カイン……リッツ……？」

思いもよらない言葉に目が点になる。

（え？　カインリッツさまって、あの……？）

カインリッツといえば、ナンナの知っているかぎり、この国の〈光の英雄〉カインリッツ・カインウェイルしかいない。

（――いやいや。ないない）

だからこそナンナは、ますます困惑した。だって、会ったことすらないのだ。何をしたのかと問われても、面識すらないのにわかりっこない。

かの英雄に関する記憶といえば、はるか昔、戦勝パレードの際に遠目で見かけたくらいだ。あんな有名人と関わりあいがあるはずないのに。

「呼び捨てにするだなんて、不敬よ」

ツカツカと歩み寄ってくるイサベラは両目を吊り上げ、ナンナの細い手首をぎゅううと掴《つか》んだ。

「った！　お許しください、お嬢さま！」

お嬢さまのひ弱な力でも、力を入れられればそれなりに痛む。そのままぐいぐいと引っ張られてしまえば、ナンナは付き従うしかない。

イサベラは、ナンナの部屋に案内するよう、近くのメイドに指示を出す。そしてキッチンを出て、ナンナを引っぱったまま急な階段を上がっていく。そしてナンナの部屋へ辿り着くなり、彼女を強引に狭い部屋の中へと押し込んだ。

「さあ、話しなさい。カインリッツさまと、どこで、何を話したの？」

「ええ……？　わたし、そのような記憶は全く」

「嘘《うそ》おっしゃい！」

ばん！　と、突き放されて、ナンナはよろける。

そのまま板張りのベッドの上に倒れ込む形になり、呻《うめ》いた。

「あの英雄さまが、どうしてアナタなんかに用事があるのよ！」

用事？　ますますわけがわからなくてナンナは顔を上げた。

イサベラは苛立《いらだ》ちを隠すつもりはなく、ナンナを見下ろす。そして、ちょうど目に入ったらしい『月影の英雄』を手に取ったのだった。

「あっ……！」

そういえば、昨夜月明かりを頼りに楽しんでいたものがそのままになっていた。無造作に枕《まくら》元に置いてあった本を奪われ、ナンナは身体を起こす。

「それは――だめ！　待ってください！」

考える前に手を伸ばしていた。

だって、それはナンナが日ごろからこつこつと貯め込んだ給金でようやく手に入れた一冊なのだ。

何度も何度も読み返しているため、ボロボロに擦り切れている。本の背は糸で縫い直す形で補修しているけれども、紙自体が傷《いた》んでいて、乱暴に扱うとバラバラになってしまいそうだ。

けれども無情にも、イサベラはその本でもって、ナンナの手をはたき落としたのだった。

「きゃっ！」

怯《ひる》んだところを、もう一度。

今度は頭を強く叩《たた》かれた瞬間、とうとう、大切な本のページの端がやられた。

「やめてっ」

けれどもイサベラは聞いてなどくれない。怒りにまかせてその本を後ろに放《ほう》り投げる。

壁に当たった瞬間、いよいよ糸が切れ、ばらばらになったページが宙へと散った。

(わたしの……たいせつな……)

日焼けした紙が、無残にも床に落ちていく。

ナンナは呆然《ぼうぜん》としたまま、それをただ見ていることしかできなかった。

「なんにせよ、アナタのような出来損ないをカインリッツさまの前に出すわけにはいかないわ」

「……」

「ナンナなんていう召使いはこの屋敷にはいない。——いいわね？　当分の間、この部屋から一歩も出ないでちょうだい。——せいぜい、その大切な襤褸？　を拾い集めでもしてたらいいわ」

襤褸。

それは、この、大切な本のことを指す言葉なのだろうか。

動けないでいるナンナをよそに、バタンと、勢いよくドアが閉められる。

抗《あらが》うことなどできるはずもない。ただただ呆然としていると、外から、ガンガンガン！　と、木槌《きづち》を叩くような音が聞こえてきた。

イサベラが入口のドアをふさぐよう使用人たちに命令しているのが、ドア越しに聞こえてくる。鍵《かぎ》がないこの部屋を閉ざすために、木の板を打ちつけているのだろう。

そんなの、無茶苦茶だ。

いくら存在を隠すためといっても、ここまでやるものなのだろうか。

ナンナはよろよろと立ち上がる。そうして一歩二歩と歩いてから、ぺたりと床にへたり込んだ。

そこに散らばっているのは、大切な物語の欠片《かけら》たちだった。

もう何度も読み返し、内容は完全に暗記してしまっている。それでも、手にしたときの紙の感触、匂い、ページを捲る音。それらがどれも、ナンナの宝物だったからこそ、余計に泣きたくなった。

「いったい何なのよ」

……〈光の英雄〉カインリッツ。

大切な本をこんな目に遭わせた元凶に対する恨みを呟《つぶや》きながら、散らばったページを、丁寧に拾い集めていった。

◆　◇　◆

とはいえ、ナンナはナンナだ。転んでもただでは起きない。

せっかく仕事もせずに部屋にこもらせてくれると言うのだ。であるならば、この機会にちゃっかりと、本の世界に浸らせてもらおうと考えた。

『月影の英雄』をボロボロにしてくれたことは許しがたいが、できるかぎり丁寧にページを綴《と》じ直す。

それからミルザに借りた新しい本の世界にどっぷりと浸《つ》かっているうちに、気がつけば次の日の夜になっていた。

早朝と深夜だけはドアをふさいだ板を取り払われ、お手洗いに行くことは許された。……が、結局、外に出たのはその二度だけだ。

その際に同僚から聞いた話では、カインリッツは予定通りこの家を訪ねてきたらしい。もちろん、そこでどのような話がされたのかはナンナが知るよしもない。

詳しいことは同僚も知らされていないらしいが、どうもあまりいい話し合いではなかったようだ。イサベラだけでなく、この家の主人であるロドリゲスも難しい顔をして執務室へこもってしまったとか。

場合によっては、ナンナが追い出されることになるかもと、使用人の間でも噂《うわさ》されているようだ。同僚の暗い声に、ナンナも不安に駆られ、目を伏せた。

もともと人と話すのも得意だし、働くこと自体も嫌いじゃない。大丈夫。どこでも生きていける自信はあると、どうにか自分に言い聞かせる。

けれども、不安が消えることなんてない。

だって、ナンナには戸籍がないのだ。自分の名義で住処を借りることなど不可能だし、まともな職にもつけないだろう。

もちろん、ナンナは顔見知りも多い。商店街の知り合いから、「下っ端の召使いでこき使われているくらいならうちの店に来いよ」などと誘われたことは一度や二度ではない。でもそれは、彼らがナンナが無戸籍だって知らないからだ。

戸籍がない人間に、この国の人は冷たい。それはよくも悪くも、この国の特色だ。

この国の東にある山岳地帯に出没する異民族――国としてはすでに分裂してしまった旧フェイレンの侵略に悩まされてきたからこそ、ディアルノ人は移民や難民という存在に厳しいのだ。だからナンナのような戸籍を持たない人間にとって、生きていくにはかなり厳しいお国柄だった。

もちろんナンナは、もとを辿ればこの国の人間だ。けれども、そんなことは関係ない。だって今はもう、ナンナがこの国の国民だと身分を証明するものなど、なにひとつないのだから。

戸籍がないことを話して、仲のいい人たちに冷たく扱われるようになったらどうしたらいいのか。そんな思いは、少なからずナンナの心を蝕《むしば》んだ。

心の片隅に痛みを覚え――でも、それと向きあうことを後回しにしながら、ナンナはひとりベッドに横たわる。

空腹のせいか、そろそろ胃が空っぽで痺《しび》れを感じてきたけれど、そんなのには慣れている。早く寝て、空腹を忘れてしまおう。そう自分に言い聞かせ、目を閉じる。

そうしてナンナがすっかりと寝入ったそのあとに、異変は起きたのだった。


「起きろ」

突然声が聞こえ、意識が浮上する。

どうにも身体が重たい気がする。身をよじろうとしても、腕すらまともに動かせないことに気がつき、夢から現実へと引き戻される。

重たい瞼《まぶた》を持ち上げ――誰かと目が合った瞬間、ナンナは自分の身に起こった異変に気がついた。

「……っ」

「暴れるな。――貴様がナンナか？」

ひゅっと息を呑《の》もうとして、できなかった。その誰かに口元を押さえられていたからだ。

――人だ。知らない男の人がいる。

しかもその誰かが、ナンナの上にのしかかっていたのだ。

ぎょろりとした三白眼に睨みつけられ、ナンナの背中に冷たい汗が流れる。

「……っ」

人間、驚きすぎると頭が真っ白になるのは本当らしい。

素人《しろうと》のナンナにだってわかるほどの、常人ならざる気配がする。

いくら眠っていたとはいえ、こんな状態になるまで気づけなかった。どうやらこの男は、物音ひとつ立てずにここまで来たらしい。

その男の風貌《ふうぼう》は、一言で言うと、黒かった。

少しくせのある黒髪に、長い前髪の隙間《すきま》から覗《のぞ》く三白眼。そのうえ、ひどい隈《くま》だ。

マントで口元まで覆い隠しているせいで、表情もよく読み取れない。ただ、どことなく陰気な雰囲気の男だった。

細身の身体を黒のロングコートで包み、ズボンも、ブーツの色もおそらく黒。あきらかに隠密行動を意識した格好をしており、さらにどう見ても顔立ちがディアルノ人ではない。

（東方の人っぽい顔……まさか、旧フェイレン人、とか？）

ナンナはごくりと唾を飲み込んだ。

昨日からずっと旧フェイレンによる侵攻がモデルになった『月影の英雄』を補修していたからだろうか。ふと、そのようなことを連想してしまう。

王都に連れてこられるまでは、ナンナも東の国境付近の街で暮らしていたのだ。だから異国人にも比較的馴染《なじ》みはある。

でも、なぜそんな人が？　という疑問も膨らんだ。

だって、いくら使用人用の離れとはいっても、ここはワイアール家の敷地内だ。警備だって厳重なはず。それを厭《いと》わずやってきたとはこれいかに。

それに、どうせ忍び込むなら、他にもっと金目のものがある場所があるだろうに。危険を冒してまで、どうしてこんな離れにと不思議に思う。

（もしかして、わたしのことを探してる……？）

わざわざ名前を呼ばれたということは、そういうことなのだろうか。

でもなぜ？　なんのために？　と、ナンナは硬直した。

「その反応。本人だな」

そう言うなり、男はさらに眼光を強くする。

「いいか、暴れるな」

次の瞬間には、男は黒い刃物《はもの》のようなものをナンナの首元に当てていた。そのナイフを取り出すような動作は一切見せなかったのに、だ。

いったい、いつのまに？　何が起こっているのかさっぱり理解できない。

ただ、常人じゃない技かなにかを、男がやってみせたことは確かだった。

「大人《おとな》しくさえしていれば、命をとるようなことはしない。そのような命令は出ていないからな」

「……っ」

またた。

彼が特に手を動かした様子もないのに、いつの間にかナンナには黒い猿轡《さるぐつわ》がはめられている。なにがなんだかわからないうちに、強引に身体を起こされ、そのまま後ろ手に拘束《こうそく》されてしまった。

彼は強力な魔法の使い手かなにかなのだろうか？

あるいは、特殊なギフトの持ち主？

（え？　……ど、どうしてっ⁉）

下っ端召使いでしかないナンナが、なぜこんな危機に晒《さら》されているのだろうか！

（わたし何もしてませんけど⁉　ワイアール家のこととか聞こうとか、そういう？　でもわたし、全然情報持ってませんけどー‼）

頬を引きつらせたまま、ナンナは心のなかで絶叫した。

「いいか、じっとしていろ」

ぼそっと耳元で呟かれ、ナンナは首を縦に振ることもできず、涙目になる。

相変わらず首にはナイフを突きつけられたままだ。

呼吸することすらままならない。緊張で震えていると、しゅるんと黒いロープのようなものが現れ、さらにぐるぐるに縛られる。

それはまさに一瞬の出来事だった。男が手を動かした様子はない。

身につけているのがくったくたに着古した寝間着一枚で、みっともないのも相まって涙目になる。

すると、だ。

今度は後ろから何かがかけられ、はっとした。

黒い布が視界の端に映り、それが、男が着ていたコートであることに気がつく。マントではなく、あえての厚手のコートだ。ちゃんと全身隠れるようにしっかりとかぶせられ、ナンナは瞬いた。

(もしかして、貸してくれた、とか？　……いや、まさかね)

ないない。何を考えているのか、わかったものじゃない。

ただ、男は不機嫌そうに窓の外を睨み付け、ナンナの方には一切目を向けなかった。

そうしてナンナはロープでぐるぐる巻《ま》きにされたまま、肩に引っかけられるような形で担ぎ上げられる。どう足掻《あが》いてもこれでは重たい荷物扱いである。

(そっか、このコート)

ナンナのぼんやりした淡いベージュの寝間着を、黒で隠すためだったのかと理解する。夜の闇《やみ》に紛れるためには、確かに有効かもしれない。

――にしても、細身なのにすごい力と言うべきなのだろうか。もう少し他に抱きかかえ方があるだろうとつっこむべきなのだろうか。

男はナンナを担いだまま、すたすたと小さな窓の方へと歩いていく。内側にある閂《かんぬき》をあけ、窓枠に足をかける。

「落とされたくなければ、そのまま大人しくしていろ」

使用人の部屋につき、窓はさほど大きくない。ふたりで出るにはギリギリで、ぐるぐる巻きのナンナはただただ硬直していることしかできなかった。

（ってあれ？　ここ、内側から鍵しまってたよね？　そもそもこの人、どこから中に入ったの⁉）

入口のドアの方なのだろうか。

でも、あそこは今、廊下側から板が打ちつけてあるはず。さすがにそれを剥《は》がすなら、音が響いてナンナだって事前に気がついたはずだ。

色々疑問は膨らむけれど、それ以上考える余裕なんてなかった。

（ってか、これ、攫《さら》われてる？　わたしっ、攫われてるよねっ⁉）

暴れたらさくっと殺されそうなので、ナンナは微動だにできない。けれど、これはまず間違いなく攫われている。

（いやいや待って⁉　どうしてわたしなんかが⁉）

――などという心の声が届くはずもない。男は非常に身軽らしく、ナンナを抱えたまま、ひょいひょいっと中庭を駆けていった。

そのまま高い塀《へい》をも軽く跳躍し、衝撃ひとつなくすたりと着地する。

「……」

あまりにも鮮やかすぎる脱出劇に、ナンナは放心しっぱなしだった。

やっぱり、とてつもなくすごい人なのではないだろうか。

警備の人間に気づかれるような危うさなんて全くなかった。担ぎ方こそ雑だけれども、音も衝撃もなく、こうも見事に脱出できる技術は相当なものだろう。

世のなかには様々なスキルやギフトを持った人がいることはもちろん知っている。けれどもこの黒い男は、ナンナの想像しうる優秀な軍人？　戦士？　暗殺者？　――それに類する職業の者たちに対する想像を軽く超えている。

そうして男はナンナを雑に担いだまま、淀《よど》みない足取りでどこかへ向かっていった。

「おい、連れてきたぞ。この娘だろう」

高級住宅街を北に抜けた薄暗い路地が目的地だったらしい。黒い男が、彼の仲間らしい人物に声をかける。

いったいどんな人物と待ち合わせていたのかと、ナンナもどうにか顔を後ろに向け――硬直した。

（え、ええ……!?）

この街で暮らしているならば、その顔を知らない人はいない。

夜でもはっきりとわかる、月明かりに照らされた黄金色の髪。そして、切れ長の赤い瞳を持った長身の男。

新聞の一面でもよく見るうえ、姿絵が人気で飛ぶように売れているのも納得な、見事な美貌《びぼう》、そして立ち姿。同僚のお姉さまたちが集めている姿絵を見せてもらったことだってある。

（〈光の英雄〉さま？　……え!?　本物!?）

目立ちにくいようにと暗い色のマントに身を包んでいるけれども、彼の纏《まと》う華やかさを隠すことなどできない。

（まさか……）

暗がりゆえ顔こそ見えにくいけれども、この人のことを見間違えるはずもなかった。

ナンナたちの前に立っていたのは、このところ、ワイアール家のお屋敷でもたびたび話題に出ていた〈光の英雄〉カインリッツ・カインウェイルそのひとだったからだ。

「お、時間通り。さすがルヴェイだな」

しかも顔だけでなく、声もいい。

これが本物の迫力！　と、ナンナは目を見張った。

（うっそでしょ。カインリッツ……さま⁉　えええ、どうして？）

〈光の英雄〉カインリッツといえば、この国で複数存在する王家直属の騎士団のひとつ、青騎士団の団長さまである。ナンナのような人間が相まみえることなど、あるはずのないお方なのだが……今のナンナにとっての彼は、『月影の英雄』をバラバラにされたあの事件のきっかけともなった憎き人物でもあった。

とはいえ、いざ本物を前にすると、その恨みもどこへやら。あまりの存在感と美形っぷりに「本物は違う」と狼狽えてしまうのは仕方のないことだろう。

どうやら彼は、ルヴェイと呼ばれた黒い男を待っていたらしく、数人の部下たちとこちらに近づいてくる。

「って、オイオイ。もう少し、女の子の抱きかかえ方とかあるだろう？」

もっと大切に扱ってあげてくれ、と。黒ずくめの彼に対して、ちゃんとつっこんでくれている！

ぐんぐんとカインリッツの株が上がっていくのを感じ、ナンナはおののいた。

『月影の英雄』の恨みを忘れてはならぬのに。

おそるべし美形。

おそるべし美声。

……だが、本当に恐ろしいのは、〈光の英雄〉の方ではなかったのだ。

「何を言っている。片腕は空けておかないと不便だろう」

あろうことか、あのカインリッツに対し、ルヴェイは対等に答えている。

しかも、そんなルヴェイの言葉に、カインリッツの方が天啓を受けたかのごとく感じ入ったのだ。

「ああ腕をな！　うん。そうか。そうだな！　危機管理は大事だ。さすがルヴェイ、色々考えてるなあ！」

（……あれ？）

そのたったひとことで、ナンナの思い描いていた〈光の英雄〉像がおかしなことになった。

待て待て。なんだその態度の変わりようは。

なぜそんなにも嬉々《きき》として、彼はルヴェイを持ち上げているのだろう……？

にっこにこと朗らかに笑う青騎士団団長カインリッツの表情は、あまりにも場違いではないか。誇らしげに胸を張り、ルヴェイの言葉に頷《うなず》いているのはなぜだ。さらに周囲の人たちも、みんなすっかり慣れた様子で頷いているのはなぜだ。

（んんん？）

ますます状況が読めない。ついでに言うと、ふたりの関係性もさっぱり読めない。

嬉々としてルヴェイを持ち上げるカインリッツを、当のルヴェイは華麗にスルーする。そして、黒のロープでぐるぐる巻き状態のナンナの身柄を、荷物さながら適当にカインリッツに押しつけた。

今度はカインリッツに抱きかかえられる形になり、ナンナは瞬く。

「これで任務完了だ。ではな」

「あ、待て、ルヴェイ。まだ話が――！」

カインリッツが呼び止めたけれども、聞く耳は持たないらしい。

ふん、と息を吐いたルヴェイは、黒に溶け込むように、一瞬で姿を消してしまったのだった。

瞬間、ナンナを拘束していたロープも、猿轡も、嘘のように綺麗さっぱり解けてしまって。

「…………あ、コート」

無造作にかけられていたコートだけが、ナンナの手元に残っていた。

◆　◇　◆

そのままナンナはカインリッツに王城まで連れていかれ。

どんな罪で捕らわれるのやらと思いきや、なぜか豪奢《ごうしゃ》な客室に案内され。

お城のメイドさんたちにかしづかれ、お湯をたっぷりと張ったお風呂《ふろ》でぴかぴかに磨き上げられたうえに、新品の寝間着までたまわり。

ふっかふかのベッドに埋もれ「これは緊張して寝られないな」と目を閉じ三秒で夢のなかへ落ち。

理想的な朝食まで手配してもらいそれらを堪能《たんのう》し。

さらに素敵なワンピースまでたまわり、すっかりあか抜けた自分にそわそわしつつ。

——はっ！　連れ去られたままワイアール家に連絡してない!?　と気がついたときにはもう、この国の王太子殿下との面会の時間であった。

もう一度言おう。

この国の！

王太子殿下との！

面会の時間であった!!

（——いったい何だって言うのっ!?）

すっかり忘れていたけれど、そもそもナンナがワイアール家で閉じ込められていたのはなぜか。

……カインリッツが自分に用事があったとか何とかそういう意味不明な理由だった気がする。

「閉じ込められた原因はあいつかー！」という気持ちと、「おかげさまでこんな贅沢《ぜいたく》な一夜が過ごせて幸せ！　ありがとうございます！」という気持ちを天秤《てんびん》にかけてみる。

幸せ！　という気持ちが大勝したけれど、これからのことを考えると気が重い。

事情すら知らされずに攫ってこられたものの、こうも至れり尽くせりしてもらえる理由が全く思いつかず、ナンナは頭を抱えた。

ここ数日、屋根裏部屋でのんびりを満喫していたうえに、昨夜はふかふかのベッドで眠ったために、未《いま》だかつてないほどに身体が軽い。せめて、よくしてもらったお礼だけでもしっかり伝えなければいけない。

はらはらしながら、ナンナは応接間へと足を踏み入れた。

——で。

今の状況に至ったわけだ。

「どうかっ！　君の処女を！　俺《おれ》のッ!!　……いや、〈影の英雄〉ルヴェイに捧《ささ》げてやってはくれないか!!」

「……」

……いったい、どうしろと言うのだろうか!!

昨夜とは異なり、明るい場所で見るとさらに映える美しい金髪に、意思の強そうな赤い瞳。

長身の彼には、青騎士団団長を示す特別製の白い制服に群青《ぐんじょう》色のマントがよく似合う。そして、金糸の飾緒や胸もとに輝く勲章が、彼の身分を確かなものと証明している。

顔の造形は完璧《かんぺき》で、どこを歩いても誰もが見とれる美丈夫カインリッツ・カインウェイル。

〈光の英雄〉の名をほしいままにする、誰もが憧れる存在であるはずなのだが。

（このお方、ちょっと……いや、だいぶ……変な人かもしれないっ）

なんだかすごーく、頭が弱そうな気がする！　――と、とても失礼なことをナンナは考えた。

「え……ええと……？」

助けを求めるようにして、ナンナは視線を彼の横に座っている人物の方へ向ける。

テーブルがまっぷたつにされることを予測していたのか、自分の分だけちゃっかりとソーサーごとティーカップを手にして、優雅に佇《たたず》んでいる男性がそこにいた。

「ああ、いつものことなんだ。気にしないでくれたまえ」

（気にしますっ）

落ち着いた鳶《とび》色の髪に、琥珀《こはく》色の瞳。ナンナの記憶によると、確か年齢は二十七歳だったはず。

艶《つや》やかな黒い生地に、銀糸をたっぷりと使った豪奢な刺繍の入ったコートに身を包み、カインリッツの隣で微笑《ほほえ》んでいる彼こそ、オーウェン・ディアルノ。つまり、この国の王太子その人らしい。

あろうことか、ナンナはこの国の王太子と〈光の英雄〉ふたりに、客人として城に招かれたというわけである。

正確には『拉致《らち》された』と言いたいが、そこは我慢だ。突然拘束《こうそく》され、ぞんざいに担がれ、犯罪者よろしく連れてこられた記憶は消えはしないが、今こそ言葉を選ぶべきとき。長いものには巻かれよう。

あはははは、と、どうにか表情を取りつくろい、ナンナは彼らに向き直る。

「ふむ」

オーウェンは柔らかな髪を揺らしながら、ふっと微笑む。

その表情たるや、ああ、お貴族さまだ……と、秒で脳に焼き付けられた。

イサベラだって平民ではあるが、かぎりなく貴族に近い立場——つまり、富裕層のお嬢さまとして、優雅な立ち居振る舞いを身につけている。

けれどもオーウェンは、やはり格と言うか、世界が違う。

指先の動きひとつとっても柔らかくて、でもしっかりと男性的で、ついつい見とれてしまうのは仕方がないことなのだろう。……だからこそ、隣のカインリッツの勢いのよさが際立ってしまう気もしなくはないけれども。

（ルヴェイって、昨日のあの人のこと、よね……？）

カインリッツは何と言ったか。

ナンナの処女を？　捧げる？　昨日の？　陰気で怪しいという表現がピッタリな風貌の？　ナンナを縛り上げて脅してきた？　あの黒い男に？

しかも今、〈影の英雄〉の前に、『オレの』ってつけていなかっただろうか。

〈影の英雄〉って呼称を聞いただけでも頭が疑問符でいっぱいになるというのに、カインリッツの言う『オレの』が意味深すぎる。

わけがわからなくて、ナンナは助けを求めるようにオーウェンの方を見た。

「あー……あまり深く考えなくていいよ。カインはね、ルヴェイのことになると目の色が変わるだけ」

カインというのは、カインリッツのことだろう。

「当たり前です！　彼こそが、この国の〈真の英雄〉なのですから！」

「そこは謙遜《けんそん》しないでいいよ、カイン。君もまた、この国になくてはならない人間だ」

なるほど、とナンナは理解する。

昨日の夜からひしひしとそんな気はしていたのだ。

カインリッツとルヴェイが言葉を交わしたのはほんの少しのことだったけれども、カインリッツから溢《あふ》れ出していた。

何がって？

……ルヴェイ大好きオーラが。

あまりに理解ができなさすぎて、憐《あわ》れみすら混じった目を向けてしまう。

ナンナの気持ちに共感してくれたのだろう。オーウェンが苦笑いを浮かべる。そして隣に立っていた従者にカップとソーサーを渡して、下がらせた。

周囲の者たちも慣れた様子で破壊されたテーブルを片付けていく。

その残骸《ざんがい》を運ぶ流れで、皆が部屋から出ていってしまい、気がつけばオーウェンとカインリッツ、そしてナンナの三名だけになっていた。

いよいよ本題かと、ナンナは背筋を伸ばして、オーウェンに向き直る。彼もまた、しっかりと頷き、ナンナの翠色の目を真っ直ぐ見た。

「さて、本題に入ろうか、ナンナ。――いや、ナンナ・メルク」

「！」

フルネームを呼ばれてはっとする。

ナンナ・メルク。その名前は、使わなくなって久しい。

ワイアール家に引き取られてからというもの、戸籍を失ったナンナは、メルク家の人間であると名乗るべきではないと言い含められてきた。

だからここ王都では、ナンナのフルネームを知る人なんていないと思っていたのに。

「どうして……その名を」

ナンナの問いかけに、オーウェンは思わせぶりに口の端を上げる。けれどもそれに答えることはなく、ただ、真剣な眼差《まなざ》しをナンナに向けた。

「結論から言う。――ナンナ。私からも頼む。ルヴェイに、君の処女を捧げてあげてほしい」

「……」

「ルヴェイのことを知ってもらうためにも、昨夜は彼に直接迎えに行かせたのだが――彼が色々失礼したようだね。あれは私の言葉足らずだったんだ。すまない。……どうやら犯罪者の捕縛と勘違いしていたようでな」

「あー……」

やっぱり、と、ナンナは思った。

ナイフを突きつけられたり、荷物のように担がれたりもした。

ナンナが戦う力のないただの娘だとわかってから、手加減こそしてもらえたようだけれども、どう考えても城へ招く客人へ対する態度とは思えなかった。

「君の処女を捧げてほしいっていう理由は……君自身なら、思いつくんじゃないか？」

「それは……」

（まあ、そうなんだよね）

確かに、思い至るものは……ある。

ただ、誰かにバレるだなんて全く想定していなかった。ナンナ自身、ないものとして扱っていたために、すっかり忘れていたというのもある。

ほう、と息を吐く。

（そういうことか――）

どうして、あんなにも強引に連れてこられたのか。ひとつの答えに辿り着き、ナンナはオーウェンに向き直る。

「わたしのギフト、ご存じだったのですか」

「見つけたんだよ。先日、たまたまね。——君こそ、私のギフトのことは知っているだろう?」

「知っていますけれど……いったい、どこで」

「ふふふ」

——ギフト。

それは、生まれたそのときから身につけている、神さまからの授かりもの。祝福とも呼ばれる先天的な才能である。

人間は、生まれたそのときから、それぞれの生き方を神さまに示されるのだと言われている。

〈力+〉といった風に、単純に能力値を底上げするようなものから、〈採取+〉や〈川の恩恵〉など、特定の条件下における運に作用するようなもの、さらには〈炎の使い手〉のような、魔法をさらに超越した特殊な力を授かる人だっている。

この世にはどんなギフトがあるのか、国でも正確に把握しきれてはいないらしいが、あまりに特殊すぎるものはユニークギフトと呼ばれ、重宝がられるのだ。

ちなみに、ギフト自体は生まれながらにして授けられているけれど、そのギフトがはっきりと可視化されるのは七歳のとき。

国民は皆、洗礼を受ける義務がある。そうして神に祈りを捧げたとき、神よりギフトに関する天啓を受けるのだ。

……とは言っても、べつに神の声が聞こえるわけではない。

鑑定用の水晶のようなものがあって、ひとりひとり、そこにギフトの内容が映し出される。それを役所の者が写し取り、本人の戸籍へと書き記す。

だから国としても、誰がどのようなギフトを授かっているのかは、すべて把握できているはずだ。

ただ、ナンナ・メルクという人間は九年前に死亡している。だからこそ、ナンナのギフトだって、もうないものとされていると高を括《くく》っていた。――それが甘かったのだろう。

ちなみに、この国の王太子、オーウェンのギフトは有名だ。

(――〈絶対鑑定〉)

鑑定というギフト自体はさほど珍しいものではない。ただ、持っているともれなく重用される、いわばあたりギフトだ。

物質・生物など問わず、情報を見抜く能力で、商人などの間では特に、喉《のど》から手が出るほど欲しがられるギフトだ。

〈鑑定＋〉～〈鑑定＋＋＋〉のランクがあって、それぞれで見ることができるものの種類や内容、情報を見る手段等に差があるらしい。

そして、〈絶対鑑定〉はいわばそのさらに上位。噂によると、触れた物や人物の状態や能力だけでなく、人間関係その他様々な情報まで、ある程度理解できてしまうのだとか。

ゆえに、あえてオーウェンはその能力を公表している。

ディアルノ王国の王太子に嘘は通用しない。そう、周囲を牽制《けんせい》するために。

「君、以前ミルザの薬屋にいただろう」

「えっ」

「君が慌てて出てきたところでぶつかった。――覚えていないかい？」

「あー……」

確かに思い当たるところがあり、ナンナは頭を抱えたくなる。

彼の言う通り、あの場所で、この前誰かとぶつかった。目深にフードをかぶっていたから、まさか王太子とも思わなかったけれど。

「……この国の王太子殿下が、お伴《とも》もつけずに何してるんですか」

つまり、あのぶつかった瞬間に、鑑定され、ギフトまで全部伝わってしまったということか。彼がナンナのフルネームを知っていたのも、同じ理由だろう。

一瞬のことであったのに、さすが〈絶対鑑定〉というべきか。

「お忍びだよ。ミルザとは知り合いでね。――まったく、ミルザも。こんな子がいたなら、もっと早く紹介してほしかったよ」

「ミルザ先生も、わたしのギフトについてはご存じないですから」

「だろうね。……君はそのギフトをずっと隠して生きてきた。そうだね？」

「……はい」

腹を括って、ナンナは頷いた。そうして、はぁとため息をつく。

「つまり、あの、ルヴェイというお方、どこかを悪くしていらっしゃるのですね」

「ご名答」

「で、それを治せるのがわたししかいないと」

「その通りだ」

「……」

「ルヴェイは、この国にとってなくてはならない存在だ。だが、今、彼は大きな病に冒されている。

治療する手段が、今のところなくてね。それに――」

オーウェンは気難しげな表情で、目を伏せる。

「病のせいで、彼は極端に魔力制限されてしまっている。二年ほどかけてゆっくりと、その病は彼の体を蝕み続けていてね。今はもう、全盛期の一割程度の魔力しか操ることができない」

一割。

もともと魔力の扱いに慣れていないナンナにとってはあくまで想像することしかできない。けれど、ルヴェイのような特殊な任務についた者にとっては、よっぽどのことではないだろうか。

「彼のギフトは非常に優秀でね」

それはそうだろう、ナンナにだって彼の特異さはわかる。

入れるはずのない密室に、音もなく侵入してきた。さらに、黒いナイフや猿轡、ロープまで作り出していた。

どこまでが彼のギフトによるものかはわからない。それでも、彼が授かっているのは、とても特別なギフトであることには違いない。

「彼にこれ以上、力を失われるわけにはいかない。だからどうか――君の〈絶対治癒《ちゆ》〉に頼らせてほしいんだ」

そう言ってオーウェンは、真っ直ぐナンナを見つめる。

「頼む！」

ここまで口を挟まないようにしていたらしいカインリッツも、もう一度頭を下げていた。

「……」

ナンナは思い悩むように、目を伏せる。

彼らはナンナに『処女を捧げてほしい』と言った。となれば、ナンナのギフトに与えられた特殊条件も全部知られているのだろう。

――オーウェンが対象に触れなければ〈絶対鑑定〉を発動できないのと同じで、ナンナのギフトにもひとつの条件がある。

七歳でギフトの鑑定を受けた際、鑑定水晶に添えられた言葉を、ナンナは今でもはっきりと覚えている。

そこには、こう記されていた。

【祝福《ギフト》】絶対治癒

※条件：異性との性交により、生涯《しょうがい》において、たった一名にのみ付与可能

――と。

「ふぅー……」

ナンナは大きく息を吐いた。

まさか、本当に全部知られているとは思わなかった。

〈絶対治癒〉。

ナンナの授かったギフトも非常に特殊だった。ユニークギフトと言っても差し支えのない、おそろしく有用なもの。

ゆえに、誰かに利用されないように――言い方を変えると、悪い企《たくら》みをする者に誘拐されないように――誰にも言ってはいけないと、かつて両親に何度も言い聞かせられた。

当然だ。このようなギフト、悪人の耳に入れば確実にひどい目に遭うだろう。

大人《おとな》になった今、このギフトの特異性は十分理解できるようになった。だからこそ、一生誰にも教える気はないし、使うこともないだろうと思っていた。

なにが問題って、その条件だ。

〈※条件：異性との性交により、生涯において、たった一名にのみ付与可能〉

つまり、一生を通じて、効果を与えられる相手はたったひとりというわけだ。……その一名にかぎっては、何度でも付与可能なのか、どのように発現するのかまでは、ナンナ自身にもわからないけれど。

ギフトの解釈は非常に難しい。

誰だって、実際に使用してみないとわからないことがほとんどなのだが、ナンナの場合、使用するという行為自体が難しい。だから、未だに解釈もなにもない。

幼いころから両親には、『将来、誰か好きな人と結婚したときに、その相手に使ってあげなさい』と言われてきた。

その言葉を胸に秘め、ナンナは生きてきた。

だって、このギフトさえあれば、将来、自分の旦那《だんな》さまが怪我《けが》をしても、病気をしても、なんだって治してあげられるのだ。

幼いナンナは、その可能性を考えるたびに、ドキドキしたものだった。

――いつか出会うであろう運命の人。その人の役に立てる自分でありたい。そのためにも、ギフトは大切にしまっておこう、と。

子供のころから物語の世界が大好きだったナンナにとっては、自分のギフトはまさに、神さまに与えてもらったプレゼントのように感じた。

とびっきりロマンチックで、特別で。物語のヒロインにでもなったような気持ちで、いつか出会うかもしれない、たったひとりに夢を見てきた。

けれど――大人になる前にナンナはすべてを失った。

旧フェイレンによるルド侵攻。王国の東の国境付近にあるルドの街で生まれ育ったナンナは、その事件に巻き込まれた。

戸籍を失った人間に、そもそも結婚なんて不可能なのだ。

……いや、莫大《ばくだい》な金を積めば、戸籍を買うことは可能だが、とても現実的ではない。

好きな人ができたとしても、結婚自体が認められない。万が一誰かと好き合ったとして、そこに子供ができたとしても、戸籍なしの子は所詮戸籍を持てない。きっとその子にも、大変な未来が待っているだけ。

性交というものは、基本的に好き合って、結婚を前提とした相手としかしないものだと認識している。ゆえに、ナンナにとって、このギフトはないもの同然になってしまった。

――いつか、大切なたったひとりにこの身を捧げてみたい。そんな夢を抱きつつ、諦《あきら》めてもいた。

だからこそ、特別であり、隠してもいたギフトを見つけられて、ナンナの心が疼《うず》く。

不安も、落胆も、そして、ちょっとした喜びも入り交じっていて、なかなか考えがまとまらない。

でも――、

「あ、あの……っ」

雲の上の存在とも言えるふたりに懇願されて、混乱するばかりだ。このような状態で、すぐに上手《じょうず》な答えなんて出せるはずもなかった。

「か、か……帰らせてくださいっ……！」

深く考える前に、その場で立ち上がっていた。

確かに、ルヴェイという人には同情する。

けれども、彼らの提案を呑むとなると、いつか好きな人に、という夢すら抱けなくなる。

それに、もしこのギフトを行使するならば……つまり、ナンナはあの三白眼の！　陰気で躊躇《ちゅうちょ》なく人を殺しそうな！　あの黒い人とえっちする！　というわけで!!

「むっ……無理ですっ!!」

涙目になりながら、主張する。

ただでさえ、恋愛経験がゼロで、どうしたらいいのかわからないのだ。そんな初心者に、あの独特なオーラを発するルヴェイの相手など、不可能ではないだろうか。

というわけで、だ。

大変申し訳ないと思いつつ、ナンナはがばりと一礼する。無我夢中《むがむちゅう》で部屋を出ようとした。

けれども、簡単に逃げられるはずもない。次の瞬間には誰かに後ろから抱き込まれていて、ナンナがどれだけ脚を動かそうとも、空中でブンブンと前後に振っているだけ。

「帰りますっ！　帰るっ！　帰してください～～～っ!!」

「待て待て待て、ナンナ嬢！　ルヴェイが！」

「ルヴェイさまには悪いと思ってますけど！　でもっ」

ルヴェイに対する執念なのだろうか。カインリッツが絶対逃がさんとばかりに、ナンナを羽交い締めにしてくる。

この国で一番の武人に、ナンナごときが抵抗できるはずもない。が、ナンナとて必死だ。

ナンナのことを疎《うと》んじるようなあの陰気な目で睨まれながらえっちするとか、どんな拷問《ごうもん》だ！

「ナンナ」

嫌がるナンナに向かって、オーウェンが後ろから朗らかに言い放った。

「九年前の、旧フェイレンによるルド侵攻。――旧フェイレンの手からかの街を取り戻したのは、ルヴェイの手柄によるものなんだよ」

「……！」

「あの事件をモデルにした小説『月影の英雄』を、君は愛読している。そうだね？」

「……〈絶対鑑定〉すごすぎでは」

「その主人公ヴィエルのモデルになった男――それがルヴェイだと言っても、君は断るのかい？」

（……）

（…………）

（…………え、……えええええ？）

ナンナはぐりんと、後ろに顔を向ける。

目が合うと、オーウェンはすごく楽しそうにニコニコ笑っていた。

「おっ！　なんだ、ナンナ嬢、あの物語のファンだったのか！」

カインリッツもぱっと明るい声を上げる。そうしてナンナを地面に下ろし、彼女の両肩をぽんっと叩いた。

「ならば書かせたかいがあったというものだ！　ルヴェイの活躍のほんの一部でも、どうにかして民に知らせたくてな！」

（しかも書かせたのあなただったんですかっ!!）

カインリッツといえば、実に誇らしげな様子で胸を張っている。キラキラ美形に拍車がかかって眩《まぶ》いくらいだが、ここでナンナははっとした。

そうだ。騙《だま》されてはいけない。ふるふると首を横に振ってから、彼に疑いの目を向ける。

「……っていうか、あの事件解決の立役者って、カインリッツさまだったとお聞きしているのですが」

あれだけ大騒ぎになったのだから――ナンナだって、事の顛末《てんまつ》を聞いている。

旧フェイレンからルドの街を取り戻したからこそ、カインリッツは〈光の英雄〉と呼ばれるようになったはずだ。

ちなみに、その事件の際、ナンナ自身も思いっきり巻き込まれていた。だが、意識をすこーんと失っていたので、彼の雄姿をこの目で確かめたわけでもない。全部伝聞だ。

それでも、もともとルドの街出身だったナンナにとって、カインリッツはそういう意味でも、いい印象はあったのだ。自分の故郷を助けてくれた英雄だからと。……昨日今日で、かなり評価は変わったけれども。

「ルヴェイは注目を浴びることを極端に嫌がるからな。アイツ、自分の手柄は全部オレに押しつけるんだ」

「……え」

まさか。

「確かにオレも、ルドを奪還《だっかん》するために、それなりに奮闘したがな。それでも、一番手柄を立てたのは間違いなくルヴェイだ。アイツは、真っ先に敵の陣に切り込み、オレたちが辿り着く前にそこのヤツらを行動不能にしたからな」

「……」

「――ほら、『月影の英雄』にも書かれていただろ？」

何十回、何百回……いや、もしかしたら何千回と読み返した本だから、文章は一言一句たがわず覚えている。

ふと、物語のなかの一節が思い浮かび、ナンナはぼそりと口にした。

「……『真の英雄は、誰にも見つからぬ場所で、ひっそりと彼らを救うのだ』」

「そう、それ！」

どれだけ手柄をあげようと、それを己の胸の内にだけ秘めて、さらに困っている人間を助けるため、また日陰で生きる。――そんな彼の生きざまを表す素晴らしい文章だと思っていたけれど。

「あなたが書かせていたんですかっ⁉」

いろんな意味で衝撃すぎて、ナンナは頭をかかえた。

「そうだ。――あの本の愛読者ということは、君も主人公のヴィエルの――つまり、ルヴェイのファンだということだろう？　オレたちは同志だ、ナンナ嬢！　共にルヴェイを助けよう!!」

真っ白い歯をキラリーン！　と輝かせながら、カインリッツは誇らしげに言い放つ。

絶句したままのナンナは、そのまま再びソファーの方へ誘われ、しっかりと座らされ、カインリッツにばんばんと背中を叩かれた。

……これが仲間認定か。

一撃いちげきがすごく重い。が、今、ナンナの頭はそれどころではない。

なるほど。カインリッツがルヴェイに懐いている原因は、それもか。

自分の手柄にこだわらず、孤独に任務を遂行するその生きざまに、カインリッツは憧れみたいなものを抱いているのかもしれない。

その気持ちも、ナンナならよくわかる。なにせ、あの本のファンなのだから！

「作り話では……ないのですね……？」

「ああ。それは、このオーウェン・ディアルノも保証しよう」

「……そうなの、ですか」

思い描くのは九年前の出来事だ。そして、大好きな物語の主人公ヴィエルのこと。

ああ、本当に、なんということなのだろう。

(ヴィエル……ヴィエル、さま、ねえ……)

名前の文字を入れ替えたらルヴェイだ。

彼をモデルにしているというのは、嘘ではないらしい。

(あー……)

ナンナは頭を抱えたまま、目を閉じる。そのまましばし、考えた。

自分の大好きな物語の主人公が――そして、自分の故郷を救ってくれたナンナの英雄ともいえる人が、あの黒い男の人。

そして、その彼が今、病で困っていて――助けられるのは、ナンナだけ。

ちっぽけなただの召使いだった自分が、影に生きる英雄の役に立てるかもしれない。

それは、ナンナの憧れる物語のなかの出来事のようでもあった。

「…………した」

ぼそりと、ナンナは呟く。

「わかり、ました」

今度ははっきりと。

(決めた)

腹は括った。

相手が、故郷のルドを救ってくれた人物であるのなら、とナンナは思う。

これが人のため、そして、ナンナ自身の恩返しにもなるのなら、と、考えることにする。

(どうせ使うつもりのなかったギフトだもの)

ルヴェイに捧げて、それが恩返しになって、そのうえ、この国の役に立つというのなら、いいじゃないか。

別に、投げやりになっているわけじゃない。戸籍も何もない、この世界の隅っこでひっそりと暮らしてきた自分だけど、もしかしたら何か変われるかもしれない。――そう思ったから。

ナンナはきりりと表情を引き締め、オーウェンたちに向き直る。そして、首を縦に振った。

「ルヴェイさまに、このギフトを捧げます」

「ナンナ嬢！」

「ありがとう、感謝する……！」

この国の王太子と〈光の英雄〉、要人ふたりに前のめりで感謝され、ぎょっとしてしまう。

けれど、ナンナはもう決めたのだ。

（ヴィエルさ……じゃなかった、ルヴェイさまに、わたしの、処女を……）

ほわほわほわわん。――と、全体的に黒く、陰気な彼の顔を思い出しながら、ナンナは両手をぎゅっと握りしめる。

（物語のなかでは、ツヤツヤで長い黒髪の、精悍《せいかん》な男性だった気がするけれど……うん、ちょっと違うだけだし！）

脳内で描いていたヴィエル像が揺らぎ、凶悪な暗殺者のような男に書き換わっていく。

（言葉少なに民を救っていくあの姿、クールでかっこいいのよね。クール……クール……）

ルヴェイはどっちかと言うと陰気という言葉がしっくりはまる気がしたが――まあ、クールと陰気は同じ分類にできなくもない……かもしれない。

（軽い身のこなしで飛び跳ねて、敵を蹴散《けち》らすところとか最高だし！）

これはルヴェイが戦っている姿も難なく想像できる。よし！

脳内で、少しでもルヴェイのいいところを見つけようと、想像力を膨らませ、自分に言い含める。

オーウェンたちも、ナンナがその気になった今、逃がすつもりはないようだった。

「よし！　そうと決まれば、オレ、早速ルヴェイを連れてきます！」

「ああ、頼む」

皆の心に希望が満ち溢れ、この国の未来を想い、決意した。

ナンナはルヴェイの治癒係となり、少しでも皆の役に立つ。

頷きあい、カインリッツを送り出し――希望に満ちた未来を。

……ナンナにも、そう思っていた時期がありました。


ガバッ！

どさっ!!

ぐいっ!!!

（あ……あれー……？）

なぜだろう。

カインリッツがルヴェイを連れて戻ってきたのはいいのだけれど。

（わたし、どうして今……）

壁に、黒い杭《くい》みたいなもので磔《はりつけ》にされてるのだろうか……!?

「隣で待機させられていたのは、この娘の案件だったのですか。そうですか。では、とっとと終わらせてしまいましょう」

（終わらせるって何を――ッ!?）

心のなかで全力で叫ぶ。だって声など出せるはずもなかったのだから。

昨夜と同じ黒いコートにマントを羽織った彼に、例のナイフを突きつけられ、ナンナは本気で泣きたくなった。

（え……ええと……？）

この国の〈影の英雄〉であるルヴェイを、カインリッツが連れてきたまではいい。

けれども、だ。

ナンナの姿を確認した瞬間、彼は、一気に距離を詰めた。そして、どこからともなく出現させた黒い杭を、服だけを縫《ぬ》い付けてくるように、襟《えり》や左右の袖、そしてスカートにずぶりと刺し、ナンナを壁に磔にしたのであった。

（お借りしていた衣装が……！）

普段なら絶対身につけることができないぴかぴかのワンピースが、悲しいことになってしまった。

弁償させられたらどうすれば、などと、悠長に考えている余裕もない。

ギロリ。

（ひいいいいい!!）

眼光だけで人を殺してしまいそうな三白眼で睨まれると、震えが押し寄せる。

「俺が呼ばれたということは、つまり尋問ですか。ご命令を。何を吐かせましょう？　爪《つめ》を一枚いちまい剥がしましょうか？　それとも、焼きごてで――」

（物騒!!）

この一言で、彼はやっぱり『月影の英雄』のヴィエルではなく、陰気で暗殺者のようなルヴェイなのだと実感した。

ナイフを突きつけて脅したり、ナンナを荷物のように肩に担ぐような人だ。圧倒的にとっつきにくい。

(というか……わたし、無事でいられる……？)

いろんな汗が流れるのを感じつつ、身動きひとつ取れない。

「待て待て！　ルヴェイ！」

「彼女は大事な客人だ！　特に、君にとっては!!」

「……は？」

けれども、このときばかりは心強い味方がいた。

オーウェンだけでなく、骨の髄までルヴェイ教のカインリッツまでもがちゃんと止めに入ってくれたのだった。

「客人？」

よほど予想外の言葉だったのか、三白眼をさらに点にして、ルヴェイはナンナとオーウェンたちを交互に見る。

……とても。

今、とても顔が近い。

「……っ!!」

次の瞬間、己の状況を理解したらしいルヴェイは、くわっと両目を見開いた。

「し、失礼したっ！」

同時に、ナンナを拘束していた黒の杭はすべて消え去り、彼はしゅばばとナンナから離れる。

一瞬で、対角の壁近くまで逃げている彼の身体能力に、驚くばかりだ。

自分が見られていることに気がついたのか、ルヴェイはどこか落ち着きのない様子で目を伏せる。

「昨日の任務のこともあったので、つい。あ……い、いや。言い訳は、するべきでは、ないな。確認を怠った……すまない」

なんと言葉すらもつっかえだして、彼は狼狽える。そのあまりの変わりように、ナンナは目を白黒させた。

「あ。いえ、その。わたしも、紛らわしくて。……昨日はコートありがとうございました……？」

「あっ、ああ……」

お仕事モードのときとずいぶん雰囲気が違う気がして、ナンナは彼をまじまじと見つめる。

ナンナの視線に慌てた彼は、黒いマントに手を触れ、口元どころか、鼻まですっぽりと覆い隠している。

（？）

頭のなかがハテナでいっぱいになる。どうしてそんなにも顔を隠したがるのだろう。

「ルヴェイはかなり人見知りでな！」

横から、ナンナの疑問を読み取ったらしいカインリッツが教えてくれる。

「えっ」

「シャイなだけだから。すぐに慣れるさ」

「シャイ……？」

そんな可愛《かわい》らしい言葉は似合わないのでは……と思うのだけれど、よく見るとルヴェイの眦《まなじり》がほんのりと赤い。

とはいえ、シャイと言われるのはルヴェイ的に不本意なのか、恨めしそうにカインリッツのことを睨んでいる。

「あまり、気にしてくれるな」

マントをぐいっと引き上げても隠しきれない眦の赤に、ナンナは見てはいけないものを見たような気がした。……どうも、お仕事モードでないときは、これが素であるらしい。

（にしても、昼間も相変わらずの見た目なんだ）

ここはディアルノ王国が誇る王城内だ。

ルヴェイが纏っている真っ黒なコートは、ある意味ひどく浮いている。

どう見ても騎士や兵士には思えないし、どちらかと言うと、冒険者ギルドに所属しているシーフ系の職業と言われたほうがしっくりくる。

長い前髪や目の下の隈も相まって、陰気さがものすごい。そのうえ、マントで口元を隠されてしまうと『自分、怪しい者です』と言わんばかりだ。

さらにここで、ナンナはあることに気がついた。

「まさか、ルヴェイさまに事情を知らせていなかったのですか？」

「あ」

「えーっと」

オーウェンとカインリッツ、ふたりしてあからさまに視線を逸《そ》らすあたり、非常に怪しい。

「知らせて……いなかったのですね……？」

なぜ、と問いたい。

どう考えても、ルヴェイこそ当事者だ。

（ルヴェイさまにとっては、病を治すきっかけにもなるし……つまり、わたしがえっちする相手だってことだよね……!? そんな大事なことを知らせずにいたってこと？）

どうりで昨日の夜、あんな荷物みたいな扱いをされたわけだ。

（完全に犯罪者を見る目で見られていたもんね！）

オーウェンたちをじとっとした目で見た。さすがの彼らも、肩をすくめる。

「いやー……まあ、色々事情がね」

そう言ってオーウェンは、両者を手招く。

そして、導かれるままに、ナンナはルヴェイの隣に腰かけることになった。

ルヴェイも、ナンナのことがずっと気になっているようだった。完全に挙動不審だ。ついでに言うと、近づいてくれるなオーラもものすごく、ナンナは途方に暮れる。

（難易度高すぎない……？）

本当にこの人とえっちができるのだろうか……。

くらくらしながらも、オーウェンたちがうまい具合に話を進めてくれるだろうと信じることにする。

なんと言っても、オーウェンはこの国の王太子なのだ。

ことカインリッツに至っては、ナンナの信用をすっかり失いつつあるが、オーウェンならきっと大丈夫だろうと、丸投げするしかない。

「単刀直入《たんとうちょくにゅう》に言おう。――ルヴェイ。君を蝕むあの病が、治るかもしれない」

「！」

ほら、この説得力である。

オーウェンの言葉にはルヴェイも驚いたらしく、両目をカッと見開いている。

「君の隣に座っている彼女――ナンナ、という子なんだけどね。彼女がギフトを使って、君を治癒してくれると言ってくれているんだ」

「!!」

先ほどまでの挙動不審もどこへやら、ルヴェイは三白眼をふるふるさせながら、ナンナの方へと向き直る。

（あ。なんかちょっと、可愛いかも）

怒っている以外の表情をはじめてまともに見た。

ルヴェイはカインリッツたちと同じで、おそらく二十代後半だと思われる。けれども人種の違いからか、険が取れた彼の表情は、少しだけ幼くも見えた。

「彼女のギフトは〈絶対治癒〉。私が鑑定したんだ、ホンモノさ」

「〈絶対治癒〉……そんな、まさか……」

信じられないものを見るような目で、ルヴェイはナンナを見ていた。

恍惚とした――と表現してもいいかもしれない。口元が隠れているから、完全には読み取れないけれども。

「っ……本当か⁉」

「わっ！」

がしいいいっ！

先ほどまでの距離感もどこへやら。彼は前のめりになるなり、ナンナの両手を取った。

そのあまりの力強さ、そして、ごつごつとした男性らしい手の形を実感して、ナンナは赤面する。

「っ……！　頼むっ‼」

普段よっぽど声を出し慣れていないのか、彼自身も、大声の加減がわかっていないようだった。

自分で自分の声量に少しビックリしているようで、すぐに彼は狼狽え、「すまない」と呟く。

「いやあ、あの人嫌いのルヴェイが、自分から女の子の手を！」

「重畳重畳」

他のふたりは楽しげにナンナたちを見ているけれど、ルヴェイはその言葉でさえ耳に入っていないようだった。

「この病が治るなら何でもする。だから、頼む！　俺に！」

「えー……と、はい」

もちろん、ナンナ自身、もう決めたことだ。呆《ほう》けつつ、こくこくと頷く。

どうやらナンナが思っていた以上に、ルヴェイの病というのは深刻だったらしい。

あのルヴェイがここまで態度を変えるだなんて、と驚く。もちろん、今回にかぎっては、〈絶対鑑定〉というギフトを含めたオーウェンへの信用があってこその態度の変化だとは思うけれども。

でも、これなら、あの特殊なギフトの条件があってもなんとか――と、ナンナも胸を撫《な》で下ろした。

もちろん、安心したのはナンナだけではなかったらしい。

今だとばかりに、オーウェンがさらりと乗っかる。

「なんでも、ね？　言ったね、ルヴェイ。言質《げんち》は取ったよ？」

「はい、今の言葉に二言は、ありません」

「では言うけれど、ナンナの〈絶対治癒〉には発動の条件があってね」

それはもう、素晴らしい王子さまスマイル全開で、オーウェンは言い切る。

「彼女の処女をもらった相手限定で発動するんだ。だからルヴェイ、彼女と性交してもらいなさい」

「……」

「…………」

「………………しょ」

――どろんっ！

瞬間。

いつかと同じく、ルヴェイは影に溶けるように消えていた。

「カイン、確保――ッ！」

「御意っ！」

残された男たちの行動は早かった。

一瞬で消えてしまったルヴェイがどこへ行ったのかわかるとでも言うのか。

カインリッツはすぐさま応接間を出たかと思うと、彼が出た入口から、ピカーッ！　と眩い光が放たれる。

（わああああ！　光魔法！　ホンモノ!!）

カインリッツが光魔法の使い手だというのは有名だけれども、ナンナもこの目ではじめて見た。

余談だが、カインリッツのギフトもこれまた有名で、〈幸運＋＋＋〉である。どんなときでも彼はラッキーガイなのだ。強い。


……ちなみに、ルヴェイ捕獲作戦中にオーウェンから聞いたところによると、ルヴェイに事情を話していなかったのはまさに『逃げられる可能性が高かったから』らしい。

彼のことだから、ほとぼりが冷《さ》めるまで街の外で身を潜める可能性が大いにあると。

ゆえに、ラッキーガイにしてルヴェイ捕獲の達人カインリッツがいる状況で、さらに短期決戦で治癒まで行うつもりで、ギリギリまで隠していたのだとか。

（ってか、この国、ほんとに大丈夫……？）

なんて失礼なことを考えていたことは、もちろん秘密である。

◆　◇　◆

というわけで、カインリッツに確保されたルヴェイと一緒に、ナンナは王城の客室へぽいっと放り込まれることになった。

「悪いが、ギフトで外に出るのは不可能だと思っておいてくれ」などと、キラキラ笑顔で言い残し、カインリッツまでもが立ち去ってしまっている。

やはりあの突然消える技もルヴェイのギフトによるものなのだろうか。

（カインリッツさま……外で、見張ってるとか？　いやいや、それはさすがに）

ないないと、ナンナは首を横に振る。

どんな手段を用いてこの客室にルヴェイを閉じ込めるつもりかは知らないけれど、ともあれ、この客室はたった今より『えっちしないと出られない部屋』へと早変わりしてしまった。

「……」

「……」

（いやー……どうしろと）

色々分析して現実逃避しちゃうくらいには、空気が重々しい。

（まだ真っ昼間なんですけども……）

妙に、部屋の雰囲気が作り込まれている。

カーテンはしっかりと閉じられていて、わずかな隙間から光が射《さ》し込むくらい。ほのかにランプが灯《とも》されていて、豪奢なベッドが妙な存在感を発している。

さらに、部屋に漂う悩ましげな香りに、ナンナはくらくらした。

なんのためにこんな雰囲気を演出しているのか、言われなくてもわかっているけれど。

（準備万端って感じですよね！）

空間演出だけは。

……問題は目の前のルヴェイだ。

反対側の壁に貼《は》りつきそうな勢いで距離を保ち、警戒心を剥《む》き出しにしたまま睨みつけてくる陰気な男が、すべての雰囲気を粉砕している。

（……えっちする雰囲気なんて、微塵《みじん》もないんですけれど）

処女にここからどうにかしろというのは難易度が高すぎる。

（これ、本当に大丈夫なのかな……）

コトに至るまでの道のりを考え、あまりの途方のなさに愕然《がくぜん》とする。だが、ぼんやりとしてても埒《らち》があかない。ゆえに、ナンナは会話を試みることにした。

「あの――」

「君は――」

……あろうことか、かぶった。

うっ、と互いに言葉に詰まり、手を前に出して譲りあう。

あ、お先にどうぞ。いえいえ、わたしはあとから――などとやりあい、仕方がないので、ナンナは先に言葉を発することにした。

「あの！　わ、わたし……」

ルヴェイ本人だって、病を治したい気持ちがあるのは間違いないのだから、怯む必要はないはずだ。

ただ、その条件に戸惑っているだけで。

もちろん、ナンナにも色々不安はある。だからまずは、彼に信用してもらうところからはじめようと思った。

「わかってます。わたしのギフトの条件に困惑なさってるってことは」

「……」

胸の前でぎゅっと手を握りしめる。

緊張で声が震えるけれど、伝えたいことがある。だからナンナは真っ直ぐ彼を見て、ぽつりぽつりと話しはじめた。

「わたしも、わけがわからないまま連れてこられて……でも、事情を聞いて。お役に立てたらって、その」

この客室は、王城でも比較的狭い部屋が割り当てられたのだろうか。だから、互いに部屋の対角に立っていても、相手の表情がよく見える。

とつとつと話し出したナンナに向かって、彼はその真意を定めるためにか、真剣な眼差しで見つめ返してくれた。

「……わたし、戸籍がないんです」

「！」

ルヴェイはナンナの事情を一切知らない。ゆえに、先に言っておいた方がいいと思えた。

「だから、面倒事もないですよ。処女を捧げたので結婚しろとか、そういうのないです」

あえて、笑顔を浮かべてそう告げた。

「もともと、わたしのギフト、条件があってですね。〈絶対治癒〉が発動するのって処女を捧げたたったひとりだけ、なんですよね。だから、わたし自身、使いどきもわからなくて。——そもそも結婚できない身なので、旦那さまに捧げるとかも、ないじゃないですか。そんなわけで、一生使う気がなかったギフトなんです」

「……」

「ギフト自体、もともとないものだって考えてたので――殿下やカインリッツさまからお話を聞いて。この国を支えてくださっている方に使ってもらえるなら、それがいいかなって……」

相変わらずルヴェイは、何を考えているのかわからない目で、じっとナンナを見つめている。

だからナンナは、誤魔化すように笑って、肩をすくめてみる。

「わたしみたいなのじゃ、その気にならないかもしれないですけど。ぱーっと気軽に、使っちゃってください！　えっと。頑張りますので」

「……」

ナンナの言い分をひとしきり聞いても、ルヴェイの表情は険しいままだ。ナンナから視線を外さずに、ぼそっと呟く。

「――金か？　それとも、名誉か？」

「え？」

何かまずいことを言ってしまったのだろうか。ルヴェイの警戒心がますます強くなってしまった気がする。

「カインは俺を英雄などと言ってくれるが、俺は、アイツとは……違う。俺の相手をしたところで名誉にも自慢にもならんぞ。城の外で、俺の存在を知っている人間など、ほとんどいないからな」

よほど信用ならないのだろう。彼はさらに眼光を鋭くする。

「それとも何か？　報酬目当てか？　金で身体を売った？　――国のためと言うが、それは娼婦《しょうふ》と変わらない。俺は女を金で買う気はない。どんな理由で塗り固めようと……俺は、お断りだ」

いや、治癒のためにそこは割り切りましょうよ、とつっこみたくなる。けれども、ここでナンナはようやく――本当に、ようやく気がついたのだった。

「あ」

なんてことだ。

「あ、あ……！」

いつもちゃっかりさんだと自負していた自分が、こんなやらかしをしていただなんて！

「どうした？」

「報、……酬……!?」

普段あれだけ市場で値下げ交渉を頑張っている身でありながら、完全に頭から抜け落ちていた。

彼に責められるも何も、そもそも、何も考えていなかった。

「やー……あの、ですね？」

ないものイコール無料みたいな感覚でいたけれど、よく考えたら〈絶対治癒〉だなんて貴重なギフト、ものすごいお金になっていたのではないだろうか！

「忘れていました」

「……は？」

「報酬とか、忘れて、いました……っ」

これでは無欲というよりただのアホの子だ……と思いながら、ナンナは頭を抱える。

(そうだよっ。先につ、交渉しなきゃだめじゃない、わたしのばかばか！)

でも、今回にかぎっては仕方がないことだと、自分に言い聞かせるしかない。

なにせ、ワイアール家から連れてこられてから、現実味のないことばかり起こりすぎて、頭がまともに働かなかったのだ。

「まさか、何も……？」

「あー……ええ。そうですね……。自分でもちょっと、びっくりしています」

召使い人生が長すぎて、偉い人の言うことはするっと聞いてしまう、というのもある。

なんともったいないことをしてしまったのだ。色々あっただろうに。お金とか！　戸籍とか！

「……」

案の定、ルヴェイはなんとも言えない表情をして、突っ立っていた。

その表情から険は取れているものの、困惑している……というのが正しいのだろうか。眉《まゆ》を思いっきり寄せたまま、考え込むようにしてマントをぐいっと引っ張り上げている。

「……どうして」

狼狽えながら彼は問うた。

「その。しょ……処女というのは、大事なものなのだろう？　いくら国のためとは言っても、見ず知らずの俺などのために、そんな」

あろうことか、ルヴェイはナンナの告白を、別の意味で受け取ってしまったらしい。

無償で身を捧げる健気な乙女？　……いや、単に交渉するのを忘れていただけなんです。なんて言えるはずがない。

「あー……それはですね」

それでも。

彼の疑問に対して、ちゃんとした答えもナンナは持っている。

どうやら彼は理由が知りたいのだろう。ナンナが身を捧げるに納得するだけの明確な理由が。

「あなたが、ルドの街を救ってくださった英雄だと伺ったので」

「ルド……？」

これは、事実だ。

報酬など関係なく、嘘偽りないナンナの本心。

「ええ。わたし、ルドの街の出身なんです。実家は燃えて、なくなっちゃいましたけど」

「ルドの？　……だが、君は……戸籍がないと……」

問われてナンナはあははと苦笑いを浮かべる。

「九年前。まだ小さくて。助けられて、わけもわからないうちにこの街に連れてこられて。そのままワイアール家で奉公することになったんですけどね。わたし、どうやら向こうで死んだことになってたみたいで」

「だが、戦後の復籍申請があったろう」

「そのことを知ったときにはもう、期限が。手遅れでした」

本来ならば三年以内に役所に申請さえしておけば、問題はなかったはずなのだ。

けれども、ワイアール家でこき使われていたナンナは、そのことすら知らなかった。……そうして、なんにも考えずに、幼いときからぼんやり生きていたツケを、いま払っている。

「そんな。——君を保護した人は教えてくれなかったのか？」

「えーっと……あはは……」

ある程度大人になってから知った。

使用人税というものがこの国にはある。戸籍を持つ者を雇った場合、その人数によって国に税金を支払うのだ。

けれどもナンナには戸籍がない。奴隷制度こそなくなりはしたものの、この国は戸籍なしや移民といった存在が非常に軽く扱われる。使用人税もはるかに安くつく。そうしてこの国は、安価な労働力を確保することを認めていた。

ゆえに、戸籍のない幼子を飼い慣らし、大人になっても召使いとして使い続ける家は少なくない。

ナンナだってそうだ。同じ手段で、この国の国民より、はるかに安く飼われていた。

家の中でたったひとり、あの家が成り上がっていくのを、そばで見てきた。とある事業で成功を収めたワイアール家は質のいい使用人も揃えていって——でも、なぜかナンナは、手放されることはなかった。

きっと、ナンナのような下っ端がひとりでもいると、便利だったのだろう。

ナンナはワイアール家にいいように使われているだけ。それもとっくに気がついていた。

けれども、大人しく使われてさえいれば路頭に迷わずに済む。家を放り出された戸籍なしの娘が簡単に生きていけるほど、この世界は優しくなんてない。

ルヴェイはナンナの状況を色々悟ったのだろう。頭をがしがし掻《か》きむしるようにして、はあ、とため息をつく。

「あのときの、戦災孤児というわけか。なるほど。——だが、それならばなおさら」

ルヴェイは、逡巡《しゅんじゅん》する。それから、意を決したようにナンナに向き直った。

「名乗るのが遅れたな。ルヴェイ・リーだ」

彼のファミリーネームを耳にして、ナンナは瞬く。

マントで口元が隠れているものの、特徴的な顔立ちから、もしかしたらとは思っていたのだ。そのうえ、彼のファミリーネーム聞き、予想は確信となる。

「俺は確かにあの街を救った。だが……同時に、旧フェイレンの出身でもある。それでも君は、俺を救ってくれると言うのか」

「……旧フェイレン」

それは、かつてルドを侵攻した東の異民族のことだ。多くの好戦的な部族が結集して、ひとつの国として成り立っていたらしい。

ただ、このディアルノ王国が、かの国の侵略を退け続けてきたことや、旧フェイレン国内でも部族間の抗争が激化した結果、国が解体され、今は散りぢりになっているという。

国が解体される要因のひとつとなったディアルノ王国への恨みから、その一部の部族は、今でもこの国を荒らしているのだとか。おかげで、かの国の生き残りといえば、山賊のような者たちだという認識が一般的だ。

ただ、カインリッツの話を思い出す限り、ルド侵攻の際には、ルヴェイはすでにディアルノ王国に所属していたはず。

どういう理由で、彼がこの国に所属することになったのかはわからない。

でも――、

「あー……旧フェイレン人とか、そうじゃないとか、あんまり関係ないと言いますか」

「！」

「それを言ったらわたしだって、戸籍なしですし。人種とか、そういうの自体、深く考えないようにしていると言いますか」

べつに皆を公平に扱っているとか、そういう立派なものではない。

すごく消極的な考え方だけれど、ナンナは単純に、穏やかに暮らせたらそれでいいのだ。相手の人種にそこまで強い興味は持てない。

「ただ、あなたがわたしの英雄で、病に困っている。わたしのギフトは、ないものだと思ってたけど、あなたのお役に立てる。だったら、使ってもらえたらわたしも嬉しい。それだけと言いますか。……大した理由じゃなくて、お恥ずかしいですけれど」

本音を言うと、大好きな『月影の英雄』のモデルになった人物と……という理由もある。けれど、そこまで言うのは少し気恥ずかしい。

だからナンナは、へらっと笑った。

「でも、わたしみたいなちっぽけな人間が役に立てるとか、今までなかったことですから。ちょっと舞い上がってたのかもしれません。鬱陶《うっとう》しかったらごめんなさい」

所詮、戸籍なしの召使い。

この世界の片隅で、ひっそりと生きて、ひっそりと死んでいく。そんなどこにでもいるちっぽけな娘に、こんな大きな役目が回ってくるだなんて誰が思うだろう。まるで、物語のなかの出来事のようじゃないか。

本を読んで、妄想を膨らませることを支えに生きてきた人間だったからこそ、少し、高揚している。なんだか自分がとても特別な人間になれたような気がしたから。

こうして理由を問われて、自分の薄っぺらさが恥ずかしくなるけど、仕方がない。これがナンナという人間なのだ。

「気分を害さないように、じっとしてます。だから、さくっと使って、忘れてもらって大丈夫なので」

格好つかないなあと笑いながら、気恥ずかしさでくるくると横髪をいじる。

(ああもう、いたたまれないなあ……!)

もっと女の子らしかったり、情緒や色気のある誘いができたらいいのだけれども、残念ながら育ちのちっぽけさは埋めようがない。

けれども、ルヴェイはナンナの言葉をちゃんと受け止めてくれたらしい。唇を引き結び、ごくりと唾を飲み込む。

そうしてしばらく——彼もとうとう決意をしたらしく、つかつかとこちらへ歩いてくる。手を伸ばせば触れられるほど近くまで来て、足を止めた。

彼はじっとナンナの顔を見つめたまま、呼びかける。

「ナンナっ……嬢」

「嬢……?」

ルヴェイにそう呼ばれるのは若干違和感がある。

先ほどまでとあまりの態度の変わりように、ナンナは目を白黒させた。

「ナンナ、殿?」

「どの」

「だったら何だ。……ナンナ…………ちゃん、か？」

「ちゃん⁉」

すごく険しい顔でそう呼ばれてしまい、ますますいたたまれなくなる。

彼なりに精一杯考えたうえでの呼び方だとは思うけれども、ナンナは首をぶんぶんと横に振った。

「呼び捨てで！　呼び捨てで結構です！　ええ！　是非呼び捨てで‼」

商店街のおっちゃんに呼ばれるのとはワケが違うのだ。

影とはいえ、彼はこの国の——いや、ナンナにとっての英雄。ナンナのことなんて、もっと軽い感じで扱ってもらって構わない。

ナンナちゃんだなんて、親しげに呼ばれてしまうと素で照れてしまう。なにせナンナは、友人こそ多いくせに、恋愛経験はゼロなのだ！

「ではナンナ。……本当に、いっ、いいのか。その。君の……処女を、頂いても」

改めてそう問われ、ナンナはこくりと頷いた。

（ち……ちちちちち、近い……）

先ほどは刺すほどの殺気を放っていた三白眼も、今は幾分か穏やかになっている。

と言うより、視線があっちに行ったりこっちに行ったり、忙しない。彼もかなり緊張しているようだった。

「しっ……しかし、しょ、処女、だぞ……？　わかっているのか？」

「処女処女何度も繰り返さないでくださいっ」

「すっ……すまない」

見れば、ルヴェイは真っ赤にした頬を覆い隠すように、再びマントを引き上げる。どうも彼は、単純に照れ屋なのかもしれない。

あきらかにただ者ではないオーラを出していたときとはうって変わって、本来かなり内気なようだった。なにせ、声も小さいし、早口だし、視線は定まらない。

「で？　ヤるんですか？　やらないんですか？」

「や、ヤる！　……君は、なかなかに勇ましいな」

「あっ」

彼があまりにもじもじしているので、うっかり素が出てしまい、ナンナは狼狽える。

「……慎みがなくてすみません」

「いや。俺が不甲斐《ふがい》ないだけだ。その…………頼む」

おずおずと手が差し出されたので、ナンナもそっと右手を差し出す。

気がつけばがっしりと握手を交わし合い――、

(えっち前に、これは何か違うのでは……？)

などと、ナンナはぼんやりと思った。

「……」

「……えっと」

それにしても、このままどうすればいいのだろうか。

悩んでいるのは彼も同じらしい。

手を繋《つな》いだまま互いに動けないでいたけれど、ルヴェイはやがて、何かを決意したようだ。険しい表情のままナンナの手を引き、ベッドの縁へと座らせる。

「ナンナ。その……先に、これを──」

そして彼は、ナンナの正面に立ったまま、己のマントに手をかけた。

「……あ」

あらわになった彼の顔を見た瞬間、ナンナは両目を見開く。

どうして、彼はマントで口元を隠しているのか。

どうして、彼はマントを何度も直すような動作を繰り返していたのか。

「……黙っていて、すまない」

異様なほどにくっきりと浮かび上がる黒。

ルヴェイの右側の首元から頬にかけて、真っ黒なインクを塗りたくったような痣《あざ》があったからだ。

「まさか」

ナンナの言葉にこくりと頷き、彼はマントだけでなく、コートもばさりと脱ぎ捨てる。

シャツのボタンをいくつか外し、襟を引っ張るようにして肌を晒すと、肩口から胸元、それから臍《へそ》のあたりまで──べっとりとその痣は広がっていた。

「病のせいでこのザマだ。女性には、気持ちが悪いだろう……？」

さすがにじっと見られるのは抵抗があるようで、彼はナンナから右頬を隠すように、そっと顔を横に向ける。

そんな彼の横顔を、ナンナはじっと見ていた。

少しくせのある黒髪が揺れ、長い前髪が彼の目元を隠す。

その前髪は、人に見られることを好まない彼の性格の表れなのだろう。ただ、よく手入れされているのか、彼の髪にはしっとりとした艶があり、妙に色気がある。

整った鼻筋に、薄い唇は形がよく、異国人らしい独特の風貌もとても魅力的に感じた。

ぎょろりとした三白眼も相まって、影のある風貌が彼らしくもあり、どこか物語の登場人物めいて見える。

ナンナが想像していた『月影の英雄』の主人公ヴィエルのイメージが彼に重なり、揺れる。

ルヴェイが持つ痣は、まるで、彼が影に生きる象徴のような気がして、胸の奥にじくりと痛みを感じた。

「失礼ですが、それは」

「俺の病についての説明は？」

ルヴェイは視線を彷徨《さまよ》わせながら、そっと訊《たず》ねる。

魔力がなくなっていく病だと聞いたと答えると、彼はこくりと頷いた。

「そうだ。ただ、病と言うには少し語弊があってな。これは――どちらかと言うと、呪《のろ》いの類《たぐ》いだ」

「呪い……」

「そうだ。こんな仕事をしているからか、それなりに恨みも買う。そのせいで、じわじわと呪いをかけられてな――魔力だけではなく、見た目もこのザマさ」

あまり見られたくないものらしい。

彼は襟元から手を放し、ずっと横を向いたままだった。

「こんな醜い男だ。本当に……いいのか？」

「醜い？」

その言葉がまったくピンとこなくて、ナンナはきょとんとする。

確かに驚きはしたけれども、醜いとはちっとも思わない。

「それも、呪いの影響なんですよね？」

「そうだが……」

普段からマントで隠すくらいに、ルヴェイはその痣のことを気にしている。

本当はナンナにだって、その痣を見られたくなかったのだろう。

彼の事情は理解した。だからナンナは、彼を安心させるようにとふわりと微笑む。そして、ゆっくりと彼の手を取った。

「だったら――」

両手で彼の手を包み込む。

ごつごつとした、戦う人の手。慈しむようにゆっくりと撫でると、ルヴェイが驚いたようにこちらを向く。

「もしかしたらですけれど。その痣も、綺麗になるかもですね？」

「……っ」

魔力のことだけでなく、自身の見た目についても、彼はかなり気にしているようだった。であるならば、一緒に治癒できるに越したことはない。

「――よかった」

ナンナの言葉に、ルヴェイが少しだけ泣きそうな顔を見せた。その表情を見ただけで、ナンナは、彼の治癒係に名乗り出てよかったと思った。

けれども次の瞬間、彼はくしゃくしゃに眉を寄せて、ナンナに身を寄せる。かさついた手がナンナの頬に触れた瞬間、ナンナ自身の心臓もまた大きく跳ねた。

「──慣れてはいないが。そ……の……、精一杯、優しく、抱く」

どうやら彼は、少なからず心を許してくれたらしい。

「は……い……」

おかしい。ナンナまで緊張で、声が上擦ってしまう。

すぐ近くに、ルヴェイの顔がある。真剣な眼差しを向けられると、心臓が妙に煩《うるさ》く感じた。

致すらしい。

(そっか……わたし、この方と……)

この距離まで近づき、そしてこうして触れられて、はじめてその意味を心で理解した。

(ううん。でも、これは。ほら。治療行為、だから)

愛とか、恋とかそういうのではない。

でも、どきどきが止まらない。

(ルヴェイさまのためにも、さくっと手早く終わらせなきゃ……)

感情を乗せてはいけないと自分に言い聞かせる。

すぅ──。

はぁ──。

深呼吸して、ゆっくりナンナもゆっくりと彼と向きあった。

「よ、よろしくお願いします」

「あ……ああ」

ルヴェイの視線はやっぱりきょろきょろ、定まっていなくて。だからナンナもどうしたものかと思い悩む。

けれども、それもわずかな時間だった。次の瞬間には彼に肩を掴まれ、押し倒されていたからだ。

どさり。

意識が追いつかぬままに、ルヴェイに見下ろされる形になり、ぞくりと震えが駆け巡る。

彼の前髪がはらりと落ち、隠れていた三白眼と目が合った。彼の瞳も揺れていて――でも、決して視線を逸らさない。

「！」

ぎしりとベッドが揺れた。

靴を脱がされ、彼も同じように適当にブーツを投げ捨てては、ベッドの上に膝《ひざ》をつく。気がつけばルヴェイにのしかかられていて、ナンナは瞬いた。

「すまない。俺は、本当に至らないな」

彼の声が震えている。

今はマントがないから、彼の表情がよくわかる。彼は眦を真っ赤に染め、薄い唇を引き結ぶ。そして、意を決したように静かに言い放った。

「俺も腹は括った。――安心してくれ、ちゃんと、責任は取る」

「責任……？」

「ああそうだ」

責任。

それはつまり、先ほどの報酬の話だろうか。だなんてぼんやりと考えていたけれど、そんな余裕はすぐになくなってしまう。彼がその顔をナンナの口元に近づけてきたからだ。

心臓が大きく鼓動した。

「まっ、……待って、くださいっ」

彼が何をしようとしたのか咄嗟《とっさ》に理解し、顔を背けて目を閉じる。

「……っ」

「そ。それは、あの……」

あまりの驚きに、しどろもどろになりつつも、自分の手で口元を隠す。

だって、これは治癒行為だ。

いくら雰囲気を作るためとはいえ、キスまでするのは、とても申し訳ない気がする。……いや。もちろん、これからもっとすごいことをするのだけれど。それはそれ、これはこれだ。

とてもではないが、ナンナの気持ちが追いつかない。

「……」

「…………そうか」

ナンナの気持ちが伝わったらしく、彼もぴたりと動きを止めた。

「ごめんなさい……」

「いや」

彼は短く言葉を切った。

「悪い」

そうして、ナンナを安心させるようにくしゃりと頭を撫で、代わりに髪へとキスを落とす。

「……ルヴェイさま？」

「君が、嫌がることは、しない。約束する」

「は……い」

ナンナがようやく口元から手を離し、顔を上げると、彼も安心したように目を細める。

彼は、ゴツゴツした手でナンナの頬を撫でてから、その手をするすると下へと移動していった。強《こわ》ばった様子で、いよいよナンナの服に手をかける。

悩む様子を見せながらも、ワンピースの裾《すそ》をたくし上げ、下から丁寧に脱がせる。さらにブラウスのリボンを解き、ナンナの肌をゆっくりと晒していった。

「わ、わ……っ」

「あまり硬くなるな。……気持ちは、…………その。よく、わかるが」

「はいっ……」

彼の節くれ立った指が、ゆっくりとナンナの肌に触れる。互いに緊張しているらしく、彼の手も確かに震えていた。

「わたし……大丈夫、ですから」

「……そうか」

「はい」

もっと雑に扱われるくらいの気持ちでいた。

けれど彼は、とても丁寧に、ナンナを怖がらせまいと、一枚いちまいナンナの服を剥ぎ取っていく。

いよいよ素肌があらわになり、ナンナはぎゅっと自分の身体を抱いた。骨が浮くほどに痩《や》せぎすの身体を見られるのはさすがに恥ずかしく、視線を逸らす。

「ナンナ」

胸を隠していた手をやんわりとのけられると、もう遮るものなんてない。彼は柔らかさの足りないナンナのほっそりとした身体に手を触れた。

「あまり……食っていないのか……？」

「えーと」

普段からしょっちゅう食事を抜くはめになる出来損ないであることが露呈し、狼狽える。

板とまでは言わないけれど、ナンナは胸だって慎ましい。発育状況が悪く、女としては全然魅力が足りないことを自覚しているため、彼女は素直にうな垂れた。

「……すみません、色気が足りなくて」

「!?　いやっ、……そうでは、なくてだな」

彼の遠慮がちな手が、ナンナの乳房を揉《も》み上げた。

誰にも触れられたことのないそこを、ゆっくりと揉まれるだけで、ナンナはひどく緊張する。

わかっていたはずなのに、全然気持ちがついていかない。ゾクゾクするようなはじめての感覚に、ナンナの呼吸は浅くなる。

「力を入れると……折れそうだ」

緊張しているのはナンナだけではないらしい。

ルヴェイの声もかすかに震えていて、彼も恥ずかしそうに咳《せき》払いをした。

「……精一杯、優しくする。……だが。その。不安にさせて、すまない」

この近距離で囁《ささや》きかけられると、ナンナの心臓がますます暴れてしまう。でも、彼の言葉からは気遣いが滲《にじ》み出ていて、いくばくか安心している自分もいる。

「よかったです。えっと……治癒のためだとはわかってるんですけど。その、やっぱり、はじめてなのもあって……緊張してます。すみません」

「……っ」

道具代わりくらいで立候補したはいいものの、肌を合わせるとなると、それなりに情というものが揺れ動く。愛情たっぷりで抱いてほしいとまでは言わないけれども、優しく抱いてもらえるのは素直に安心できる。

「謝るな」

「あっ……」

「責任は取る。そう言っただろう？」

そう言いながら、彼は乳房に唇を寄せる。が、ナンナがびくりと震えたのに反応し、彼もぴたりと動きを止めた。

「……嫌なら、ここにも触れないが」

「いえ、いいですっ。いいんです、けどっ……！」

心の準備ができていないために、ついつい身構えてしまっただけだ。

「そうか」

「ひゃ、あぁ」

いよいよかぷりと乳首を咥《くわ》えられ、ナンナは仰け反った。

ころころと、舌で乳首を転がすように愛撫《あいぶ》し、彼は呟く。

「その。少しでも君の想いに報いることができたらと、思っている」

報い方！　と色々つっこみたくなるけれども、彼の言葉に嘘はない。

まだ胸を触られているだけだというのに、全身がゾクゾクして、嬌声《きょうせい》を上げてしまう。

「つぁ！　ま、まって、ルヴェイさま……っ、あのっ」

「？　どうした」

切ない眼差しを向けながら、ナンナはぽつりと問うた。

「し……しがみついても、いいです、か……？」

どこか心細くて、先ほどからシーツをぎゅって握りっぱなしだ。

けれども、ゾクゾクとした感覚に襲われるたびに、彼を抱きしめたくなり、腕が勝手に動きそうになってしまうのだ。

これで不敬だと言われたらたまらない。だから、せめて先に確認を、と考えた。

「っ！　……あ、ああ。もちろん」

なんだか彼も声が震えているけれど、許可は出た。

だったらと思い、ナンナの胸に顔を埋めたままでいる彼の頭をそっと抱えるようにしてしがみつく。

彼の髪に指を通すと、ナンナのものとは全然感触が違った。しっとりとした髪質が心地よくて、無意識に梳《す》いてしまう。

「お、おい……っ」

　小さく抗議の声が上がった。

　ちょうど、彼の髪を耳にかけたところで、彼が耳朶《みみたぶ》まで真っ赤にしていることに気がつき、ナンナも硬直する。

「ごめんなさいっ」

「いや。いい。――好きに触れて」

「え、……ええ？」

「俺も、その……緊張しているだけだ。情けない姿を見せた」

「いいえ、情けなくなんか」

「……正直に言う。女性を愛するのは、はじめて、なんだ」

　そう言って彼は上半身を起こし、がしがしと頭を掻いた。赤面しているのを隠すように、腕で、ナンナからの視界を遮るようにして。

「せっかくの相手が、俺のような男で、悪いな。だが、その――人よりは、器用な自覚はあるから」

「え？　ええと」

「最初だけ、……慣れるまで、我慢させるかもしれない。が。ちゃんと、する、から――その。怖がらないでくれるとありがたい」

　ぼそぼそと、聞こえるか聞こえないかくらいの小さな声で彼は呟く。

「まあ、あんなことをした俺だ。難しいかもしれないがな――」

あんなこと、というのは、攫ったり、磔にしたり、ということなのだろう。

いつも険しい表情をしている彼だけれど、こうして見るとずいぶんとあどけなく見えた。そのなにげない表情に心をがしりと鷲《わし》掴みにされて、ナンナは彼から視線を離せなくなる。

「こちらも、触れるぞ——？」

「は、はい」

ルヴェイはごくりと唾を飲み込み、決意したように片腕をナンナの下半身へと滑らせた。

彼にしがみつきたい、と、ナンナが呟いたことを覚えていたのか、もう片方の手はナンナに預けてくれる。

「……？」

「それを掴んでいろ」

「あ、……ありがとう、ございます」

「ああ」

彼は気恥ずかしそうに、ふいっと視線を横に逸らす。

けれど、ナンナが両手で彼の手を握りしめると、優しく握り返してくれた。

そうしてもう片方の手は、ゆっくりとナンナの繁みを掻き分け、とうとう彼女の秘所に辿り着いた。

「ひゃっ」

「っ、す、すまない」

「ん、ぅっ……だ、だいじょうぶ、ですっ」

くちっ。と、割れ目を押し分けて侵入してくる一本の指に、意識が集中してしまう。

ナンナの瞳が揺れ、甘い吐息が漏れた。

「ひゃぁ……ぁ……！」

膝裏から腿《もも》が、無意識に揺れる。身体が強ばり、きゅっと下半身に力が入ると、ルヴェイもまた眉を寄せた。

「狭いな」

「すみません」

「謝るようなことじゃ、ない」

そう言って彼は、ナンナに預けてくれていた手に、少しだけ力を入れる。

そのままにぎにぎと擦《こす》るように動かすものだから、ナンナも同じように両手で彼に応《こた》えた。

ルヴェイは気恥ずかしそうに視線を彷徨わせたのち、ナンナの下半身の方へと集中することを決めたらしい。

「……っ」

彼の表情は真剣そのものだった。難しい顔をしながら、懸命にナンナの膣《ちつ》内を捏《こ》ねはじめる。

「わわ、……んんんっ」

「……ここか」

彼はナンナの反応を確認しながら、真剣な表情でナンナを愛撫し続ける。

最初は恐るおそるだった手つきも、やがて、大胆に動きはじめる。膣壁を擦りながら、ぴっとりと閉じている隘路《あいろ》を解《ほぐ》していった。

「ふぁ、ルヴェイさま……っ」

「……」

呼びかけると、彼はわかりやすく耳まで真っ赤にする。

「ぁ……っ」

ざらざらしたところをしつこいくらいに捏ねられて、ナンナの身体が跳ねる。

ルヴェイはごくりと唾を飲み、膣内を捏ねる指を二本に増やした。

「ま、待ってください。ルヴェイさま、っ……！」

お腹の奥が切なくて、ナンナは混乱する。

……もちろん、覚悟はしていた。えっちするというのは、こういうことなのだけれども。

（もっと、手早く終わらせてもらうつもりだったのにっ……！）

ルヴェイのことだ。目的を果たすための最短で、コトを終わらせると思っていた。

（ほんとに、えっち。ちゃんと、えっち、してるっ）

治癒とかいう前に、ナンナの方がいっぱいいっぱいになっている。

はじめてだというのに、なんだか状況に酔ったみたいに、くらくらしっぱなしだ。

ルヴェイは相変わらず真剣な様子だった。ナンナが嬌声を上げるたびに、まるで安心したように息を吐き、さらにナンナの膣内を捏ね回していく。

器用に親指で花芽を押しつぶされ、ナンナの身体が跳ねる。すると、心得たと言わんばかりに、今度はそのぷっくりとした花芽を、彼はころころ転がしはじめた。

「んんぅ……ル、ルヴェイ、さまぁ……」

「ああ、もっと解す」

かなり慎重な性格らしく、執拗《しつよう》なくらいに嬲《なぶ》られた。ナンナは甘い吐息を漏らしながら、ルヴェイに視線を向ける。

普段は快活なナンナの翠色の瞳が、とろりと潤んだ。いつもよりもぐっと大人の女性らしい色香を纏ったナンナの表情に、ルヴェイもまた息を呑む。

じっくりと解されていくうちに、ナンナの下の口からはくちゅくちゅと水音が響きはじめた。

自分からこんな淫《みだ》らな音がするのが信じられなくて、ナンナは身をよじった。ルヴェイに処女を捧げると言ったけれども、羞恥《しゅうち》でどうしたらいいかわからなくて、泣きそうになる。

「ナンナ」

「ぁ……んんっ」

「ナンナ、もうすぐだ」

「は、はい」

「逃げないで、くれ、……たのむ」

「逃げません……」

単に、こんな乱れた顔を見られるのが恥ずかしいだけだ。

これは仕事のようなもの。……そのはずなのに、すっかりと蕩《とろ》けてしまっている。

「そろそろか」

彼がそう呟いたので、ナンナもこくこく頷いた。

さっきからずっと、お腹の奥がきゅんきゅんと切ない。羞恥も相まって、なんだかルヴェイに対して申し訳ないような気さえする。

このままずっと愛撫され続けたら、自分がどうなってしまうのかわからなくて怖い。

「悪いが、少しだけ手を放す」

わざわざ許可を取ってくれるあたり、ルヴェイはとても律儀だった。

彼はさっとシャツを脱ぎ、ズボンも同じように脱いで、適当に放り投げる。あらわになった彼の身体に、ナンナは釘付《くぎづ》けになった。

この国出身の男性と比べると彼は比較的小柄だが、さすが英雄と呼ばれる男性なだけある。

黒いコートを着ているときはかなり細身に見えたけれども、脱いだ彼は印象が変わる。しっとりと均整が取れた筋肉は見事の一言だった。

右側の頬、そして首から胸、脇腹《わき》とべっとりとついた黒い色彩は痛々しくもあるけれども、決して彼の美しさを損なうものではない。

そして――、

「っ……」

腹部にぴったりとつくほどに勃《た》ち上がった彼の剛直。赤黒く血管の浮いたそれは、まさに凶器と言うに相応《ふさわ》しかった。

ナンナに欲情してくれるのかどうか不安だったことが嘘のようなそれに、ナンナは息を呑む。

「っ、す、すまない。怖いなら、目を閉じておいてくれ」

怖いというより――思っていた以上に大きい。そのうえ、長い。

「い、いえ」

……想像よりもはるかにご立派なものをお持ちであった。ゆえに、あまり凝視するのも申し訳ないと思いつつも、ちらちら視界に入ってしまう。

(だ、大丈夫かな、わたし……)

ちゃんと受け入れられるのだろうか。

また別の不安に襲われるけれど、先に進むしかない。

「大丈夫、です」

ナンナの言葉に、彼は多少安堵《あんど》したらしい。ほっと息を吐いてから、ナンナの膝裏を掴む。そのまま持ち上げたかと思うと、ぐいっとその屹立《きつりつ》を押し当てた。

期待と不安でナンナは唇を噛《か》み、貫かれる恐怖に備える。

「くっ……」

ルヴェイも多少もたつきながら、それでもゆっくりと、彼の剛直をナンナの膣内へと挿れていく。

「ぁ、あっ」

「痛むか？」

ナンナがびくりと震えたのを、彼は見逃《みのが》さなかった。一度動きを止め、ナンナの表情を確認する。

「だ、大丈夫、です。緊張、してるだけで」

「そうか……」

「は、い」

頷くと、ルヴェイは安心したように息を吐き、さらにゆっくりと彼の猛《たけ》りを埋め込もうとする。

さらに上半身を重ねるように、彼に覆いかぶさられ、ナンナは瞬いた。

「ルヴェイ、さま？」

「そんなに、怖がるな。――ほら、力を抜け」

「でも」

「でないと、奥まで――くっ」

ぐ、ぐ、と腰を押しつけるけれど、ナンナの膣内は狭く、なかなか奥まで挿入《はい》らない。それでも、ゆっくり、確実に彼は己のものを埋め込んでいき、甘い吐息を漏らした。

「痛むなら、俺の肩でも噛んでいろ」

「ぁっ……」

しっかり解してもらっても、はじめての痛みというのはどうしようもない。

彼はそれを非常に気にしているらしく、汗を滲ませながら、ぽつりと呟いた。

「すまない」

「大丈夫、です」

だからナンナは彼の首に腕を回す。

彼が自分を責めないように。自分は平気なのだと知らせるために。

「奥まで、来てください。大丈夫、ですから……っ」

そう言ってナンナは彼に強くしがみついた。

「っ……」

こんなに近くにルヴェイの顔がある。三白眼がふるふると震え、彼の薄い唇が開いたり、閉じたりするのを見ていた。

同じようにルヴェイも、ナンナの顔をじっと見ていたらしい。

あまりに苦しくて、唇を噛んでしまっていた。その噛み痕《あと》を、彼はそっと指でなぞり、苦しそうに目を細める。

「すまない」

彼は意を決したらしく、ナンナの頬に触れ、そのまま力を入れる。

ずん！　と、重たい衝撃が走り、同時に、破瓜《はか》の痛みがナンナを襲った。

「っ、っ……！」

彼のモノが奥へ当たり、ナンナは仰け反る。まともに息ができなくて、口を開け閉めする。

「は……っ、くぅ……」

しばらく痛みに耐えるように身体を強ばらせていると、どうにか落ち着いてきたらしく、ゆっくり、ゆっくりと息を吐いた。

「大丈夫か、ナンナ」

「は……い……」

全然大丈夫じゃない。

けれど、ズキズキとした痛みのなかに、甘い疼きがあるのも自覚していて。

「大丈夫、です。動いて……」

「そうか……？」

「はい。でも……このまま」

強く、彼にしがみついていたい。

そんなわがままを理解してもらえたのか、ルヴェイはごく真剣な眼差しで頷き、ナンナを優しく抱きしめ返してくれる。

やっぱり彼は、英雄なのだろう。鍛え方が、そこいらにいる男性とは全然違う。

無駄のない引き締まった身体は、こうして抱きついていると安心感がある。ナンナは甘えるように、しっかりと彼にしがみついた。

「ぁ、んん……っ」

ルヴェイはゆっくりと、ナンナの身体を労《いたわ》りながら、腰を前後しはじめる。

一度奥まで貫いてしまえば、痛みが疼きに変わるのはすぐだった。

ぐじゅ、ぐじゅ、と淫らな水音が響きはじめ、ナンナはうっとりと目を細める。

「く……ぅ……」

ルヴェイの吐息も甘く、彼は汗を滲ませながら、ナンナを大切に抱きしめる。

痛みは完全には消えていないけれど、それでも、少しでもナンナに負担をかけないようにと、彼がたくさん配慮してくれるのがわかった。

「このまま、君を、愛していればいいのか？」

「え？　何が……」

「何がって……その、ギフトは」

「あ」

（そうだった……）

身体を繋げることに必死で、すっかり頭から抜け落ちていたけれど。

「ギフト……」

どうなのだろう、と、途方に暮れる。

なにせナンナが知る情報も、〈※条件：異性との性交により、生涯において、たった一名にのみ付与可能〉という条件ですべてなのだ。どうやってギフトを使用するのかなんて、知るはずもない。

（けど……）

そこはやはり、神さまからの授かり物だからだろう。

お腹の奥の――まさに、丹田《たんでん》のあたりに、なにやらあたたかいものの存在を感じる気がする。

「このまま」

「ああ」

「して、ください」

「わかった」

ナンナの奥に眠るなにかは、もっとルヴェイのことを求めているようだった。だからナンナも素直にその本能に従うだけ。

ぱつっ、ぱつっ、と肌がぶつかりあい、たっぷりと愛し合う。

もちろんそこには恋愛感情のようなものはない。けれど、なんだかナンナは勘違いしそうになってしまった。

――気持ちいい。このままずっと、彼に抱かれていたい。

男女の交わりに夢見たことがないと言えば、それは嘘だ。

（一生……ないって思ってたけど……）

ナンナだって、ひとりの女の子。男性に愛されることに、憧れないはずがない。

（痛いし、苦しい……けど……）

それでも、ナンナは幸せな気がした。

痛みのなかに確実に生まれる気持ちよさ。彼に奥まで突かれるたびに、そして彼のことを強く抱きしめるたびに、胸が熱くて、いっぱいになるような感覚がある。

（好きになっちゃったら、どうしよう）

困った。

最初で最後のえっちを一生の思い出にして暮らしていく決意はしていなかった。

ここまで、胸がいっぱいになるなんて、思っていなかったのだから。

「ん……ぁあ！　る、ルヴェイさま……！」

「ああ」

「わたし、なんか。なんだか。へん……っ」

「ナンナ――」

目が合い、口を閉じる。

すぐそこに彼の顔がある。

どうしよう。キスしてほしいだなんて、大それたことを考えてしまっている。

けれどもナンナは必死で我慢し、目を逸らす。だって、それはナンナが拒否したはずのことだから。

ただ、今はこの快楽に集中する。いっぱい、溺《おぼ》れて、気持ちよくなって。

（神さま。どうか、彼に。――ルヴェイ・リーに、わたしのギフトを……！）

そう願い、頭が真っ白になる。

「あっ、あっ」

「くっ……！」

ナンナが果て、なかがぎゅっと強く締まる。それと同時に、熱いなにかが広がっていくのがわかった。

どくどくと彼のモノが強く脈動し、強い魔力が注がれる。

ナンナの腹に宿った祝福は、たちまち熱となって、一気にナンナの身体へと駆け巡った。

「！」

「くっ……これは……！」

ルヴェイの身体にもなにか異変が起きたらしく、彼は驚きで目を見開く。けれどもすぐに、ナンナをぎゅうぎゅうに抱きしめ、彼女の肩口に顔を埋めた。

「ん、んんっ、ルヴェイ、さま……っ」

「これが……！」

ギフトか、と、彼が呻く。

その言葉の意味を、ナンナも今まさに実感していた。

――なにかが。

大きな、禍々《まがまが》しいなにかが、ナンナの身体の中へと一気に押し寄せる。

病ではなく呪い。その意味を実感する。

そのひどく澱《よど》んだなにかに全身を襲われ、ナンナの身体は震える。

たちまち、視界が霞《かす》み、意識の奥底に引っ張られていき――、

「ナンナ？　……おい、ナンナ！」

――遠のく意識のなか、ルヴェイの叫ぶ声だけが聞こえていた。

◆　◇　◆

逃げなさい。

そう言われて突き飛ばされた。

崩れ落ちた家の下敷きになった両親の悲鳴を聞き、ナンナは呆然と立ち尽くす。

ふわふわとした夢のなかを漂いながら、ナンナは理解する。

これは、かつての記憶が形作った幻影。

九年前、今は散りぢりになってしまった東方の異民族・旧フェイレン人によって引き起こされた事件の顛末。

――ああ、ルドの街が燃えていく。

当時の記憶は曖昧《あいまい》な部分も多い。どこまでが夢で、どこからが現実なのかもすべてあやふやだ。

助けを呼ばなければと必死で走っていたはずなのに、いつしか彼女は追われる立場になっていた。

逃げ惑うエモノを見つけてにたりと笑う旧フェイレンの男たち。

彼らの手をすり抜け、ひた走る。

ごうごうと赤い炎と黒い煙が立ちのぼり、歩き慣れた街が見る影もなくなっていて。自分がどちらに向かっているのかすらわからずに必死で逃げた。

女の子供は金になる。あと数年もすればもっと美味《おい》しくなるぞと、下卑た笑みを浮かべる男たち。

それに恐怖し、足がもつれて転んでしまう。

幼いナンナを捕らえようと、太い腕が伸びてきたそのとき――。

――ドン！

ナンナや、周囲の男たちの影から、一気に無数の黒い柱が立ち上がった。

(ああ、またこの夢だ)

全くもって現実味のない、圧倒的な力。

それはまるで、黒い雷のようでも、黒い炎のようでも、黒い無数の腕のようでもあった。

ナンナを捕らえようとした男たちに向かって伸び、ぐにゃりと形を変えたその影が彼らの四肢を縛り上げる。

さらに、地面から飛び出した大きな影のうちのひとつは、やがて人型をとり、彼女を護《まも》るようにして、旧フェイレンの男たちの前に立ちふさがる。

影と同じ色のローブを羽織った男は、黒くて長い髪を靡《なび》かせながら、振り向くことなく目の前の男たちのほうへと駆けてゆく。

ふわりと、長い髪が翻《ひるがえ》り、わずかに男の顔が見えたような気がした。

けれども、ナンナの意識はここで途切れて――。


――ぱちり。

目を覚ます。

夢のなかの、黒い男のシルエットが、誰かに重なった気がした。

「！」

ナンナが動いたことに気がついたらしい誰かが、がばりと、彼女の顔色を窺《うかが》うようにして覗き込んでくる。

「ルヴェイ……さま？」

ゆるりと焦点が定まっていく。

そこには、まるで死にそうな顔色をしたルヴェイがいた。

「ナンナ！　目が覚めたのか」

呼びかけられたけれど、ナンナはしばらくぼんやりとしたままだった。

九年前の記憶と重なりはするけれども、あの光景は、きっと夢でしかないはずだ。

だって、ナンナ自身、はっきりと覚えてはいないし――あんな、圧倒的な力を操れる人間なんて、そもそも存在するはずがないからだ。

ナンナを助けてくれた誰かの力があまりに圧倒的すぎて、そして物語じみていて、本当にあった出来事のはずがない。物語の世界が好きなナンナが、過去の恐怖を、別の形に書き換えただけ。

ただ、――今は。

目の前のルヴェイの姿が、あの黒い誰かと重なって見えた気がした。

（ううん、まさかね……）

カインリッツ曰《いわ》く、ルドの街を救った本当の英雄はルヴェイなのだと言う。

もしかしたらという思いが膨らむけれど、ナンナはすぐにその考えを否定した。

だって、いくらなんでも、都合がよすぎる。

ルドの街はそれなりに広い。街を奪還するために奮闘してくれた人間だって、何人もいるはず。都合よくルヴェイがナンナを助けてくれていただなんてありえない。

「ナンナ？　大丈夫か」

「!?　あ、えと。はい。おはよう……ございます……？」

「ああ、おはよう」

なんだか不思議な心地で挨拶をすると、彼も少しは安堵したらしく、眦を下げる。

彼はすでに着替えており、昨日と同じように黒いコートを着込んでいた。ただ、どうにもその姿に違和感がある気がする。

「えっと……？」

ナンナ自身いつの間に着せられたのか、肌触りのいい寝間着を身につけている。

それにしても、どれくらい時間が経ったのだろうか。カーテンの隙間から射し込む光は明るい。

朝だろうか。それとも、もう昼？

少なくとも、ルヴェイと身体を重ねてから夜が明けたのは間違いないらしいが。

「お身体は？」

「ん？」

「大丈夫、でしたか？　わたしの、ギフ……ごほっ、ごほっ」

喉がからからで、咳《せ》き込んでしまう。

「俺よりも君だろうっ、ナンナ」

ルヴェイは目に見えてオロオロし、ベッドのそばに置いてある水差しに手を伸ばした。

グラスに水を注いでから、そっとナンナの背中を支え、ゆっくりと上半身を起こしてくれる。

「ほら……」

飲め、ということなのだろう。

喉が渇いているから、素直に嬉しい。ナンナは頷いてから、そっとグラスを受け取った。

こくり。こくり。と、最初はゆっくり。でも、ものすごく渇きを覚えているため、いつしか夢中でグラスの中身を飲み干していた。

「はぁー……ありがとうございます。生き返りました……っ」

どれだけ消耗していたのだろう。圧倒的に水分が足りていなかったらしい。

ナンナは胸を押さえながら、精一杯の笑顔でルヴェイに礼を言う。

「ナンナ、本当に大丈夫なのか」

「え？」

「冗談抜きで死にかけていたようだが」

「……はい？」

「すまない。俺のせいだ。すまない……本当に、すまない」

「え……えええ？」

死にかけていた？

予想だにしない言葉が彼の口から飛び出してきて、ナンナは瞬く。

「君はまる二日、目覚めなかった」

「二日も!?」

まさかの事態にナンナは両目を見開いた。

(でも……確かに……)

彼と身体を重ねたあのあと、黒い波に呑み込まれるような感覚を覚えてから、すこーんと意識を失ってしまった。

身体のなかを焼き尽くすような気持ち悪いなにかに全身を覆われて——だから、久しぶりにあの夢まで見たのだろう。

単に寝覚めが悪いだけかと思っていたけれど、こうして自分の身体に意識を向けてみると、確かに全身が重たい気がする。

何か悪いものとずっと戦っていたような、気持ちの悪さ。

ルヴェイの病を治すために、相当身体に負担がかかってしまっていたらしい。

汗で寝間着が濡《ぬ》れているし、髪の毛もべったりと肌に貼りついて……あまり異性に見せられるような状態ではない。

にもかかわらず、ルヴェイは、ナンナから受け取ったグラスをサイドテーブルに戻すなり、自分に身体を寄せてくる。その距離感を、過剰なほどに意識してしまう自分もいるわけで。

「あの……どうやら大丈夫、では、あるみたいなのですが」

しゅうしゅうと、顔に熱が集まってくる。

(……そ、そっか。わたし……)

結構恥ずかしい顔をしたりとか、声とか、いっぱい出してしまった気がする。

治癒という名目ですっかり彼にすべてをさらけ出してしまったあのときのことを思い出し、今さらながら羞恥で顔に熱が集まる。

慌てて身体を後ろに引いて、少しでもルヴェイから距離を取る。

「あ……あの。ですね」

「ああ」

けれどもルヴェイは逃がしてくれない。ナンナが離れた分だけ同じように身を寄せてきた。

いよいよいたたまれなくなって、ナンナはシーツを引っ張る形で、自分の身体を隠す。

「ちょっと……その」

「ちょっと？」

「今、汗とか。すごくて。あまり近寄られると、その……」

とても申し訳ないような気がする。

けれどその言葉に、ルヴェイの方は納得してはくれなかった。

「気にしないで、いい。……ちゃんと、責任は取ると、言った」

わお。なんという律儀さだろうか。

そりゃ、まあ、彼の治癒係を引き受けた人間が、コトの最中にすこーんと意識を失ったら、心配するに決まっている。それでもやっぱり、ナンナ自身が気になるので、彼からやんわり身を離す。

「たくさん心配してくださったのですね。ありがとうございます。……で、ルヴェイさまは？」

「ん？」

「病は？　わたしのギフト、効きましたか……って」

ここでようやく、まともに彼の顔を見、はっとする。どことなく感じていた違和感の正体に気がつき、瞬いた。

ルヴェイも、ふっと表情を緩めて、己の首に触れる。

そうだ。彼は今、例のマントを羽織っていない。だから口元まですっきりと顔が見えている。

相変わらずの三白眼に、目の下の隈こそ消えていないものの、首に、そして頬にあるべきはずのものがない。

「――この通りだ。完治とまではいかなかったが、今までの気持ちの悪さが嘘のようだ。すこぶる、気分も、いい」

そこには、痣がしっかり後退した綺麗な肌が見て取れた。

コートの襟元を少し緩め、鎖骨のあたりまで見せてもらうと、さすがにそのあたりには黒い色彩が残っているようだ。彼の言う通り、完全に消えたわけではないらしい。

けれども、首や頬といった目につきやすい場所はすっかりと綺麗になっている。

「よかった……！」

「ああ。……本当に、助かった」

ナンナ自身、ギフトがうまく使えたのかどうかさっぱりわからなかったので、心の底から安堵する。

手を叩いてぱあああ、と笑うと、ルヴェイがまた眦を赤くして、視線を逸らした。

「何度も言いましたけど、もともとないものだと思っていましたから、あまり気になさらないでください。……あ、でも」

「？」

「まだ……完全には、治っていないのですよね」

「……そう、だな」

「それって、つまり……」

「ああ。そう……だな……」

はっきりと言葉にしなくてもわかる。

つまり、ルヴェイから呪いを完全に消すためには、まだ何度か、あの治癒行為をせねばならないのだろう。

ぷしゅううう、と、ふたりして赤面し、黙り込んだ。

起き抜けなのに、妙に身体が熱いし、心臓がどきどきしている気がする。

「君の身体には、相当負担も大きかったようだ。だから申し訳ないが、どうか」

「わ、わかってます！」

ぱしっと、彼の両手を取って、ナンナは頷く。

「一度お引き受けしたことですし、効果もあるってわかりましたから。最後まで、ちゃんとお手伝いします」

「そうか」

こく、こく、と彼は頷きながら、顔を赤くする。

「世話になる。この責任は、必ず」

「はい」

ナンナもまた、はにかみながら頷いた。はいいのだが――、

(――って、二日⁉)

落ち着いたところで、一気に現実に引き戻された。

そういえば、この城には攫われるようにして連れてこられたのだと思い出す。

ここに滞在しているあいだ、ワイアール家の仕事をお休みしていることになるわけで。

「あー……責任と言いますか、なんと言いますか。あのですね。お仕事……すごく、サボってしまったので、そのあたりの事情はワイアール家に説明をして頂けたらって――」

「ああ、そうだな。君の荷物を引き取りに行かないといけないだろうし」

「ん？」

荷物を引き取りに？

「すべて、俺の方で済ませておく。君は……その。もうあの家と関わる必要なんてない。金輪際君に近づかぬように、しっかり伝えてくる。だから、ゆっくり養生するといい」

「んんん？」

金輪際？　関わる必要がない？

(待って？　何かが、おかしい……)

「君は、もう安心していいんだ」

先ほどまで視線すら合わせられなくてきょろきょろしていたくせに、こういうセリフを言うときだけは、真っ直ぐ見つめてくるのはずるい。

なんだか治癒した礼にしては責任を感じすぎている気がするけれども、ちょっと待て。彼の行動は

色々とまずくはないだろうか。

「ルヴェイさま？　……ええと、金輪際ってのは、色々困ると言いますか。わたし、あの家を出ると、仕事がなくて路頭に迷うのが決定なので、どちらかと言うと、円満に復職の方向でお願いしたくですね。あと、これからルヴェイさまの治癒係を続けていくのでしたら、その時々の仕事のお休みについても話をまとめて頂けると助かるんですけれど」

「路頭に迷う？　見くびらないでくれないか。君を養うくらい造作もないし、それなりに贅沢だってさせてやれる。生活のために無理に働く必要なんてない」

「養う？」

「当たり前だろう。——俺は、こんなだが。妻を護り、養うくらいの甲斐性《かいしょう》はあるつもりだ」

「妻？」

「妻」

「えっ？」

「えっ⁇」

ナンナは絶叫した。

「責任を取るって……そういうことですか⁉」

ナンナの悲鳴が部屋に響いたそのあと。

いそいそやってきた侍女たちが一旦《いったん》ルヴェイを部屋の外に追い出して、身の回りを整えてくれたり、軽食を運んでくれたり、それはもう至れり尽くせりだった。

ちなみに、責任を取るどうこうの話は、当然、全力でうやむやにした。それ以外の逃げ道が見つからなかったからだ。

正直、いつから彼がそのようなことを考えていたのか、全くわからない。

と言うか、実際コトに至るまでは、あきらかに敵意を向けられていたし、いつの間にそこまで気に入られたのか、覚えもない。

いくら感謝されたとしても、今回のことは、責任の取り方として重すぎる。

そもそも、ナンナは戸籍を持たないのだ。

……ルヴェイはお金を持っていそうではあるから、戸籍の取得はできないことはないだろうけれども。でも、それには莫大《ばくだい》な金を納めなければいけない。結婚どころか、戸籍の再取得だけでも、報酬としてはお釣りが出るくらいなのに。

(報酬目当てでえっちするの、嫌そうだったじゃないですか)

なのに、大きすぎる見返りがあってしまった。

こんなはずではなかった。と言うか、ルヴェイとの結婚はさすがに絶対無理だ。荷が重すぎる。断ろう。それは絶対だ。

「よし」

前回のようにぽやんとしていてはいけないと、ナンナは気合いを入れ直す。

このあと、またオーウェンたちを交えて話があるとのことなので、事前に、これだけはというポイントをまとめてみた。

つまり――。


一・ルヴェイとの結婚はしない。

召使いの自分では、あまりに釣り合わない。そもそも無理だと主張する。

本音を言うと、いくら影とはいえ、英雄さまの妻は荷が重すぎる。


二・ナンナのギフトのことは、隠したままでいてもらう。

これから彼の治癒《ちゆ》が終わるまで付き合いは続くわけだけれども、ギフトは当然隠す方向で。

彼の治癒後、また大きな病などしてしまった場合などは、要相談で。


三・ワイアール家へ戻って、仕事を続けることを望む。

ただし、これは反対される可能性がある。

その場合は、次の就職先が決まるまで、衣食住の保証等をお願いする。

また、今後の治癒を続けていくためにたびたび仕事を休まなければいけないので、そのあたりの交渉も是非お願いする。

四．報酬のことも少しは話に出してみる。

ナンナは聖人ではないので、できれば少しくらいはわかりやすい見返りが欲しい。ストレートに言うと、お金だ。

戸籍については悩ましいところ。結婚話が出る可能性があるので、交渉は慎重に。

欲張りな自分を見せて、ルヴェイに呆《あき》れられるくらいが、彼との距離感的にもちょうどいいかもしれない。

——以上である。

うん、シンプルだ！

おそらく、無理のない範囲の要求だと思われるので、押し負けないように頑張ろうと心に決めた。

特に、ルヴェイとの結婚のお断りは最重要事項だ。そこまでしてもらうだなんて、重すぎる。

ただでさえ自分は貧相な身体《からだ》だったのに、ああも丁寧に扱ってもらえたのだ。逆にお金を払いたいくらいの勢いだ。……もちろん、そんなお金、どこにもないけれど。

(ううう、うまくいくかなあ)

プレッシャーで胃がしくしく痛みはじめるけれども、今、ナンナの味方は誰《だれ》もいない。どうにか自分で交渉を頑張らなければいけないのだ。

と言うわけで、ナンナは、お城に用意してもらった上品なワンピースを翻《ひるがえ》し、話し合いの場に赴いたわけなのだけれども……。

◆　◇　◆

じいい。

じいいいいいい。

じいいいいいいいいいいいいいいい。

——視線を感じる。

これでもかと言うくらい、哀愁を含んだ、切ない視線を。

「ナンナ。ほら、ナンナ」

「はい……」

近くのソファーに腰かけていたカインリッツが、ナンナへ身を寄せてそっと囁《ささや》く。

「ルヴェイがお婿さんになりたそうにこちらを見ているぞ」

「な、なぜ……っ」

そうなのである！

先日と同じ応接間に案内され、オーウェン、カインリッツ、ルヴェイとこの国の重要人物が揃《そろ》ったところで、まずは真っ先に、彼らに感謝の言葉をもらった。

そして、何はともあれ、結婚の申し出を断ったまではいい。

そのあと、ルヴェイが信じられないものでも見るような顔をして、ずっと何か言いたげにしているのだ。捨てられた子犬のような視線が痛い。痛すぎる。

「おいカイン」

ルヴェイの視線は当然ナンナに固定されたまま、彼はカインリッツに呼びかける。

「ナンナに顔が近すぎる、殺すか？」

「やめてっ！　ルヴェイに殺されるのは本望だけど、今じゃない！」

本望なんだ……と、つっこみたい気持ちはさておき、ナンナは両手で頭を抱えた。

「あははは、ずいぶん気に入られたじゃないか、ナンナ」

「なにがなにやらわけが……」

「律儀なルヴェイのことだ。彼が君の治癒を受けるとなった時点で、こうなることは予想していたけどね」

「えっ⁉」

まさかの言葉に、ナンナは目を白黒させる。

それを理解したうえで、今回の依頼を投げてきたというのは？　つまり、ルヴェイのお嫁さん候補として、ナンナを見ていたということで？

「だから君を見つけてから、迎えに行くまでに時間がかかったんだよ。君の人となりも知っておきたかったからね」

「えっ……でも？　そんなっ、な、なぜっ……」

求婚まで予想できていたとはこれいかに。

わけがわからなくて、ぐりんとルヴェイの方に顔を向ける。

目が合うと、彼は恥ずかしそうにまた顔を真っ赤にして、どろん、とその場から姿を消した。

――見事なものである。

ナンナのギフトが役に立ったのは本当らしく、この姿を消す技を彼は頻繁に使うようになった。

「ルヴェイ。恥ずかしがらないで、君の言葉でちゃんと伝えるべきだろう？　でないと、ナンナは納得してはくれないよ」

「わ、わかってはいるのですが……」

ちなみに、消えた状態でも、声は聞こえる。

いじいじいじ。

姿こそ見えないが、ルヴェイが今どんな顔をしているかは予想できる。ナンナに断られたのがよっぽど堪《こた》えたらしく、先ほどからどうも情緒不安定だ。

――にゅるり。

「!?」

そして彼はソファーの影から顔の上半分だけを出して、ナンナを見上げてきた。

「か、影から……っ!?」

「ああ、そうなんだ。ルヴェイのギフトは〈影〉。こうして自由に影に出入りしたり、影で自在に物を創造できる能力さ」

そういうことだったのかと理解する。

ナンナを捕らえたときに見せた黒いロープやナイフなどもまた、影から作っていたらしい。

（ルヴェイさま、万能すぎでは……？）

彼のギフトが重要視されるのも頷《うなず》ける。

常人ならざる強力なギフトに、ナンナは頬《ほお》を引きつらせる。

どう考えても彼がただ者ではないことを再認識したところで、いやいや、流されてはいけないと自分に言い聞かせ、ナンナは深呼吸した。

「と、とにかく。結婚はできませんからっ。荷が重いです。最低限保証してもらって、今までの生活に戻れたら、わたしはそれでいいんです。お願いします」

「……だってさ。どう思う？　ふたりとも」

ナンナは自分の要望をすでに三人に伝えている。

それをふまえて、皆がうーんと唸《うな》り、考え込んだ。

「ルヴェイも同じ考えだろうが、オレも、ワイアール家には戻るべきではないと考えている。今までの君の扱いもひどいものだったと聞いているし、以前訪れたときも、かの家が信用に値するとはどうしても考えられなかった」

珍しくカインリッツがまともな意見を出す。確かにワイアール家はナンナの存在を隠した経緯もあるが、こうしていると、ちゃんと知的で有能な英雄さまに見えるのが実に不思議だ。

こく、こく、と影のなかから頭だけ出してルヴェイも頷く。……彼に至っては、呪《のろ》いが一部解消されてから変な人に拍車がかかった気がする。

「だ、だったら！　あの家は、出ますから。次の仕事が見つかるまで、住む場所と、生活費を補助して頂けたら」

「就職先？　どこでも口利きはするがな」

「あっ、そういうのは、いいんです。それは、最終手段で」

ナンナはぶんぶんと首を横に振った。

だって、目の前にいる三人は皆、それぞれ大きな力を持っている人たちだ。だからこそ、譲れないものがあるわけで。

「殿下が口利きなんてした日には、そこは絶対にわたしを雇わなくちゃいけなくなるじゃないですか」

「まあ、そうだな」

「それって、そのお仕事先とかが、望んでない雇用の場合だってあるじゃないですか。そういうことで、遺恨《いこん》が残るのが嫌って言うか。せっかくなので、気持ちよく働きたいと言いますか。……いいんです。わたしは、わたし自身を望んでくれる場所に行きたいので」

永久就職……などというらしくない冗談がどこかから聞こえた気がしたけれど、当然それは空耳ということにする。

「欲がないな」

「うーん……なんと言うか、身の丈にあった生き方ってあるじゃないですか。突然お金持ちになれるとか、一生遊んで暮らせるとか言われても、召使いだったわたしにはどうしていいのかわからないのです」

「――なるほど」

一応納得はしてもらえたのだろうか。

目の前のオーウェンはにこにこと笑っている。脚を組み直し、ナンナに視線を向けたあと、彼は満足そうに頷いた。

「にしても。うん。いいんじゃないかな。――ルヴェイ。彼女、君にお似合いだと私も思ったよ」

「なんでその話⁉」

いきなりすぎるお話の方向転換に、ナンナはびっくりして立ち上がる。

カインリッツも同じようにうんうん頷いているけれど、この人はルヴェイ第一主義なので、無視することにして。

（……まずい）

オーウェンまでこの調子では、完全に逃げ場がない。

きょろきょろしてから、ふと、足元へ目を向ける。すると、影からにゅるりとルヴェイが身体を出し、すぐそばに立っていた。

痣《あざ》が後退した今では、もうマントは不必要。だから彼の表情がよく見える。

ただ、彼自身がなかなか今の状態に慣れないらしく、どうにも落ち着きがない。気恥ずかしげに口元を押さえながらしばらく――やがて、何かを決意したようにナンナの前に跪《ひざまず》く。

（な……っ⁉　えっ……⁉）

さすがのナンナでも、このポーズの意味くらいわかる。さっと手を取られてしまうと、逃げるわけにもいかないわけで。

「順番が逆になってしまったが――俺《おれ》は、ずっと決めていたことがあってだな」

「えっと。はい」

「娶《めと》るつもりの……妻に欲しい女性しか、もともと、抱く気はなかった」

「へ？」

それはつまり。

「抱いたから、仕方なくお嫁さんにするってことですか？　だったら余計に――」

「違う！」

声を荒らげて、彼は言い切った。

「そうじゃ、なく、て。――いや、もちろん。正直に言うと、治癒のためだからと、例外にすることも考えた。けれど、その、君を抱いて……その……」

なんだか横からカインリッツがキラキラした視線を送ってきている気がするけれども、これは無視していいのだろうか。……いいのだろう。

オーウェンもオーウェンで、すごく楽しそうに「頑張れ！　ハッキリ言うんだ！」とか、小声で囁きかけてくる。

はっきり言って、気が散る。

ロマンチックの欠片《かけら》もない。

これではただの見せ物ではないか。

「君の健気《けなげ》さに、心を打たれたと……言うか……。欲がなさすぎる君が、心配になったと言うか。だから」

「あー……なるほど」

つまり、愛とか、恋とかでは、ない。

そう確信して、ナンナは口を挟む。最後まで言葉にしてもらうことも、申し訳ない。

「わかりました。結婚は、やっぱりしないほうがいいです」

「なぜ⁉」

……三人の声が揃った。

「いやいや……だから。結局義務感じゃないですか。もしくは、情に絆《ほだ》されているだけと言うか。それだけでもらって頂くほど、気を使って頂かなくて大丈夫ですから」

「だが……！」

「ほんっとうに。大丈夫です。わたし、どうとでも生きていきますし。あ……戸籍は、そのう。戻して頂けると、嬉《うれ》しいですけど」

もちろんこれは、強がりだ。先のことがわからない不安は、依然そこにある。

それでも、あはは、と笑ってナンナは続けた。

「一回、落ち着きましょう。冷静になったほうがいいです、ルヴェイさま。ご自分の人生なんですから、大切になさってください」

よっぽど今まで、色恋から目を背けてきたのだろう。

身体を重ねたことで、一気に芽吹いてしまっただけ。これでは恋に恋する乙女《おとめ》みたいだと、ナンナは苦笑いする。

強制的にワイアール家の仕事は辞めさせられそうだし――となると、ナンナだって今後の不安がないわけではない。でも、こんなときだからこそナンナは笑っていたかった。

「だが……」

縋《すが》りつくような目を向けてくるルヴェイに、ナンナは自分が悪者になったような気がしてしまう。

「ええと……じゃあ、せめて。わたしが独《ひと》り立ちできるまで、援助をお願いします。その期間、もう一度考え直して頂いて――そのうえで、やっぱりわたしを選んでくださるのでしたら、もう一度プロポーズしてください」

ちょっと偉そうかな。なんて思ったけれど、これなら納得してもらえるだろうか。

ナンナはギフトさえなければ、ちっぽけで、どこにでもいる普通の人間だ。もう少し付き合いを深めたら、きっと考え直してもらえるだろう。

結局ナンナは甘いのだろう。

だからどうしても、ルヴェイを完全に突き放すようなことができず、判断を先延ばしにすることしかできないのだった。

◆◇◆

目を覚ましてからさらに二日、体調の変化を見るためにお城に留《とど》まらせてもらって、その翌日。

とうとうナンナは、ワイアール家に退職の挨拶《あいさつ》に行くことになった。

(ううっ、緊張、するっ……)

……すっかり大ごとになってしまった。

末端の召使いなど、使用人頭への挨拶さえ済ませてしまえば、どうとでも出ていけるはずだ。もちろん、ナンナの場合、拾ってもらった恩もあるから、一概にはそう言い切れないけれども。

それでもひとりで行くのは許されず、いっそナンナを留守番にして、ルヴェイが代理で行こうと言い張る始末。

どんな話をされるのかわかったものではないと、皆の反対を押し切り、断固ナンナが直接ワイアール家へと向かうことになったまではいい。

——がらがらがら、と城の馬車に揺られ、大通りを南下する。

ただの召使い退職のご挨拶……にもかかわらず、なぜかいま、ナンナは豪奢《ごうしゃ》な馬車のなかにいた。

目の前には〈光の英雄〉カインリッツ・カインウェイルが腕組みをして威厳たっぷりに座っているし、ナンナの隣には〈影の英雄〉ルヴェイ・リーが、これまた難しそうな顔をして座っている。

(なんだかわたし、場違いすぎないかなっ……!?)

とか思いつつも、ナンナだっていまやすっかり小綺麗《こぎれい》になっている。

紺色がベースになったフリルたっぷりのワンピースは、貴族とまではいかないものの、どう見てもいいところのお嬢さまのようだった。

どうも、目が覚めたあとからナンナに与えられた衣服の数々は、ルヴェイがお金を出してくれているらしい。つまり、借りものではなく贈り物というわけだ。

下っ端召使いのナンナがこんな格好で、さらに騎士さまたちに囲まれて帰還したら、皆、さぞ驚くことだろう。

先触れによると、先方も旦那《だんな》さまだけでなく、ご夫人と、さらにイサベラまで勢揃いで迎えてくれるのだとか。……なにがどうして、こうなった。

(でも……)

今、一番気になっているのは、そこじゃないのだ。

(雰囲気、ぜんぜん、違う)
自分のこと以上に、ルヴェイの格好に、どうしても意識がいってしまう。
いつもは無造作な髪を、この日は綺麗にまとめていた。目にかかっていた前髪を後ろに流している
ために、彼の顔がよく見える。
目つきこそ悪いし、どうしても冷たい印象になりがちだけれど、こうして見ると異国人風の彼の顔
立ちはなかなかに渋く、整っているのがよくわかる。
こうまで顔が出せるのも、例の痣が後退したからだとルヴェイは言っていた。
黒いコートだって、今はディアルノ王国青騎士団の黒と群青《ぐんじょう》の制服へと様変わりだ。
カインリッツのものとは色違いのそれこそが、青騎士団の正規の制服であることは、ナンナももち
ろん知ってはいたのだが。
(聞いてませんよ、ルヴェイさまっ!)
――そう。実のところ彼は、なんと青騎士団の団員であったらしい!
青騎士団といえば、騎士の中でもエリート中のエリートではないか。……まあ、〈影の英雄〉なの
だから、当然と言えばそうなのだろうが。
カインリッツと懇意にしているのも、そういう環境があったからなのか。でも、彼らに上下関係が
あったのは意外だったけれど。
特殊な立場であるルヴェイの場合、あくまで名目上の身分ということらしいが、こうして見ると青
騎士団の制服がとても馴染《なじ》んでいて、不思議な心地もする。
ちなみに、ルヴェイの所属は青騎士団第二部隊ということになっているらしい。その第二部隊とい

うのは、王族の私兵的な役割をこなす部隊なのだとか。王族の命令で、地方に調査に出向くこともあるし、他《ほか》の部隊と合流することもある何でも屋さんだ。

ここ数日、団長であるカインリッツの言動のせいで、青騎士団本当に大丈夫かという疑念がむくむく膨らんできている。だが、まあ、大丈夫なのだろう。

(それにしても……ルヴェイさまが、とてもヴィエルさましてる……)

ついつい、大好きな『月影の英雄』の主人公の姿と重ねてしまう。ルヴェイと出会ってからも、変わらずあの小説のファンであるナンナにとって、これは一大事だ。

この国の他の騎士と比べると、ルヴェイは比較的細身で、小柄な方ではある。けれどもそれが、逆に抜き身の刃《やいば》のようで、とても綺麗だ。

ちなみに、脱ぐとバッキバキに腹筋が割れた身体であることも知ってしまっているため、余計にドキドキしてしまう。

(色気がすごいんですけど……っ)

黒い色彩の制服がきりりとしてかっこいい。異国人風の顔立ちだって、影のある雰囲気が出て、ナンナの心をくすぐっている。

「ルヴェイ。おい、ルヴェイ」

「なんだ」

ナンナがひとりで悶《もだ》えそうになるのを必死で我慢し、心のなかで大騒ぎしている隣で、カインリッツがルヴェイにひそひそ話しかけている。

くいっくいっとナンナを指し示し、「効いてる効いてる」と満足そうに笑っていた。

ナンナは理解した。

（確信犯だったのねっ）

この日は朝から、カインリッツがルヴェイを連れてコソコソしているようだった。それはつまり、ルヴェイをこの制服に着替えさせるためだったらしい。

「あー……ええと……」

なんだか先ほどから、ルヴェイが期待に満ちた目でちらちらこちらを見ている気がする。

さすがにジロジロ見すぎたのは不躾《ぶしつけ》だったし、ナンナも意を決して、ひとことだけ呟《つぶや》いた。

「かっこいいですよ……？」

ぴしぃ。

瞬間、両目を見開いたまま、ルヴェイは固まった。

いつもだったらすぐに影のなかに消えてしまいそうな勢いだけれども、今の制服ではそれが叶《かな》わない。

魔力を浸透させる特殊な布である〈透紗《とうしゃ》〉や、同等の性質を持つ金属で仕立てた例の黒い衣服だったからこそ、服ごと影に潜ることができるのだとかなんとか。

「あ……ぇ、う……そ……そう、そう、か」

カタコトだ。

今、彼の顔を隠すものはない。だから彼の顔が真っ赤なのがよくわかる。それを見て、ナンナはとっても悪い大人《おとな》になってしまったような気がした。

（すみません……わたしのギフトの条件がああだったばっかりに……！）

　ナンナが想像していたよりもはるかに初心《うぶ》だったルヴェイにとって、身体を重ねることがどれほど大事だったのかを理解した。

（はじめて身体を交えた人と結婚すると決めていただなんて）

　乙女か！　と、こちらがつっこみたいくらいだ。

　そして、それを反故《ほご》にしようとする自分が、すごく悪い女みたいではないか。

（でも……）

　今の彼の姿は、すごく、英雄感が増して、ナンナ的にもときめいてしまう。

　まさに『月影の英雄』の主人公ヴィエルそのものだ。

　ヴィエルも、普段は騎士団に所属するいち騎士という設定だった。……よく考えたら、まさにルヴェイのこの姿をモデルにしていたのかもしれない。

「うんうん、同志ナンナ嬢の気持ち、オレにはよくわかるよっ！　ルヴェイも普段から、この格好をしていたらいいのにな」

「ぅ……」

「もったいないんだよ。その気になれば、すぐにでも名を知らしめることができるのに……。ルヴェイがあえて燻《くすぶ》ってることが、オレは悔しいんだ。――な？　ナンナ嬢もそう思うだろ？」

　などと振られて、ナンナはぱちぱちと瞬く。

　どうもカインリッツは、ルヴェイに手柄を譲ってもらうことにも、ルヴェイが表に出たがらないことにも思うところがあるようだった。

　彼はルヴェイに、自分と同じ表舞台に立ってもらいたいらしく、できればナンナにも、その後押しをしてもらいたいのだろう。

「そうしたら、普段からこの、かっこいいルヴェイの姿も見られるんだぜ？」

「うっ」

ぴしりとナンナは固まった。

だって、それはあまりに魅力的に感じる。

いや、普段のもっさりした姿も非常に彼らしいと言えば彼らしいのだが、純粋にナンナの趣味を突き詰めたら断然こっちだ。

――そう、ナンナはなかなかに少女趣味なのだ。

物語の世界に憧《あこが》れる女の子としては、どこか影のある正統派騎士さま的ビジュアルは非常に心を揺さぶられる。

「こ、こちらの格好は、確かに素敵なんですけれども」

カインリッツは少々強引すぎるきらいがある。

「本人が望んでないことを、させたくないです。わたしは」

思いははっきりと口にするべきだ。それを嫌と言うほど学んだナンナは、真っ直《す》ぐ彼を見てそう言い切った。

隣で、ルヴェイが両目を輝かせたことも知らずに。

◆　◇　◆

そうして、〈光の英雄〉カインリッツ・カインウェイルと、ディアルノ王国青騎士団第二部隊所属騎士ルヴェイ・リー、他、彼の部下たちという錚々《そうそう》たる面々に囲まれながら、ワイアール家末端召使いのナンナは、華々しい帰還をするに至った。……至ってしまった。

「……と言うわけで、ワイアール家の皆を騙《だま》すような形で、彼女を拉致《らち》してしまったことは謝ろう。申し訳ない」

よそ行きの真面目《まじめ》な顔で、カインリッツが頭を下げるのに合わせ、ルヴェイや他の部下たちも一斉に頭を下げる。

「だが、それは、あなた方ワイアール家がナンナ嬢の存在を隠そうとしたことに起因することも知ってもらいたい」

ワイアール家の本館。そのなかでも、一番大きな、位の高い方をお迎えするための応接間にて、ナンナはワイアール家の面々と再会を果たした。

とは言っても、仕事でたびたび家を不在にする家長ロドリゲスとはほとんど顔を合わせたこともなかったし、イサベラの母であり、女主人であるシェーラは、ナンナをただの召使いとしか認識していないはずなので、声をかけられることもない。

唯一、望んでもいないのにそれなりに顔を合わせる機会の多かったイサベラは、きらっきらの笑顔で塗り固めてカインリッツの方を向いている。……もちろんあの顔は、非常に機嫌が悪いことを覆い隠しているときの顔である。

（まさかこんなことになっていたとは……）

そもそも、ナンナがどうして、ルヴェイにあのような形で攫《さら》われなければならなかったのか。その前に、なぜナンナは自室に閉じ込められていたのか。

いま、カインリッツたちの会話を聞いて、はじめて知ることになった。

確か、ナンナのような者を、高貴な方の目に触れさせるわけにはいかない……とイサベラは主張していたはずだ。けれども、彼らの本音は別にあったらしい。

ワイアール家は、ナンナという戸籍を持たない人間を雇っていると、国に知られるわけにはいかなかったのだとか。なぜなら、この家はどうやら、ナンナの使用人登録をしていなかったらしいので。

さすがに使用人登録はされているつもりでいたので、ナンナも絶句するに至った。

家で使用人を雇う場合には、ひとりにつきいくら……という形で、雇い主がまとめて国に税金を納める使用人税というものがある。

けれども、国が、雇用側の状況を細かく把握できているとはかぎらない。雇われている人間が戸籍なしならなおさら。

戸籍なしの人間にかかる使用人税は、もともと安価ではある。だが、雇用状況が把握しにくいという特性ゆえに、影で雇い入れてその存在を申告せず、脱税をしている家は少なくないのだ。貴族ならともかく、富裕層とはいえ、平民の家では特に。

……それでも、いまやそれなりの大店《おおだな》であるワイアール家にとっては、戸籍なしひとり分の使用人税を誤魔化す必要など全くないはずだ。

だからこそ余計に、あえてその判断に至った思惑が理解しがたく、怖い。

九年前の旧フェイレンによるルド侵攻。逃げ惑ううちに、すこーんと意識を失った流れで、ナンナはワイアール家に保護され、連れられてきた。その当時ならば、ワイアール家も小金持ちくらいだったので不思議ではなかったけれども。

（登録の機会を失ったから、そのままだったってこと……？）

この九年間で、ワイアール家は驚くほどに大きくなった。その変化を、ナンナはずっとこの目で見てきたのだ。

いま、ワイアール家に雇われている者で、戸籍を持っていないのはナンナだけ。

あえて使用人税を誤魔化すリスクの方が大きい気さえして、ナンナは首をかしげる。

「申し訳ございません。私どもも、すっかり失念しておりまして。……もちろん、お納めしていなかった使用人税に関しましては、遡《さかのぼ》って納税致します」

ただ、その理由については語られることはなかった。

単に登録を忘れていただけ。ワイアール家はそれで押し通すつもりらしい。

「ああ、当然そうしてくれ。後日、担当をこの家に向かわせる。――ナンナ嬢の給金に関してもな」

……ちなみに、やっぱりナンナのお給料はあまりに安すぎたらしく、しっかりそこも毟《むし》り取ってくれるらしい。

そこまでは国としても業務外のはずなのに、あのカインリッツが頼りになる。このまま退職金までもぎ取ってくれそうな勢いだ。

「承知致しました……っ！」

深々と頭を下げるロドリゲスを見ながら、ナンナはなんとも複雑な気持ちになった。

カインリッツはこの家自体を強く咎《とが》めるつもりはないらしい。なるべく穏便に話を進めてくれるとのこと。

それはナンナの希望でもあった。逆恨みはごめんなので、その対応で全然問題はない。

……ここ数日の彼の様子とは打って変わって、なんとも賢そうに見えるカインリッツの様子になんだかもぞもぞするけれど、今は真面目な顔をしてやり過ごそう。

「ナンナ嬢は、我々にとって必要なギフトの持ち主だった。今後も、彼女のことは丁重に国で保護させてもらう」

何のギフトであるのかは、約束通り話さないでいてくれるらしい。

カインリッツはナンナの方をチラリと見て、口の端を上げる。ナンナが緊張していることに気がついているらしく、安心しろ、と言うかのように。

「まさか！　そんなはずはございません！　この娘にギフトなど……！」

言葉を遮ったのは、イサベラだった。

やめなさい、と、彼女の父であるロドリゲスが咎めるけれども、イサベラは首を横に振る。

狼狽《うろた》えているが、彼女は彼女なりに、感情を理性で覆い隠しているようだった。

背筋を伸ばし、真っ直ぐにカインリッツを見つめ、主張する。

「私は、ワイアール家の人間としてこの娘を躾《しつ》けて参りました。この娘に、国の役に立てるような立派なギフトなんてございません。家の仕事ですらまともにできない、出来損ないです。取り立てて頂くには及びません」

「彼女のギフトは非常に特殊だ。イサベラ嬢、君が気がつかなかったのはむしろ当然と言っていい」

カインリッツはさすがに大人の対応で、イサベラを宥《なだ》める。

けれどもイサベラの方は全くもって納得していないようだった。

「……たとえそうだとしても、我々の家で雇っている人間を勝手に連れていくのは横暴です。この娘が国に仕えるだなんて無理です。ワイアール家としても、力の及ばぬ召使いを差し出して恥を晒《さら》すわけにはいきませんから、許可など出せませんわ。――ねえ、そうでしょう、お父さま！」

「イサベラ」

なにか言いたそうなイサベラを、さすがにロドリゲスは制したようだった。

「娘が失礼致しました。……しかし。いやはや。この娘のギフトというのは、いったい」

ロドリゲスがやんわりと話を進めていく。

「それは教えられない。彼女がこれまで、己のギフトをあなた方に隠していた理由と同じだ。安易に人に知らせるわけにはいかないものだ。――どうか今後も詮索《せんさく》はやめてもらいたい」

「そんな……」

ロドリゲスは信じられないといった目で、ナンナを見る。

自分の家で飼っていた末端の召使いが、国が欲しがるほどの特別なギフトを持っている。それほどに大きな力を持っていることを秘匿《ひとく》しているのは、本来、召使いとしてはあってはならないことだ。

召使いは、骨の髄まで主人のもの。戸籍なしという身分では余計に。

「勘違いしているようだが、ナンナ嬢は国で雇い入れるわけじゃない。ただ、保護をするだけだ。ワイアール家の名を背負って働いてもらうようなこともないから、あなた方の心配には及ばない」

「しかし」

「それとも、彼女の身が心配だとでも？」

わざとらしく、いじわるな問い方をしてカインリッツは笑う。

この家がどのようにナンナを扱ってきたのか知っていてなお、そう問うのだ。

「そ……そうで、ございます」

「なるほど。とても、彼女に戦後の復籍申請を知らせずにいたとは思えない対応だな」

カインリッツは実に楽しそうに笑っている。

（あのカインリッツさまが……、ちゃんとしてる……!?）

しかも、嫌味まで言ってのけるだなんてなんということだ。

この人は、ルヴェイが関わりさえしなければ、本当にまともらしい。

なんということだろう。ナンナのなかで、カインリッツの評価を大幅に上方修正せねばなるまい。

大店の主人に一歩も引けを取らない交渉術が、彼のイメージと繋《つな》がらず、ナンナは目を丸くする。

（カインリッツさま……やれば、できるのですね！）

全く信用していなくて、申し訳なかった。

……うっかり忘れがちではあるけれど、自主的に『月影の英雄』を書かせるなど、文化・芸術にも関心があるひとなのだ。相当多才なのだろう。

でなければ、いくら強かろうと青騎士団の団長で、さらに〈光の英雄〉とはならない。そんな当たり前のことに思い至らなかった自分が恥ずかしい。

ああ、〈光の英雄〉カインリッツ・カインウェイル。

ルヴェイに関わりさえしなければ、彼は真に〈光の英雄〉だ。

実はとても優秀だったらしいカインリッツに感動さえ覚え、ナンナは安心して聞き役に徹することにした。

——けれども、だ。

安心するにはまだまだ早かった。

ナンナに対する補償をしっかりと求めてくれたはいい。

そののち、カインリッツは目を細め、ふと、視線を横に向けたのだ。

「ナンナ嬢を心配していると言っていたが、それには及ばない。——実は、オレの部下が、彼女との結婚を望んでいてな」

あ。

と、ナンナは目をまんまるにする。

「な、なんと!?」

「はあ!?」

ワイアール家の面々が驚くのも無理はない。

何を隠そう、いま、一番びっくりしているのはナンナだ。

(その話は！　いったん！　忘れて頂いてよかったのですけれど!?)

訂正しよう。

カインリッツの評価を上げるわけにはいかない。

やっぱり、彼は、ルヴェイのことしか考えていない！

ここで結婚の話を切り出して、ナンナの逃げ場をなくす気だ！

(それは卑怯《ひきょう》じゃないですかね、カインリッツさま!?)

今、ナンナは、味方であるカインリッツの話を否定するわけにいかないのに。

「彼は誰よりも彼女のことを気にかけているので、心配には及ばない。――な、ルヴェイ」

「……はい。その通りです」

今は部下という立場に徹しているからか、ルヴェイの口調は丁寧なものだけれども、思うところはあるらしい。

先走りすぎなカインリッツを諫《いさ》めるようにこほんと咳《せき》払いし、それでも前に出る。

「今後、彼女は、私が責任を持って養っていくつもりでおります。だから、なにひとつ心配はございません」

（あー……）

なんということだ。

ナンナは頭を抱えたくなった。

ルヴェイ自身は明言を避けてくれているけれども――、

（なんだか本当に結婚するみたいになってない？）

口を挟むと面倒なことになりそうなので、黙っておく選択肢しかないのがもどかしい。だが、完全に「お宅のお嬢さんをください！」状態になってしまっている。

（ま、まさか……カインリッツさまったら、これを狙《ねら》って……？）

ルヴェイに正装をさせて連れてきたとでも言うのだろうか。

いつの間に、そんな悪知恵が働くようになったのだろうか。

……ちなみに、ナンナは知らなかった。

元を辿《たど》れば、これらの会話はすべて、オーウェンが入れ知恵した結果であったということを。

◆　◇　◆

退職のご挨拶という名目での話し合いは無事に終わり、ひとまず無事にこの家から出られることが決まったそのあと。

ワイアール家の敷地内を、使用人を先頭に、ルヴェイと並んで歩く。

「……本当に、すみませんでした」

そのなかでナンナは、話し合いのときからずっと伝えたかった言葉を口にした。

この家の敷地内で、この家の主人たちを批判するわけにはいかないから、具体的な言葉は避けるけれども。

「気にするな、いつものことだ」

ルヴェイにはちゃんと、ナンナの謝罪の意図するところが伝わったらしい。

――先ほどの話し合いのときのことだ。

ルヴェイが、ナンナとの結婚を望んでいる。カインリッツのその言葉を受けたとき、イサベラは溜《りゅう》飲《いん》が下がったかのように、ルヴェイを嘲笑《ちょうしょう》するかのような目を向けたのだった。

（ルヴェイさまが旧フェイレン人だって気づいたから、あんなにあからさまに……）

ナンナのことなら、いくら馬鹿《ばか》にされたって構わない。

けれども、ナンナと一緒に、ルヴェイのことまで侮辱するような振る舞いをされるのは悔しい。

影とはいえ、彼はこの国の英雄なのに。国のために、身を粉《こ》にして働いている人を、どうしてこの国の国民が馬鹿にするのか。

もちろん、イサベラの態度に怒っていたのはナンナだけではない。誰よりも、ルヴェイ大好き人間のカインリッツの顔色がすごいことになっていた。……彼も本当によく耐えたと思う。

今日の交渉の様子から見ても、彼は容赦なくワイアール家から搾り取るつもりなのだろう。もしかしたら、カインリッツのご機嫌を損ねたことで、この家はますます窮地《きゅうち》に立たされる気がする。

本来、戸籍なしの使用人税を一名分脱税していたくらいなら、あまり大きな罪ではないはず。にもかかわらず、主人であるロドリゲスの顔色が真っ青だった。

いくら勢いがあるとはいえ、ワイアール家は成り上がりの商家だ。古い歴史のあるこの王都リグラでは、確固たる地盤を築けているわけでもない。

ワイアール家を邪魔に思う人間はまだまだ多いのだろう。〈光の英雄〉カインリッツ・カインウェイルの不興を買ったなどという噂《うわさ》が広がれば、それに乗じてこの家を貶《おとし》めようとする輩《やから》がさらに悪評を広めるかもしれない。だからああも焦っていたのだろうか。

……いや。もう、この家を出るのだ。今後関わることもない。

だから、彼らの真意は、これ以上ナンナにわかるはずもないのだろうが。

「早く荷物を片付けてこの家を出よう」

後ろ髪を引かれるような気持ちでいることを見透かされたのか、ルヴェイが急《せ》かす。

「君を保護するための家はもう用意している」

ナンナはぱちぱちと瞬いた。

なんという手際のよさだろう。

ルヴェイにはすっかり気に入られてしまったらしく、少しやりすぎなほどに気を利かせてもらえている。

だからこそ、多少不安もある。

――つまり、身の丈に合わないような豪邸だったらどうしよう、という意味で。

だって、彼は普段全身黒ずくめではあるけれども、どう考えたってお金持ちだ。華美すぎるものは好まなさそうなルヴェイだから、きっと大丈夫だと信じたいが。

でももし、豪邸に同居などとなった日には、やっていける気がしない。その場合は、きちんと辞退する心の準備もしておこうと、そっと自分に言い聞かせる。

「ナンナ！」

「ああ、ほんとに、ナンナだ……って、見違えたわね!?」

使用人用の離れに入るなり、同僚のお姉さま方に囲まれた。

ある夜、忽然《こつぜん》と部屋からいなくなり、それはもう心配をかけたのだろう。

集まってきた同僚たちは、ナンナがすっかりと垢《あか》抜けていることに驚きを見せる。さらにナンナの隣に並ぶルヴェイの姿に、目を丸くした。

さすがのディアルノ王国青騎士団員だ。迫力が違う。

よりにもよって青騎士だなんて、ただの護衛にしても仰々しすぎる。そのうえ、ルヴェイのナンナに向ける視線がまた、一介の護衛とは言い切れない雰囲気だからこそ。

ぎこちなさを残しつつも、まるでお姫さまをエスコートするかのような振る舞いに、皆の視線がますます信じられない、といったものに変化していく。

どうにもいたたまれなくなって、ナンナは困ったようにへらっと笑った。

(信じられないのはわたしもなんですけどねっ)

ついでに言うと、ルヴェイ本人も耳まで真っ赤だ。

彼も彼で、慣れないことを頑張っているらしい。……今頑張らなくても、よかったのだけれども。

(皆、すごくすごーく話を聞きたそうな顔をしてるし。そりゃ、そうだよね……)

ルヴェイが照れていることも、絶対筒抜けだ。この職場には、この手の甘い空気を読むのに長《た》けたお姉さま方が多いのだ。この話はきっと、今夜のお姉さま方の酒の肴《さかな》になるだろう。

(あとに引けなくなってきてない……?)

イサベラたちの前での結婚宣言といい、今のルヴェイの様子といい、これではお嫁に行くから退職するみたいになっている。

(お、お姉さま方っ！　ちょ!?　何その顔!?)

揃ってニヤッとするのはやめて頂けないだろうか！　と思うけれども、ナンナは口を開くこともできない。さらには、赤面したままのルヴェイに腰を抱かれてしまい、ますます頭のなかが真っ白になった。


そうして、心臓に悪い思いをしながらも、ようやく自分の部屋に帰ってきた。

がらんとした部屋を目にするなり、ルヴェイがなんとも言えない表情で、入口の前に立ち尽くす。

以前、彼がこの部屋にやってきたときは夜だった。昼間と印象が違っているからか、はたまた別の理由か――彼はぎゅっと、唇を引き結ぶ。

案内人として付き添ってくれていた使用人が、ルヴェイたちが入れるようにと一歩後ろに引く。

空気を入れ替えるために窓が開け放たれていたその部屋は、ナンナがいなくなった日のまま、なにも変わらない。

先ほどまでの甘い空気は立ち消え、ルヴェイは言葉もなく、どこか口惜しそうに唇を噛《か》んでいた。

ナンナはそんな彼から離れ、一歩、二歩と部屋に足を踏み入れる。

狭く、板張りの寝台がほとんどのスペースを占拠している。あとは数枚のボロボロの私服が壁にかけられているくらいで、私物は小さな木箱に詰め込まれているもののみだ。

何も持っていないちっぽけな存在であることが浮き彫りになり、心がざらつく。でもナンナはそんな気持ちを笑顔で覆い隠して、ルヴェイの方へと向き直った。

「荷物、すぐ片付けちゃいますから。ちょっと待っていてください」

「……こんな部屋に、君は、ずっと」

彼だって一度は見ていたはずなのに、立場が変わった今は、思うところがあるらしい。

狭く、ひどく寒々しい部屋だ。

普段、窓が閉じられていると、もっと湿気があるし、かび臭い。今日はまだマシだなんて言えるはずもなく、ナンナは曖昧《あいまい》に笑った。

「俺たちが止めなければ、君はここに帰ってくるつもりだったのか」

ナンナを攫いに侵入してきたあの夜には、この部屋自体に関心など持っていなかったのだろう。

彼は改めて部屋をぐるりと観察し、信じられないと呻《うめ》き声を上げる。

「戸籍なしの娘に与えられるなら、十分すぎる部屋ですよ」

何もない部屋だ。

何度も何度も繕って、どうにか誤魔化しながら着る服に、他の召使いの子のお下がりでもらった木の櫛《くし》。

形がばらばらのボタンや、糸の束。防寒のための薄い毛布に、薄汚れた手ぬぐい。──それから、宝物である『月影の英雄』に、近所の薬屋の店主ミルザに借りていた本。

確かに、ルヴェイみたいな人間からしたら、信じられないような生活環境かもしれない。

けれど、ここが、ナンナにとっては極上の場所だった。

住む場所がある恩義。一歩外へ出れば、家なしの物乞《ご》いになるしかないことを自覚しているからこそ、自立なんてできるはずもないと思っていたからだ。

誤魔化すように肩をすくめてから、ナンナは部屋の隅に置いてある木箱の前まで足を進める。大きな鞄《かばん》なんて持っていないから、木箱に全部詰めて運ぶしかない。

壁にかけていたボロボロのワンピースを畳んで木箱に入れ、枕《まくら》元に置いていた本を二冊、ワンピースの上に積んだ。

それだけで荷造りは完了だ。あっという間である。

木箱を持とうとしたところで、ルヴェイが横にやってきて、ナンナの代わりに持ち上げてしまう。

「これで、全部なのか」

「はい」

「そうか……」

正直、本以外はもう手放した方がいいようなガラクタばかりだ。でも、何も持っていない自分にとっては、大事な家財であった。

「……これは」

ふと、しんみりとしていたはずのルヴェイが、何かに気がつき眉《まゆ》を寄せる。

彼の視線を追ってみて、ナンナははっとした。

「あ！」

「……まさか」

「ええと！　そのっ」

奥の方に詰め込んでいたぼろい布を、慌てて木箱の上にかける。

無意識に、大事なものを一番上に置いてしまっていた。――つまり、『月影の英雄』を。しかも、ナンナが綴《と》じ直して、ぼろぼろになっているそれをだ。

「よ……読んで、いた、のか……」

「あの……その……」

宝物です。と言ってもいいのだろうか。

「あれはカインが無理矢理」

「お伺いしました」

「そうか」

「はい」

「そうなのか」

「はい……」

ふたりの間になんとも言えない空気が流れる。

補修の跡までばっちり見られてしまっては、どれだけ大切にしてきたかは余すことなく伝わってしまっただろう。恥ずかしいどころの話ではない。

互いに無言のまま、部屋を出た。

何か言いたげな彼から目を逸《そ》らし、共に階下へ下りる。

心配して様子を見に来ていた使用人頭と、同僚だった皆に挨拶をし、背を向ける。

「ナンナは俺が責任を持って大切にする。心配は無用だ」

ルヴェイもまた、どう考えても勘違いを招くセリフを言い残し、ふたり揃ってワイアール家をあとにすることになった。

◆　◇　◆

ワイアール家から出たあと。カインリッツや他の部下の人たちとも別れ、ルヴェイとふたり、街を歩く。

せっかくワイアール家の方向にやってきたのだ。もののついでにはなるが、できれば顔を出しておきたかった場所があった。

隣ではルヴェイはぶすっとしたまま、ずっとナンナの荷物を睨《にら》みつけている。

「……そんなに、わたしがあの本を読んでるの、嫌でした？」

宝物なのだけれども。ここまで不機嫌な顔をされてしまうと、いたたまれない気持ちになる。

そんなナンナの質問に彼ははっとし、ふるふると首を横に振った。

「そうじゃなく、だな！」

つい、荷物を持つ手に力が入ってしまったのか、ぼろぼろの木箱がギシリと音を立てる。

「君が、どんな生活をしていたのか、想像力が足りなかった」

「え？」

「君が嫌でなければ、俺が……いや。その話は、あとにするか。もう、目的地に着く」

彼は眉を寄せたまま、首を横に振る。そして、細い裏通りを歩いたその先に、緑色の屋根の小さな店を見つけ、目を細めた。

「先に挨拶をするのだろう？」

「あ、はい！」

こくこく頷いて、その店に向かって駆けていく。

まだ日が高く、営業中ではあるのだが、相変わらず閑古鳥《かんこどり》が啼《な》いている薬屋さん。――ナンナがこれまで何度もお世話になったミルザの薬屋だ。

「ミルザ先生、こんにちは」

カランカランとベルを鳴らして中へ入る。

ふわっと薬草独特の香りが漂い、その慣れた香りにどこかほっとした。

もしかしたら、ナンナにとってこの店が一番安心できる場所なのかもしれない。人心地がついて、ナンナは眦を下げる。

「――ああ、ナンナか。珍しいな、こんな時間に……って」

店主であるミルザは、相変わらずカウンター奥の作業場だか憩《いこ》いの場だかわからないソファーに寝転んでいたらしい。ナンナの姿が目に入るなり、ひらひらと手を振ってくれる。

だが、ナンナの隣に立つルヴェイの姿を見つけた瞬間、驚いたようにがばりと身体を起こした。

「ルヴェ……いや、人違いか。失礼した。――でもどうした？　青騎士の知り合いなんていたのかい、ナンナ」

なるほど、普段と違いすぎる風貌《ふうぼう》に、ルヴェイと繋がらなかったらしい。

「ルヴェイさまで合ってます、ミルザ先生。……って言うか、ルヴェイさまとお知り合いだったのですね？」

「あー、やっぱり、ルヴェイ君か。……ん？　ルヴェイ……ルヴェイって？　……はぇ!?　何がっ！　え？　どうなって……っ!?」

あまりのことに、彼女はソファーから転げ落ちそうになっている。そうして彼女はわたわたと起き上がり、丸くて大きな眼鏡《めがね》をかけ直すと、まじまじとルヴェイの顔を見た。

――ミルザ・エイリット。若草色の三つ編みと、大きな眼鏡が印象的なこの店の店主だ。

女性ながらにひとりでこの薬屋を切り盛りしている彼女とは、かれこれ五年ほど親交がある。

かつて市場で盛大に転び、荷物をぶちまけた彼女に声をかけたことがきっかけだった。ひとりでは抱えきれないほどの大荷物を、彼女と一緒にこの薬屋まで運んできたのだ。

ミルザは博識だけれども、非常にマイペースで、とにかく生活力が皆無だった。

　当時も、ぐちゃぐちゃだった店内を見て唖然《あぜん》としたけれど、本をはじめとして、ナンナの興味を引くものもたくさんあって。見るに見かねて、ひと月に一度、ナンナに時間ができるたびに、この店を掃除するようになったというわけだ。そして、そのお駄賃として、本を貸してもらってきた。

「ん？　んんん？　本当にルヴェイ君なのかい？　どうも、以前会ったときと見た目が変わったような気がするね」

「ルヴェイだ。今日は……その、たまたま都合でな。青騎士団の制服を着ているだけだ」

「ほえー。人は変わるものだねえ」

「ナンナと知り合いだったらしいな。――息災にしていたか、ミルザ殿」

「いやあ。このとーり。あたしは毎日おもしろおかしく生きているとも。――で？　何がどうなって、アンタたちは一緒にいるんだい？」

　というわけで、ミルザに誘われ、奥のぐちゃぐちゃになった書斎兼研究室兼なんか色々な、大きなテーブルのある部屋に移動し、話をすることになったわけだけれども――。

「あはっ！　あはははははっ！　けっ……結婚!?　あはははあのルヴェイ君が!?　本気かいっ！　ひいいいいいい!!」

　事の顚末《てんまつ》を話したところ、この通り、ミルザが腹を抱えて笑い転げているというわけである。

　ちなみに、なんと彼女、学生時代にカインリッツと同級生であったらしい。

　結果、カインリッツが当時から護衛として仕えていた王太子オーウェンとも、交友があったらしく。

　……どうりでこの店にオーウェンがお忍びでやってくるわけだ。

彼女はこうして自分の店でのんびりやっているけれど、実は王立学術総合研究院の特別研究員の資格も持っているらしく、ひとりで好き勝手研究に勤《いそ》しんでいる身なのだとか。

客足がほとんどなくても、店が切り盛りできている理由は、そこにあったか。

小売りよりも研究の方で生計を立てていることも、ナンナは今日はじめて知った。

ちなみに、ミルザにだけはナンナのギフトについて説明することも許可を頂いている。

実のところ、オーウェンがナンナのことを調べる際、彼女に根掘り葉掘り聞いていたらしい経緯もあったらしく、話は非常に早かった。

「いやあ！　まさかナンナが〈絶対治癒〉持ちだったなんてね⁉　もっと早く教えてくれたらよかったのに！　なんて楽しいことになってるんだ、君たちは」

「あはは……」

案の定、盛大にからかわれ、ナンナは苦笑いを浮かべる。

「つまりあれだろう？　ルヴェイ君は己の童貞を捧《ささ》げたから――んぐっ！　んぐー！　やめはまへ！」

それ以上は言わせまいと、ルヴェイは一瞬で移動し、彼女の口をふさいでいる。

「違う、ナンナ！　いや……その。それも、あるけれど。それだけじゃ、ないから……その」

あるんだ。とは思ったけれど、深くはつっこまないでおこう。

どうやら「身体を繋げたから結婚したい」という主張は、ナンナにとって印象がよくないことを理解しているらしい。

必死な様子のルヴェイに、ナンナの方が赤面してしまいそうだ。

「ぎゃははは！　ルヴェイ君、本気じゃないかっ」

「当たり前だ」

「あのルヴェイ君がねえ……へぇえ、ナンナにねえ……！」

にまにまにま。

これはいいオモチャを手に入れたと言わんばかりに、ミルザはルヴェイに視線を向けている。

「いい加減、からかうのをやめてくれないか」

「んー？　いいのかい？　あたしはナンナのすべてを知り尽くしているよ？　趣味ぃ、好きな食べ物ぉ、好きな本ー、性格ぅ――」

「！」

「――君は知りたくないのかなあ？」

にまにまにまにま。

「っ、ミルザ殿……っ!!」

……あっという間につられてしまった。

ミルザが「ちょろい」と呟いているけれど、全くその通りだ。

ルヴェイに関しては、もう少し冷静な人物だと認識していたのだが、どうもナンナのことになると感情的になる……らしい。自分で分析しておきながらも、いまいち信じがたくて、現実逃避したくなってしまう。

彼の意外な一面がどんどん見られるようになってきて、ナンナの困惑は増すばかりだ。

「あの、先生。別にわたし、ルヴェイさまと結婚するわけじゃないですから」

よ」


「むむむ？　そうなのかい？」

「しませんよ」

「えー、お似合いだと思うけどなぁ！　もうひとりの光馬鹿よりよっぽど君に合うし、いいと思うよ」

光馬鹿。……それはもしかして、カインリッツのことなのだろうか。

ナンナは戸惑い、頬を引きつらせる。

とはいえ、ミルザの言葉に関しては一考の余地があることを、ナンナは知っている。

ミルザはこうして、思ったことはぽんぽん口に出す性格だし、人も悪ければ適当なことを言うことも多い。けれども、彼女は物事の核心を捉《とら》えているし、相手のことをよく見ている。そんな彼女がお似合いだと言うのなら、本当にそうなのかもしれない。

それに、ミルザにだけでなく、オーウェンにまで似たようなことを言われている。

（いやいや、無理だって。わたしに、〈影の英雄〉さまの奥さんなんて、務まらないよ……）

ルヴェイの横に並んだ自分を想像し、いやいやだめだと、ナンナは首を横に振る。

今だって、どうやって諦《あきら》めてもらうかを考えているのだ。だから、面白がっているだけの人におだてられ、その気になってはいけない。

「そうじゃなくて。あの、先生。わたし、別の相談で来たんです、今日」

「へえ？　まあいいや。このあたしが聞いてあげようか？　いったい全体どうしたのさ？」

そう問われて息を呑《の》む。

ワイアール家から出ることになったとき、まずはミルザに相談しなければと思っていたのだ。

ナンナはぱんっと両頬を叩《たた》き、気持ちを入れ替える。そうして、真剣な眼差《まなざ》しでミルザを見つめた。

「お願いです！　この店でわたしを雇っ」

「断る」

「てくださ――はやっ!?」

「ことわるぅー」

それはもう、けんもほろろに断られてしまった。

ミルザはわざとらしいほどに面倒臭さを全面に押し出して、ひらひらと手を振っている。

「ど、どうしてっ」

「んー？」

ナンナはたびたびここの掃除もしていたし、そのときに少しだけれど、彼女の助手的な役割を果たしたこともある。

ミルザはひとりでいるのが楽に感じる人間であることは重々承知している。けれど、ナンナのことはそれなりに受け入れてくれているはず。ワイアール家でどうしようもなくなったらちゃんと言いなよ、と心配されたこともあるし、彼女の役に立てるとも思っていたけれど。

「ミルザ殿……」

「ルヴェイ君、あたしをそんな目で見てもだめだよ。彼女は雇わない。って言うか、結婚したいなら君が最初から養ってあげればいいじゃないか。別にナンナをわざわざ働きに出さなくても」

「彼女はなかなかに頑固なのだ」

「ああ……」

その一言で、ミルザも、ナンナの考えていることをだいたい理解したらしい。

「結婚するつもりのない相手に、そこまで寄っかかるような子じゃないか。……そうだな。それがナンナの長所でもあるから。──ま、ルヴェイ君、君のこれからの頑張りどころだな」

「ああ」

「ふぅーん。やっぱり似合いのふたりだ。結婚しちゃいなよ」

なんて、ミルザはニヤニヤ視線をこちらに寄越すけれど、ナンナは首を横に振る。

「頑固だねえ。じゃ、あたしがアンタを雇わない理由。一気に言うからちゃんと聞きなよ？　──あ、先に言っておくけれど、いつも通りここに遊びに来るのは構わない。アンタは今まで通り、食事や掃除を融通してくれるなら、あたしもその対価としてアンタに本を貸し出そう。でも、あたしの助手になりたいわけじゃないのなら、アンタはこんなところに入り浸りすぎないほうがいい。ハッキリ言うよ、向いてない」

早口でまくし立てられ、ナンナは息を呑む。

「いや、アンタ頭も悪くはないし、実は魔力もかなり持っていることも知ってるけどね。素人《しろうと》だし、扱いおおざっぱじゃん。細かな魔力調整とかできないでしょ？　てか、アンタこんなとこ引きこもってるよりさ、もっと他に向いてる職業あることくらいわかってるんじゃないの、自分で。肝心なとこで自分に自信ないみたいだけど、お願いしてみないとわかんないじゃん？　──商店街のほう回ったの？　知り合いいっぱいいるんでしょ？　アンタさあ、もっと人と接する仕事のほうが向いてる自覚あるでしょ、いいじゃん接客業。大いにけっこう。今までも声かけられてたでしょ、そっちいけばいいじゃん。逆にもったいないよ、こんなとこ」

「ええと」

見透かされている。完全に。

ミルザの言うことは全部が全部もっともだ。

最初にここにお願いに来たのは、ここで仕事ぶりを見せたことがあり、彼女と接しやすいと自覚していたから。いわば、逃げの選択でもあった。

でも、ミルザにとってはそれも含めて全部お見通しだったらしい。

「……さすがです。ミルザ先生」

「あっはっは！　何年もアンタのことを見ているからね。ぶつかってだめだったら考えてあげるけど、まずは、アンタが働いて楽しいと思える場所を探してみな」

「……はい」

「それに」

ミルザは頬に手を当てて、うーんと考え込む。

「今後、アンタの周りにルヴェイ君がまとわりつくということは――あれだ。君がここにいたらもれなくあの光馬鹿の訪問があるわけだろう？　……うわっ、寒気がする無理やめてあの光馬鹿は立ち入り禁止」

「は？」

「というわけで、あのやかましい光馬鹿のやっかいごとに巻き込まれるのはごめんだから、これからもたまーにくらいの頻度で来て、掃除洗濯食事の準備よろしくね！　本はいくらでも貸してあげるからさあ！」

……最後の最後に本音が聞こえた気がするけれど、まあ、ミルザの言っていることは間違いがない。

確かに、この機会に一度、自分の生き方について考えてみるのは悪くない気がした。

(ルヴェイさまも、見守ってくれる、みたいだし)

なんて、ちらっと頭の片隅で彼を頼っていることを自覚してしまい、はっとする。

(違う違う！　独立っ。独立するまで、支えてもらうだけだもんっ)

ギフトのお礼に、生活の後ろ盾をお願いする。ひとりで生活できるようになったときが、お別れのとき。そう決めた。

ルヴェイのためにも、ずっと彼に寄りかかるのはよくないはずなのだ。

「わかりました。わたし、頑張ります」

「うんうん。前向きなところはアンタの長所だねえ。——ルヴェイ君、ナンナはあたしの妹みたいなものなんだ。どうかよろしく頼むよ」

「もちろん」

わかった、と頷くルヴェイに、ミルザはにまりと微笑《ほほえ》む。そのまま彼の袖《そで》を引っ張って、カウンター裏へと連れていってしまった。

「あれ？　先生？」

「あー、ナンナはちょっとそこで待ってて」

ごにょごにょルヴェイの耳元で囁きながら、カウンターの奥で彼に何かを渡しているのが見えた。

女性にしては長身なミルザと、男性にしては比較的小柄なルヴェイでは、身長もさほど変わらない。

ゆえに、近い。

何がって、顔が。

「……」

胸の奥がちくりとして、ナンナは自分で自分の気持ちから目を逸らした。

……べつに自分は、自分の感情に鈍いわけではない。

これは嫉妬《しっと》だ。

彼と身体を重ね、さらにこうも慕われて――ナンナだって、何も思わないはずはない。

でも、これは仕舞っておく。自分の気持ちがわかったうえで、彼とはこれ以上仲良くなるべきではないと考えた。

(育たないように、気をつけなきゃ)

ミルザになにかを囁かれて、顔を真っ赤にするルヴェイの横顔を見て、ナンナはそのようなことを考えた。

◆　◇　◆

ワイアール家を出た祝いだと、ミルザはなんと本を三冊もプレゼントしてくれた。

『月影の英雄』以外ではじめて持つ自分のためだけの本を、ナンナは大切に抱えながら帰路につく。

ルヴェイに「持とうか」と問われたけれど、これればかりは譲れない。ワイアール家の外に出たわけだし、これからはもっと堂々と本を読むことができるわけだ。幸せすぎる。

ルヴェイも嬉しそうに表情を緩め、並んで歩く。

自分よりも少しだけ背の高い彼を見上げながら、ナンナも同じように目を細めた。自然と表情がほころぶくらいには浮かれているらしい。

暖かな陽気を浴びながら、ふたりのんびりと街を歩いていった。

これから、ルヴェイが用意してくれたナンナの新しい住処《すみか》に、連れていってもらえるらしい。

さらにそのあとは、家具を揃えるためにもう一度出かけようと、なんとルヴェイの方から提案してくれた。もちろん、お財布は彼が受け持ってくれるとのこと。

必要な家財を自分で賄《まかな》えるはずもなく、ナンナは、ありがたくそれを頂戴《ちょうだい》することにした。

その家は、商店街からさらに南へ向かった場所にあるそうだ。大通りから一本脇《わき》道に入った、便利で、静かな場所にあるのだとか。

聞くところによると、ルヴェイの数ある住処のひとつらしい。

ルヴェイは騎士寮にも部屋はあれど、実際住んでいるのはまた別の場所なのだとか。

つまりルヴェイとは別々に住まわせてもらえると考えていいのだろう。少しほっとして、胸を撫《な》で下ろす。

それにしても、外に家がたくさんあるだなんて、影とはいえさすが英雄だ。

庶民のナンナからすると、あまりに別の世界のことすぎて、素直に感嘆する。とはいえ、仕事柄どうしても必要になるらしいのだけれど。

そうしてしばらく歩いていくと、いよいよこれからのナンナの住まいに到着した。その住処を見た瞬間、ナンナは目を丸める。

「ここ、ですか？」

「ああ。……これくらいの家の方が、君も、気負わない……だろう？」

目の前に現れた、ルヴェイの住処のひとつ。

その家をひと目見た瞬間、彼がナンナのために多くのことを配慮してくれたことを理解する。

だって、そこにあったのは、なんということもない、ごくごく普通の家だったのだから。

外壁をクリーム色のペンキで塗られた赤い屋根の家は、なんと集合住宅らしく、そのうちの一室を契約しているらしい。

「商店街からも、近いほうがいいだろう？　ここが一番使いやすいかと思って、な。――も、もちろん、候補はいくつかあるから、気に入らなかったら変更できる」

この選択によほど自信がないのだろう。

ルヴェイはずっとびくびくしていて、まるでナンナの反応を怖がるかのように、こちらに顔を向けない。

そのまま彼は足早に、家の外側にある階段をのぼり、二階のドアを直接開いた。

「！」

まさか、その外側のドアが玄関だったなんて。珍しいつくりに、ナンナは息を呑む。一見普通のようでいて、やはり少し、特別な作りになっているらしい。

外観は本当に、どこにでもありそうな集合住宅だった。外壁にはいくつもの植物の籠《かご》が吊《つる》してあり、色とりどりの花が外観を彩っている。

真っ黒く、地味な風貌の――と言えば失礼かもしれないが、それでも、目立つことを極端に嫌がるルヴェイとは絶対結びつかない、可愛《かわい》らしい雰囲気の家だ。

「任務のための隠れ家にすることも多い。こういう家の方が、逆に使いやすいこともあるんだ」

「なるほど……」

ドア横のベルの形まで愛らしい。

わざわざそれをからんころんと音を立ててからなかに入る。そこはダイニングと寝室にわかれた、シンプルなつくりの家だった。

「……っ」

さすがに家具の類《たぐ》いはほとんど置いていなくて、仕事用だと割り切っているのが見てとれる。

寝室には硬そうな簡易ベッドがあるくらい。

でも、ダイニングはそれなりに広く、木製のダイニングテーブルや、小さいけれども冷蔵魔具まで置いてあり、食材を溜《た》め込むこともできそうだ。

じんわりと、胸の奥が熱くなる。

（わあ……）

この素朴さが、今のナンナにとっては嬉しかった。

ひっそりとナンナが夢を見ていた、当たり前の、どこにでもある家。ルドの街に住んでいたときと重なるような、優しい光景がそこには広がっている。

暖かな記憶を思い起こさせる雰囲気の部屋に、ナンナは感極まり、ぎゅっと両手を握りしめる。

「素敵……」

今はなにもない。けれど、理想的な部屋だった。

しっかりとクローゼットも備えつけてあり、たっぷりと衣服も収納できそうだ。

もちろん、今は収納するものなんてなにもない。だからこそ、これからしっかり働き、自分のものを増やしていけるんだと思うと、わくわくが止まらない。

ワイアール家の自分の部屋とは違って、天井魔光具まで吊してあり、魔石さえあればこれで夜でも自由に読書が楽しめる。冷蔵魔具といい、魔石を使った魔道具は一般家庭にもかなり普及してはきているものの、それでも未《いま》だに高級品だ。

綺麗なトイレや広い浴室まで完備で、生活に必要なものは十分すぎるほどに揃っていた。

「すごい……。あの、中、もっと見ていいですか？」

「もちろん」

心が躍る。

ナンナは目を輝かせながら、ぱたぱたとなかへ入り、寝室の窓を開ける。

家のなかから見る外の風景を堪能《たんのう》してから、ダイニングへ。キッチンをぐるりと見物し、棚の様子も確認する。一通り物色を終えると、いそいそと寝室へ戻ってきては、クローゼットのなかも確認しようとして——、

「あ」

「え？」

がちゃ。

開けてみて、硬直した。

「……」

一言で言うと、黒かった。

ルヴェイが普段愛用しているらしい、真っ黒のあのコートだ。そして、黒いマント。

あろうことか、同じものが何着も、ずらりと並んでいる。

「……そ、それは、だな……」

（メイドさんのお仕着せみたいなものなのかしら……）

にしても、数がありすぎる。

「仕事柄……ダメにすることが多く、だな。俺はギフトの関係で、その服でないと駄目だから」

「ああ」

そういえば、今日は青騎士団の制服だから、影に潜るギフトが使えないと言っていた気がする。

「なるほど」

「少し、数を減らそう。そこに君のものを。――いや、もうひとつ別にクローゼットを買ってもいいか……だが、ベッドはもう少し大きいものにしたいし……」

「ん？」

ぶつぶつと彼が小声で呟きはじめたけれど、今、聞き捨てならない言葉が聞こえた気がする。

「ベッドもクローゼットも、このままで全然大丈夫ですよ？　ひとり暮らしならこれで十分――」

「え」

「え？」

「……」

「……」

どうやら、食い違いが発生している。

ナンナは即座に理解した。

（ルヴェイさま、まさか、ここに一緒に住む気なんじゃ……）

確かに、彼の病はまだ完治していない。それまでには、まだ何度か彼と身体を重ねる必要があるわけなのだけれども……。

（いやいやいや。普段、別の部屋使ってるっておっしゃってたよね？）

たくさん部屋を持ってるって言うのなら、全然一緒に住む必要性なんてないわけで。

嫌な予感が膨らんでいる。

至るところで彼との感覚の違いを感じているナンナは、先に予防線を張ることにした。

すぅーっ。

はぁーっ。

よし、言うぞ！

「うん！　ありがとうございます、ルヴェイさま！　この寝台も、クローゼットも、すごく使い勝手がよさそうです。ルヴェイさまのコートは、少し詰めて収納させてもらったら、十分わたしの服は入るでしょうし――当面の食材と、調理器具と……わたしが普段使う分のお皿とか雑貨を、おねだりしていいですか？」

にっこり笑顔を貼《は》りつけて、ひと息で告げてみた。

「!?　……そっ、そうだな、ナンナ。だが、この寝台は任務用でとにかく横になるためだけに買ったものだ。恩人の君にこのまま使わせる気はない。俺のコートも数枚置かせてもらえればいいから、あのクローゼットは一緒に使おう。皿も、この家には全く置いていないから、君の見立てでたくさん揃えよう」

「あははは、ルヴェイさま、大丈夫ですよ、そう気を使って頂かなくても。必要最低限でわたしは十分暮らしていけますから」

「ああ、君の言う通りだ。その必要最低限をこれから誂《あつら》えよう。この家に入りきらなくなれば引っ越せばいい。君の気に入るものを、俺はなんでも揃えたい。それだけのことを君はしてくれた。いわばこれは礼だ」

「やだなあルヴェイさまったら、そう気を使わずとも」

「俺がやりたいからやるだけだ。ナンナ、荷物を置いて出かけよう。――俺は着替えるつもりだったが、君が望むならこの青騎士団の制服のままでもいい。その方が、これから君に悪い虫が寄りつかなくなるかもしれないしな」

なんて。

このときナンナは改めて理解した。

……必死になると、ルヴェイはものすごくしゃべる。ついでに早口だ。

ぜえ、ぜえ、はあ、はあ、と互いに荒く呼吸しながら、このままでは埒《らち》があかないことも悟る。

(手強《てごわ》い……！)

ルヴェイはナンナを頑固だと評したが、ルヴェイだって負けじと頑固ではないか。

あれだけ挙動不審なところを見せながら、結局、大事なところは曲げてはくれない。

――結果、勝負は買い出し時に持ち越しになったのだった。

◆
◇
◆

と言うわけで、ルヴェイとふたり、街に出る。

さすがに騎士団の制服のままでは色々障りがあるので、彼には一度着替えてもらうことになった。

ストックしてあった黒いコートを着て、前髪を前に下ろすと、いつものルヴェイに大変身だ。

とはいえ、もう口元まで隠す必要はないために、マントは身につけるつもりもないらしい。細身でスッキリとした彼のシルエットが際立ち、油断をすると見とれてしまいそうだった。

……これはこれで外を普通に歩くのは非常に目立つ気がするけれど、他に選択肢がないのだから仕方がない。しっかりとお財布になってもらおう！　そう決めて、ナンナは彼とふたり、街へ繰り出した――までではよかったのだが。

「ナンナちゃん!?」

「誰だい、その兄ちゃんは!?」

――まさかのこの状態である。

ルヴェイは当初、すべての家具を新品で揃えるつもりでいたようだった。

とはいえ、ナンナとしてはさすがに抵抗がある。だから慌てて、慣れ親しんだ南区第二商店街まで引っ張ってきてしまったのだ。

ここには中古の家具屋もいくつか入っているし、少し歩けば女性が好みそうな雑貨が置いてある店もいくつかあった。あと、お値段が全体的に庶民向きというのが大変安心できる。

それに、平日の昼間ならこの区画は混雑しない。だから買い物もしやすいだろう。——そう考えていたけれど。

(なんで、こんなことになってるのかな⁉)

ナンナの隣に変わった風貌の男がいるということで、わらわらと周辺の店のおじさんやらおばさんやら、さらに通りすがりの客やらが様子見に出てきたのだ。

「ちょ⁉　皆さん、仕事ほったらかしでいいんですかっ！」

「やだねえ、ナンナちゃん、それはないでしょう？」

「ナンナちゃんこそ、今日は休みか？　へええ、恋人かい？」

いやいや、どう見ても恋人同士とかありえないでしょ！　と、心のなかでつっこむ。

ルヴェイの格好は明らかに浮いていて、どちらかと言うと怪しい彼に連行されている一般人、みたいな異様な光景だと思われるのに、だ。

「あのナンナちゃんがこんなにおしゃれして」

「いい男を捕まえたんだねえ！」

いつもと違うナンナの服装も相まって、さらに誤解を生んでしまったらしい。

好奇心に充ち満ちた様子の面々に向かって、ナンナはぶんぶんと首を横に振るしかない。

「ち、違いますっ。違いますから！　えっと……仕事の繋がりって言っていいのかな？」

必死で否定したところ、突然がばっと腰を引き寄せられ、ナンナは目を白黒させる。

「俺が、……口説いている、ところ、で」

「⁉」

正直すぎる言葉にぶっと吹き出してしまった。

目を白黒させながら横を見ると、耳まで真っ赤にしたルヴェイの顔がすぐそこにある。

（ルヴェイさま、反則です……っ！）

筒抜けとはこのことを言うのだろう。

こんな表情をしていたら、確かに恋人同士——とは言い切れずとも、恋愛感情を伴ったふたりであると勘違いされるはずだ。

どう見ても一般人ではないルヴェイのほうが、ナンナに好意を寄せている。いよいよふたりがどんな関係だ、きっかけはなんだと周囲が興味を持つのも無理はない。

「やあああ、ナンナちゃんを選ぶだなんて、兄ちゃん、見る目があるねえ！」

「あら。ナンナちゃんまで真っ赤じゃない。いけるわよ、お兄さん」

「うちの倅《せがれ》が泣くなあ！」

いや、真っ赤にもなりますよ、とナンナは思う。

気恥ずかしくて横髪をくるくると指でいじると、周囲はますます沸き立った。

ある程度冷やかされる予感はあったけど、まさか皆がこんなにも食いつくとは。

「だが見かけない顔だなあ？　外人さんかい？」

なかには、ルヴェイの旧フェイレン人らしい顔立ちが気になっている人もいるらしい。

あまり歓迎できない声かけに、ナンナの心の奥がつきりと痛む。確かにルヴェイは旧フェイレン人だ。けれども、それを悪い意味で捉えてほしくない。

「——出身は、そうだな」

ルヴェイは短く言葉を切った。もともと、身分を誇示するような人ではないから、これ以上言うつもりもないのだろうか。

彼が身分を隠したがっていることは知っている。けれど、イサベラに向けられたような視線を、これ以上ルヴェイに浴びせたくはない。

「ルヴェイさま」

迷いを含んだナンナの呼びかけに、彼はふっと微笑んだ。

「……大丈夫だ」

むしろナンナを安心させるために、彼女の頭を撫で、皆に向き直る。

「今は、この国の人間だ。十年ほど、城に勤めている」

そう言いながら、彼は胸もとのペンダントをかざした。

六条星が刻まれたそれは、軍に所属する者であることを示している。素材こそルヴェイ専用の特別製だが、その紋章を知らぬ者はいない。

「へええ、たまげたもんだ」

「軍人さんかい。そりゃあ、ナンナちゃんも安心だな！」

皆、納得するかのごとく、周囲の声が明るくなる。

（え……？）

あまりにすんなりと受け入れられ、ナンナは瞬いた。

人種の壁は厚いだろうと思っていたけれど、皆、機嫌よく笑っている。イサベラに向けられた視線とは大違いだ。

ふと、ルヴェイを見てみると、彼もどことなく、ほっとしたような様子で表情を緩めていた。

「……信用して、くれるのか？」

などと訊《たず》ねるルヴェイに、皆、頷く。

「そりゃあ、ナンナちゃんのツレだからなあ」

「だねえ。兄さん、頑張んな。で、ナンナちゃんを幸せにしてやってくれよ？」

なんて、少々飛躍しすぎている言葉も飛び交っているけれども、ルヴェイが嬉しそうな顔を見せているから、ナンナもほっとする。

ああそうか。

彼は旧フェイレン人であることを気にしているようだった。だから、こうして皆に受け入れられたことが嬉しいのだろう。

「特殊な任務だから、身分は、その……」

明かすことははばかられる。そう告げる彼の事情を、皆、うんうんと頷いた。

「でも、アンタみたいな人が、どうしてまたナンナちゃんと？」

「それは――」

彼は逡巡《しゅんじゅん》するように視線を彷徨《さまよ》わせ、さらに強くナンナを抱き寄せる。

「彼女に返しきれない恩義があってな。……彼女の現状も知ってしまっては、放置することなどできない、だろう？」

だから、と彼は続ける。

「彼女を保護した。この近くの家に住むことになる。だから、皆も、少し気にかけてやってくれると

「……嬉しい」

真実をぼかして告げる都合上、結果的に非常に思わせぶりな言い回しになってしまっている。

当然勘違いされてしまい、皆がわっと沸き立った。

「まさか結婚!?」

「ナンナちゃん、おめでとう！」

「しっかりした、いい兄ちゃんじゃねえか、やるねえ！」

「いやいや、だから、違いますって！」

ナンナ自身は必死で否定するものの、無駄だった。

ルヴェイの朴訥《ぼくとつ》としながらも、誠実な言葉選びが功を奏してしまったらしく、皆、すっかりその気になってしまった。

結婚はいつになるだの、いい嫁さんになりなだの好き勝手話を大きくされ、わたわたしてしまう。

「結婚は、まだ。その……彼女の、了承を得てからだ」

などと、ルヴェイが行きすぎた周囲の皆に釘《くぎ》を刺したところ、彼はさらに皆に気に入られたらしい。

バンバンと、皆に肩を叩かれながら「頑張れよ！」と激励されていた。

そうして、夕暮れ前に帰宅したときには、ナンナはもうくたくたになっていた。

大きな家具は、ちょうどナンナたちが帰宅したあとの時間に届けてもらった。散々冷やかされながらも、住むのに困らない程度の家具は今日一日である程度調《ととの》った。……新しいベッドのサイズが、ひとりで使うには少々大きいものであることには、色々言いたいことはあるのだが。

家具屋のおじさんとルヴェイがふたりで話し込んでいたことを思い出し、ナンナは額を押さえる。

恋愛絡みで冷やかされるのはこんなにも気恥ずかしいものだったのか。今日一日で、嫌と言うくらい思い知った。

とはいえナンナの新しい家には、彼女が望んだ通り、華美すぎず、木の温《ぬく》もりを感じる可愛らしい家具が揃いはじめた。おかげさまで、部屋のなかはすっかりと暖かな空間となっている。

自然な風合いの、丸みを帯びた家具が多くなり、居心地もよさそうだ。

カーテンや布張りのソファーは淡いオレンジ色で、全体の雰囲気も明るく感じる。

はじめて見たときから、この家のことはとても気に入っていたけれども、こうして家具が揃えられるとますます愛着が湧《わ》いてきた。

ワイアール家と交渉したり、街のなかを歩き回ったり――今日は一日、とっても疲れた。けれども、この家にいるとなんだかいい気分で眠ることができる気がする。今から寛《くつろ》ぐのが楽しみだ。

（ただ――）

ちらりと、ルヴェイの顔を盗み見る。

（今日も……なのかな）

何のことかと言うと、つまり、治癒のことなのだが。

ルヴェイに抱かれた日のことを思い出し、顔が上気する。

（いやいや、ひとまず、横に置いておこうっ）

落ち着くために、まずはお茶でも。

ナンナは、結局揃いで購入した色違いのマグカップにお茶を淹《い》れることにする。新しいキッチンを使うこともそわそわしつつ、はじめてのティータイムを一緒に楽しむことにした。

ダイニングテーブルに着いていた彼は、ナンナがことりとお茶を置くなり、嬉しそうに目を細める。そうして彼は、そっとマグカップに口を寄せた。

そのまま彼は、ふぅー、何度もお茶を冷《さ》まそうとしている。……どうやら、猫舌らしい。そうして、慎重になりながら、彼はそっと口をつけるのだった。

薄い唇は形がよく、静かにお茶を飲む彼の表情に、ナンナはつい見とれてしまっていた。

こうして見ると、ルヴェイはどこかあどけない顔をしている。

旧フェイレン人は年齢よりも少し幼く見られがちらしいけれども、ルヴェイもまさしくその通りだ。少し年上のお兄さんといった風な彼に、ナンナは確実に親近感を持ちはじめていた。

(って、もう！　こんなはずじゃなかったのに)

おかしい。

ナンナばかりが振り回されている気がする。

(……ううん、ルヴェイさまも、ずっとそわそわしてたよね)

普段よっぽど人と関わることがないのか、彼はついつい挙動不審になりそうなところを我慢していた。でも、その表情はどこか穏やかで、柔らかかった。

出会いが出会いだっただけに、彼の変化にどうしても戸惑う。

彼自身、ちょっと前のめりというか暴走気味なところもあって、ナンナもたくさん振り回されたけれど——彼と歩くのが楽しかったのも事実だ。

旧フェイレン人であるにもかかわらず、彼はすっかり、街の人たちに受け入れられていた。

それはきっと、彼の本質的な部分の誠実さが伝わったからだろう。

(それに、見る人が見れば、ちゃんとしてる人だってすぐにわかるよね)

ルヴェイは服装こそ独特だけれども、あのコートは相当仕立てがいい。

(ルヴェイさまって、意外と綺麗好きだよね)

聞くところによると、趣味のひとつはなんと洗濯らしい。

料理や掃除なども得意だと言っていたので、意外性の宝庫であった。なんでも、あちこち飛び回る任務も多いので、身の回りのことは一通りできるのだとか。

さらに、同じものを何着も仕立てているのは、仕事柄破れやすいからだそうで。それはつまり、破れた服をナンナみたいに繕ったりして、襤褸《ぼろ》になるまで使わないということだ。

ルヴェイに対するナンナの評価はこれまで、『生活感がない』だった。けれども、事実はどうやら違ったようだ。

騎士寮にも入っていないし、家に使用人なども雇っていないとのことで、ナンナが考えていた英雄の生活とはずいぶんかけ離れている暮らしをしている気がする。おかげさまで、すっかり庶民の暮らしが馴染んでいそうなイメージに塗り替えられ、たいへん親しみやすくなった。

(……って！　だから！　絆されないっ。絆されないんだって!!)

ぶんぶんぶんっ！　と首を横に振ると、正面でルヴェイが驚いている。

「あ！　――いやあ、あのですね。色々ありましたし、たくさん歩きましたし、さすがにちょっと疲れたなって……」

あははは、と誤魔化すように笑うと、ルヴェイは眦を下げ、ことんとマグカップを置いた。

「そうだな。少し、連れ回しすぎたか――」

言うなり、彼は席を立ち上がり、寝室のクローゼットにかけてあった制服を手に取る。

「ルヴェイさま？」

「疲れたのだろう？　今日は、ゆっくり休むといい」

そのまま彼は、玄関口のほうへと歩いていった。

ぱたぱたと彼の近くに寄る。すると、ルヴェイもふいっと視線を外しながら、ナンナの頭を撫でてくれた。

「えっと、今日は……」

「まだ揃えるものもあるだろうし、明日も休みは取っている。しばらくは、君の生活を調えるのが最優先だ」

「つまり……？」

治癒行為は行わない。そう口にするのが気恥ずかしくてもじもじすると、彼もおそらく同じ理由で眦を赤くした。

「――今日はこれで失礼しよう。明日の朝、また迎えに来る」

「！」

遠慮がちにそのまま頭を抱えるように抱き寄せられ、彼の肩口に顔を埋める形になった。それはほんの一瞬のことだけれども、彼の匂《にお》いや温もりを感じて、妙に胸が高鳴った。

「では」

彼自身も相当気恥ずかしかったのか、すぐに踵《きびす》を返し、立ち去ってしまう。

「……」

玄関のドアがバタンと閉まるなり、ナンナはその場にへたり込んだ。

……ああ、顔が熱い。

さらりとナンナを抱きしめ、去っていくとか気障《きざ》すぎる。

でも、彼自身も赤くなったり、緊張しているのが伝わってくるからこそ、嫌味がない。そこがなによりも、ナンナにとっては問題だった。

「ルヴェイさま……」

そっと、彼の名前を呼ぶ。

当然返事はない。本当に、ひとり暮らしがはじまってしまった。

以前の住処と比べると信じられないくらい広い部屋に、ただひとり残されたことを強く実感した。

よろよろと立ち上がってから、新しいベッドのもとへ歩いていく。そのままナンナは、ぼすんと倒れ込んだ。

以前のお城のベッドほどではないものの、普段使いするには考えられないほど、ふかふかした丈夫なベッドだ。そこに身体を預け、ごろんと反転する。そうして、仰向けになったまま、ナンナはただただぼーっとした。

じわじわと、ワイアール家から出たという実感が湧いてくる。誰かに命令されることも、雑用で走り回ることもない、自由な生活が。

外はすっかりと暗くなっていて、部屋を煌々《こうこう》と照らす天井魔光具をじっと見つめた。

「……」

では――と最後に振り返ったルヴェイの表情が焼き付いて離れない。

「あー……」

まずいと思い、顔を両手で覆う。

たまに照れたり、はにかんだりしてみせる彼の表情を思い出すだけで、少しにやけてしまいそうになるのはなぜだ。……ひとりになった途端、妙に部屋が広く感じてしまうのも。

(お城で……お部屋を借りてたときは、平気だったんだけどな)

ここよりももっと広い部屋、豪奢な家具、ふかふかのベッド――緊張して寝られないと思っていたのに、目を閉じればすぐに夢のなかだった。

自分が図太いことは自覚があって、ひとり暮らしの環境にだってすぐ慣れるとは思う。

けれども――ここ最近、ずっとそばにいてくれた人がいなくなると、妙に寂しく感じてしまうのはなぜだ。

(って！　だから。絆されないっ。しっかりしなさい、ナンナ！)

ぶんぶんと脳内からルヴェイの影を追い払い、ナンナは立ち上がる。

そうだ、自分は今、疲れているのだ。変な考えに陥らないためにも、ご飯でも食べて、寝よう。この家には浴室もあるから、ゆっくりお風呂《ふろ》に入るのもいいかもしれない。

ひとりの時間に早く慣れよう。

ひとりの暮らしに、もっと、早く。

そう自分に何度も言い聞かせながら、ナンナはぱたぱたと行動をはじめたのだった。

◆　◇　◆

そうして、ナンナの新しい生活がはじまった。

とはいえ、このところ三日連続でルヴェイが様子を見に来てくれて、いそいそとお財布係と荷物持ちに徹してくれている。家を調えていくのはとても楽しくて、あっという間の三日間だった。

何日もルヴェイを付き合わせて申し訳なくも思ったが、どうも彼は、これまで休みをまともに取ってこなかったらしい。だから、これを機にまとめて取っただけだと言ってくれた。

恐縮しつつも、彼が構わないのであればと、ナンナも素直に厚意に甘えることにした。

馴染みの商店街でも、ルヴェイはすっかりと顔を覚えられ、皆に迎えられるようになった。……三日目になるとさすがに「やっぱり結婚するんだろう？」という反応をされたのは困惑したけれども。

毎日街に出ていたおかげで、生活するには全く困らないほどに、ナンナの家のなかにはたくさんの家具や生活必需品が調うこととなった。さらには、趣味のためにと、大きな本棚まで入れてもらい、何冊か本までもが買い与えられた。

気がつけばルヴェイが、そっと観葉植物まで持ち込んで、せっせと飾り付けていた。

……あれは彼のマーキングか何かなのだろうか。結果的に、とても可愛らしくて住み心地のよい理想空間が完成していたわけなのだけれども。

そうして、おおよそひとり暮らしの準備も調い、この日は外で買ってきた夕食をふたり向かいあって食べて。さらに、使った食器を率先して洗ってくれているルヴェイの背中を見つめながら、ナンナはぼんやりと考えた。

(ルヴェイさまって……生活力があると言うか、綺麗好きよね)

だって、どう見ても、慣れすぎている。

ナンナとて長く召使いをしてきたため、それなりに家事は得意な自信がある。けれども、彼の皿洗いもなにやら堂に入っている。

騎士や英雄なんて言葉とはますます結びつきにくく、困惑してしまった。だって、これでは、一般庶民の主婦よりももっと、主夫らしい。

「ナンナ？」

ナンナが考えごとをしているうちに、彼はすっかり作業を終えてしまったらしい。最後の一枚を丁寧に布巾《ふきん》で拭《ふ》き取ってから、くるりとこちらを振り向く。

いつものコートを脱いでいる彼は、シャツの腕まくりを元に戻しながらこちらに近づいてくる。

ダイニングでちょこんと座ったままのナンナの隣に立ち、視線を右に——それから左に。ふらふらっと彷徨わせたのち、そっと彼女の肩を抱く。

「……そろそろかと、考えて、いるのだが。もちろん、君さえ、よければ、なのだが」

「あー……と。はい」

何が、なんて聞かなくてもわかる。

ナンナ自身も、そろそろかなとは思っていた。

これから仕事を探すつもりでいるから、時間があるのは今のうち。家のこともひと段落したし、治癒行為を行うならば、早いうちがいいだろう、と。

「わかり、まし、た」

「ああ……その。助かる」

「いえ……」

互いに真っ赤になっているあたり、まだまだ慣れることは難しそうだ。

交代で身を清めた後、ナンナが寝室へ戻ると、ルヴェイは難しい顔でベッドに腰かけていた。

以前からこの家に置いていたらしい黒のシャツとパンツというこざっぱりとした格好で、彼はどこか遠くを見つめている。

ベッドサイドにある小さなランプに照らされた彼の横顔は、なにやら強《こわ》ばっているようだった。

きっと、ナンナと同じように緊張しているのだろう。

部屋に足を踏み入れると、彼はすぐにナンナの足音に気づいたらしく、視線をこちらに向けた。そうして身体ごとナンナのほうへと向き直り、すっと片手を差し出してきた。

「……ナンナ」

するするすると引き寄せられるようにナンナも彼の元へと向かい、その手を取る。

部屋履きを脱ぎ、ベッドに膝《ひざ》をついた瞬間、彼にぐいと抱き込まれ、そのままベッドへなだれ込んだ。

「ひゃ……っ」

がばりと抱きすくめられると、彼の身体からふわりと石鹸《せっけん》の香りが漂い、くらくらしてしまう。

（あれっ？　……あれっ⁉　お、おかしい。わたし……）

前のときよりも、ずっとドキドキしていないだろうか！

彼の胸に顔を埋めるような形になったまま、身動きが取れない。すると、どくっ、どくっ、と低い心臓の鼓動が聞こえてきて、ナンナは瞬いた。

どうやら心臓が早鐘を打っているのは、ナンナだけではないらしい。

はっとして顔を上げると、ルヴェイが気恥ずかしそうに、唇を引き結ぶ。でも、目を逸らすようなことはなくて、じっと、熱い眼差しを向けられたままだった。

「震えて、いるな」

「これは……緊張して、ですね」

ここ数日、彼と共に過ごしてきた。

はじめてルヴェイと身体を重ねたときは、何もわからずに終わってしまったけれど、今は違う。ルヴェイのことを見て、知って、そのうえで抱きあっている。以前よりもずっと、彼自身を意識してしまっていることを自覚してしまい、余計に緊張しているらしい。

「ナンナ」

熱っぽい目を向けられ、ナンナのほうが先に折れた。うつむき、顔を隠すと、まるで宥めるようにして彼はナンナの頭を撫でてくれる。

その優しい手つきに、しばらく身を任せていると、彼はそっと、ナンナの髪を彼女の耳にかけた。ナンナの小ぶりな耳があらわになり、彼はその形を確かめるように耳朶《みみたぶ》をなぞった。

あまりのことにびっくりして顔を上げる。

彼はふと目を細めると、片手でナンナの髪を撫でながら、もう片方の手をナイトテーブルの方へと伸ばす。

そこには見慣れない小さな瓶が置いてあって、ナンナはぱちぱちと瞬いた。

「先に、これを。飲めるか？」

瓶を揺らしながらなかを覗いてみると、なにやら琥珀《こはく》色の液体が入っているようだ。

「えっと……これは？」

「ああ――実は、だな。……以前、ミルザ殿に、頂いてな」

ルヴェイがなにやら気まずそうに言い淀《よど》む。

その言葉に、ぼんやりとではあるけれども、ひとつの光景が思い出された。

ちょうど、ワイアール家を出た日だったと思う。

ルヴェイと一緒に、ミルザの元へと訪問したあの日、ミルザが彼に何かを渡していたっけ。

「いくらギフトのためとは言っても、可能性がないとは……その、かぎらないだろう？　念のため、今回からは避妊を、だな」

「……」

「だから、その。必要、だろう？　――あ！　お、俺は、別に。その。君となら。……い、いや。うん。とにかく、だな」

「は、はい」

わかった。

理解したから少し落ち着いてほしい。

ルヴェイは顔を真っ赤にして、ああでもない、こうでもないと言い訳を積み重ねていく。

「飲みます、飲みますから」

「ああ――うん」

あわあわしながらも、ナンナは笑う。そうして彼が見守るなか、ナンナは瓶に口をつけた。

「――」

少しとろりとした、甘ったるい液体だった。

別に子供でもないのに、ナンナがそれを飲み干しやすいようにと、彼は背中をとんとんと軽く叩いてくれる。それが彼なりの慈しみなのだろう。

「うん」

しっかりと瓶が空になったのを確認し、彼はナンナからその瓶を回収した。そっとナイトテーブルへ瓶を戻したかと思うと、もう一度ナンナと共にベッドになだれ込む。

気がつけば視界が反転して、ナンナはすっかりルヴェイに組み敷かれてしまっていた。

「ナンナ――」

つつつ、と、彼の親指が、湿ったままのナンナの唇をなぞる。それだけで、期待と緊張で背中から震えが押し寄せ、ナンナの瞳《ひとみ》は揺れた。

「だ、だめですからね？　これは、治癒行為で」

恋人同士がするようなものではないのだと、ナンナはルヴェイにも――そして自分自身にも言い聞かせる。

だからキスはしない。想いを重ねるわけではないのだと、それだけははっきりさせなければ。

「わかっている。でも――」

するすると彼の手がナンナの頬をなぞり、首へ――そして鎖骨へと降りていく。バスローブを少しだけずらすと、ナンナの控えめな胸があらわになり、彼はそこにそっと顔を近づける。

「せめて、唇以外には、改めて許可を」

「ど、どうしてっ？　そんなこと、しなくても……」

……いや、もちろん、前回もいろんな場所を愛撫《あいぶ》されたし、唇だって落とされた気がする。それでもそれは、ナンナの身体を解《ほぐ》すためだった。

同じ行為でも、全然違うはず。こんな風に想いを乗せて、愛するためではなかったはずなのに。

「君を、大切にしたいからだ」

「……っ」

「ナンナ？　許可を」

彼が視線をこちらに向けた。

愛撫するためだけではなくて、もっと深い触れ合いをしたいと主張しているのだろう。

「ナンナ」

もう、肌に息がかかりそうなほどに近いのに、触れはしない。焦《じ》らされるような心地がして、下半身がきゅんと疼《うず》き、身をよじる。

「――ナンナ？」

「っ、わ、わかった。わかりましたからっ！」

彼との距離がもどかしくて、ナンナはとうとう観念した。

「……そうか」

ふ、と。彼が笑った気がした。

ああ、貴重な表情を見損ねた気がする。もったいないことをしたと惜しむけれども、すぐにそんな余裕もなくなってしまう。

ルヴェイがナンナのバスローブの紐《ひも》を解き、たちまち肌を晒したからだ。

彼は本当に愛《いと》しいものを見るような熱っぽい視線を向け、そこに吸いつくようなキスを落としていった。

ちゅ。ちう――、ちゅ。

甘く、なんだか酔ってしまいそうな愛撫だった。

たまに、ちくりと小さな痛みが走り、赤い痕《あと》が散っていく。彼はいくつも痕をつけながら、その両手で、ナンナの細い身体をいじった。

(手……ごつごつ、してる)

ここ数日、一緒にいる時間が増えて、ますます彼のことを意識してしまう。

(戦う男の人の手だ)

普段、剣を持ち歩いたりしているわけではないようだけれども、所々、皮が厚くなっているらしい。

彼の指は細くて、力強い。こうして触れられながら、その指先に力が込められるのがわかる。

「……」

「ルヴェイ、さま?」

けれど、彼はナンナの肌に触れるたびに、その表情に暗い影を落としていくようだった。

なにか彼の気に障ることでもしただろうか。それが不安で、ナンナは瞳を揺らす。

「いや。君は、本当に――」

痩《や》せぎすで、健康的とは言いがたい細い身体。肋骨《ろっこつ》をなぞるように彼が手を滑らせて、そのまま顔を埋めてしまう。

「こうして、直接触れると、ますます実感してしまっただけ、だ」

「んん――」

ちゅ、ちゅ、と身体のあちこちに口づけを落としながら、彼は続ける。

「ここ数日、君があまりに小食で、心配もしていた。強く抱きしめたら折れてしまいそうで――」

「痩せぎすの身体じゃ、その気にならないですよね……」

「そうではなくて！　もっと。君を、大切にせねばと、改めて思っただけ、だ」

ぎゅううう、と、そのままの体勢で、彼はナンナを強く抱きしめ、続ける。

「君は、可愛い、と思う。だから、俺は――」

そこで言葉を切った彼は、真剣な面持《おもも》ちで、たっぷりとナンナの身体を解していく。

「君を、甘やかしたい。今まで苦労してきた分、君にも、その……たくさん甘えて、ほしい」

ぽつ、ぽつと呟きながら、彼の手はどんどんと下半身へと向かっていく。

しゅるりと下着を剥《は》ぎ取られ、彼の指は簡単にナンナの大切な場所へと辿り着いた。そのまま割れ目に沿うように、指を這《は》わせる。

「っ……」

くにくにと蜜《みつ》口に指を一本挿し入れる。焦らすように蜜口を擦《こす》ったのち、彼はその指を奥へと侵入させた。

「……ひゃっ」

「このあいだは、あまり、うまくできなかったから」

十分すごかったですけれど!?　というナンナの思いとは裏腹に、彼は今度こそという決意を秘めているらしい。

ナンナの花弁を掻《か》き分けるようにして、膣《ちつ》内をどんどんと探っていく。敏感な部分を探すように、彼は指の腹で膣壁を擦りながら、もう片方の手はくりくりと花芽をいじりはじめた。

「っ、ふ、ぁっ……」

くりくりと花芽を捏《こ》ね回されて、その直接的な刺激に全身が跳ねる。なんだか身体全体が敏感になっていくような気がして、ナンナははくはくと息をしながら己を抱いた。

たまに花芽を甘く弾《はじ》かれると、それだけで下半身から一気に刺激が伝わっていく。

身体がぴりぴりと痺《しび》れ、その甘い疼きに喘《あえ》いでいると、やがて彼がそっと、ナンナの大事な場所に顔を近づけていくのがわかった。

「ま、……っあ!」

制止の言葉は間に合わなかった。じゅるり、と、ナンナの蜜口を直接吸うように唇を落とされ、その刺激に全身が支配される。

「ひぁ……!」

最初は遠慮がちに、でも、やがて堂々と、彼は自身の舌を膣内へと侵入させる。

くちっ、くちっと控えめな水音が妙に淫靡《いんび》に聞こえ、ナンナは羞恥《しゅうち》で顔を手で覆った。

「ナンナ」

彼は両手をナンナの腿裏《ももうら》に当て、そのまま開脚させてきた。淫《みだ》らな体勢になっているのも恥ずかしくて、全身が火照《ほて》り、泣きそうになってしまう。

「はずかし、い……です……ルヴェイさま」

「そんな君が、可愛い。とても」

「ううっ……」

抗議をしてもやめてくれる気はないらしい。

「もっと……よく、したい」

そう言って彼は、花芽を舌で転がしたり、強く吸ったり忙しい。指と唇の両方を器用に使って、ナンナの身体を拓いていく。

「は……ぁん！　ま、まって、ルヴェイ、さま……っ」

「ん。もっと、呼んでくれ」

「ルヴェイ、さまっ」

何かに縋りたくて、ナンナは何度も彼の名前を呼ぶ。まだ治癒行為にすら至っていないというのに、彼の愛撫で、たちまちナンナの身体は果ててしまった。

ぶる、ぶる、ぶる、と全身が強く跳ね、意識を連れ去っていく。ざっと意識が波に呑まれ、抗《あらが》うことのできない絶頂に、ナンナは身を委《ゆだ》ねた。

「は……はぁっ、はぁっ」

「ナンナ」

「ルヴェイ、さま……」

全身が敏感になりすぎて、苦しい。縋るように彼の名前を呼ぶと、彼も心得たとばかりに頷く。

身体を起こしたルヴェイは、ようやく身に纏《まと》っているものを脱ぎ捨て、くったりとしているナンナに身体を重ねた。

「もっと、よくなってくれ」

「もう、……」

すでに感じすぎなのですが、なんて恥ずかしくて言えない。

でも、先ほどとは違い、彼の顔が近くてちょっとだけ安心する。

ナンナは小さな手で、彼の前髪を掻き上げるように撫でると、彼の表情がよく見えた。

「ナンナ、君を、大切にする」

「ぅ……んんんっ」

愛とか。

恋とか。

そういうのではない。……多分。

でも、彼の甘い言葉が、吐息が、視線が――全部ぜんぶ、ナンナの心の内側に触れてきて、どうしたらいいのかわからない。

こうして、何度も身体を重ねていくうちに、戻れないところまで行ってしまいそうで――畏怖《いふ》のようなものを抱きながら、ナンナは目を細める。

ああ、彼が今日も、ナンナの身体を支配する。

熱いものが挿入《はい》ってくるのを感じながら、ナンナは途方もない気持ちに溺《おぼ》れていった。

◆　◇　◆

次にナンナが目を覚ましたとき、外はもうすっかり明るかった。

午前特有の穏やかな陽光がカーテンの隙間《すきま》から射《さ》し込み、ああ、もう夜が明けたのかと理解する。

もちろん、以前のこともある。翌日なのか、それとも数日寝込んでしまっていたのか――いったいどれくらい時間が経《た》ったのかわからないまま、ナンナはしばらくぼんやりしていた。

ルヴェイに執拗《しつよう》なくらいに解され、いよいよ身体を繋げたはいいものの、その後のことはあまり覚えていない。

ただ、彼が器用なのは本当で、たった二回目にして、ナンナの敏感な場所は全部探り当てられてしまっていたように思う。

身体を繋げ、互いにその熱に溺れるようにして、どろどろに溶けあった。そうしているうちにナンナのギフトが発動し――気がつけばこの状態だ。

（また……気絶しちゃってたんだ……）

前回ほどではないけれど、まだまだ身体がだるい気がする。

ただ、これがギフトによる影響なのか、それとも激しいまぐわいに身体が物理的についていかなかっただけなのか、ナンナにはわからない。

「ん……」

どうにか上半身を起こすと、身体のあちこちが悲鳴を上げた。

股関節《こかんせつ》もぎしぎしと痛む。ゆえに、これは物理的なほうの痛みだ、とナンナ自身も理解する。

何も身に纏っていない事実から、昨夜の情事を突きつけられたような心地で、ナンナはシーツを引き上げる。

この身体に、ルヴェイが触れていたのだ。まるで宝物を愛《め》でるかのようなルヴェイの愛撫を思い出し、頬に熱が集中した。

(ううっ、だから、あれは治癒。治癒行為なんだから。勘違いしちゃだめ)

しっかり自分に言い聞かせ、ナンナは深呼吸をする。それから、周囲の様子を見回した。

どうにも、ルヴェイの姿は見当たらない。

(――？　いい匂いが、する)

ふと、隣のダイニングに人の気配を感じ、ナンナはベッドから下りた。

クローゼットからシンプルな部屋着用のワンピースを取り出し、さくっと着替える。それから隣のダイニングに顔を出すと、やっぱりそこにはルヴェイがいた。

襟《えり》ぐりの広い黒のシャツを着た彼の後ろ姿に、ナンナはほっとする。見える範囲に、あの黒い痣は見当たらない。

ナンナの存在に気がついたのか、すぐに彼は振り返り、表情を明るくした。

「ナンナ！　起きたのか」

鍋《なべ》をかき混ぜていたらしい彼は、お玉を横に置き、こちらに歩いてきた。

……すごい。あのルヴェイが、料理をしている。

皿洗いと同じく堂に入った様子で、なんだか感動してしまう。

「お……はよう」

ぽりぽりと頬を掻きながら、彼が言った。

「えっと、おはようございます……ふふっ」

「？」

ついつい頬が緩んでしまったのは仕方がないと思う。

「ど、どうした……？」

「いいえ、――ふふ、ルヴェイさま、素敵だなって」

「!?」

驚きのあまり、彼はがばりと後ろに下がってしまった。

ナンナも、無意識に出てしまった自分の言葉に動揺する。

（って!?　何言ってるの、わたしっ……!?）

でも、これは不可抗力《ふかこうりょく》だ。

彼は襟ぐりの広い黒いシャツに、黒いパンツと、一見印象は変わらない。けれど、料理をするのに邪魔なのか、この日は前髪を横に流し、そのままピンで留めていたのだった。

料理をしているだけでも感動ものなのに、肩の力が抜けたような格好が微笑ましくてたまらない。つけ加えるならば、ナンナはどうも、彼の顔に弱いらしい。こうして顔がよく見えるとつい、ときめいてしまう。……ピンで留めている姿でさえ、ちょっと可愛いとか思ってしまうから困りものだ。

そんな好みの男性が、こうして朝からナンナのために朝食を準備してくれていることも、とても心をくすぐられた。

（だめだあ……油断すると、かっこいいとか思っちゃう……）

だから、絆されない。だめなんだからね、と自分に言い聞かせながら、ナンナはへらっと笑った。

「朝ご飯、準備してくださってたんですか？」

「あ……ああ。口に合うかは、わからないが。君がいつ目覚めてもいいようにと」

「っ、ありがとうございます」

至れり尽くせりすぎて、恐縮してしまう。けれどもルヴェイは、何ということもないと、はにかみながら呟いている。

バゲットも買ってきているし、きっと立派な朝ご飯になるだろう。

それにしても、ルヴェイが本当に料理もできるとは。

もちろん、本人から話は聞いていた。けれども、こうして調理している姿を見るのははじめてだ。

お野菜がたっぷり入った彩り豊かなスープに、ナンナのお腹《なか》がくうと鳴る。

「あ……美味《おい》しそうでつい」

気恥ずかしくてくるくると横髪をいじると、彼は少しくすぐったそうに頬を緩めて、ナンナの頭を撫でてくれた。

「もうできている。よそうから、君は寛いでいるといい」

「っ……あ、はい。ちょっと、顔を洗ってきますね」

ついでに、身体ももう一度拭いておいたほうがいいかもしれない。

どうやら眠っている間に彼に綺麗にしてもらったみたいだけれど、それはそれで気恥ずかしいし
——なによりも、まだ、彼の匂いに包まれているような感覚がする。

これ以上言及されるのが恥ずかしくて、ナンナはぱたぱたと浴室の方へと向かった。両頬が赤くな

るのを自覚し、ぶんぶんと頭を振る。

（……っ、なんだか、新婚さんみたいとか、思っちゃったじゃない！）

お寝坊をしているあいだに旦那さんが朝ご飯を作ってくれているとか、どんな夢だ！　と、自分で自分につっこむ。

（はああ……大事なことを色々聞きそびれたし……すっかり、振り回されてるよね……）

ルヴェイの痣はちゃんと後退したのか。

それに、ナンナはいったい何日寝込むことになったのか。

……朝の、なぜか甘くなってしまっている空気に流され、これじゃあ治癒係失格だと自分に言い聞かせた。


そうしてふたり向かい合って頂いた朝食は、彩り豊かなものだった。

たっぷりお野菜のスープとバゲット、それからナンナの体調が良さそうだからと、カリカリに焼いたベーコンや目玉焼きも追加で用意してもらった。

簡単な料理だ、とルヴェイは言うけれども、理想的かつ、どこか懐かしさすら感じる朝食に頬は緩みっぱなしだ。

「美味しい！　ふふ、朝からお腹いっぱいになっちゃう」

「ん。たくさん、食べてくれ」

「あ……っと、はい」

ふと、彼の方を見ると、ばっちり目が合った。

とても優しい、慈しむような目で見つめられていたものだから、慌ててしまう。日常のなんということもないときに、こうも幸せそうに振る舞われてしまうと、ナンナはどうしていいかわからなくなってしまう。

わたわたしながらぱくりともう一口食べ、誤魔化すように笑った。

「すっかり、元気みたいですね、わたし」

今回は何日寝込むことになるやらと思ったけれども、普通にひと晩眠っただけだという。初回よりもずっと負担が少なかったのは嬉しい誤算だ。これならば、今後治癒活動を行っても、日常生活にあまり支障もなさそうだ。

きちんと見せてもらったところ、ルヴェイの痣もさらに後退していた。肩のあたりだけでなく、腕もかなり綺麗になっていて、彼もほっとしたようだ。

それだけではなく、魔力がかなり解放されたと、とても嬉しそうだった。

――とはいえ、彼がご機嫌であることの要因は、それだけではなさそうだけれども。

「君が元気で、本当によかった」

……彼は彼で、ナンナの具合がよかったこと、長く寝込まなかったことに、とても安堵《あんど》してくれているらしい。そして無理がないのなら、もっと食べろと促される。

どうも、ルヴェイはナンナが痩せぎすなのを相当気にしているようだ。

これまで何度か外食をしたときもそうだったが、食事のたびに、彼はあれもこれもと差し出してくるのだ。

「ふふ――このバゲットも美味しい。このパン屋さん、素敵でしたよね」

カリカリに焼かれたバゲットは、ナンナの馴染みの南区第二商店街で買ったものだ。

ただ、パン屋さんという施設は、召使いだったころにはほとんど用がなかったため、中に入ったことがなかったのだ。

だから、はじめて入ったときには感動した。

ふわっと漂う香ばしい香りも素敵だったし、様々な形のパンが並ぶ店内に心が躍った。

こぢんまりとしながらも、喫茶用のテーブルもふたつ置いてあって、とても可愛らしい空間だった。

店主のおじさんも大らかな人柄がとても素敵で、あの暖かな空間をナンナはひとめで気に入ったのだった。

ナンナが仕事を探してるということは、もう馴染みの店主たちにも何人か相談してある。

そのなかで、あのパン屋がちょうど売り子を探しているみたいだ、と紹介してもらったのもあって、実はとても気になっていた。

「この店とか、……お仕事のこと、聞いてみてもいいと、思います?」

ちょっと緊張しているけれど、わくわくもする。

いい匂いの漂う空間で、お客さんと接する仕事をしている自分を想像すると、ついにやけてしまう自分もいた。

もう遠い昔のことになるけれど、布の小売店を営《いとな》んでいた実家の光景が重なったからだろうか。ふわりと優しい空間が気に入ったというのもあるのかもしれない。

ミルザの言葉が思い出される。

そっか、ナンナがやりたい仕事って、こういうものなのかもしれないと妙に納得した。

「やりたいことをやればいい、……と思う」

ルヴェイの声色は温かくて、そっと背中を押された気分になる。

新しいことをはじめるのは怖くもあるけれど、勇気を出そうと素直に思え、ナンナも笑顔で頷いた。

ナンナの髪は、少しぱさぱさとしている。

抱きしめたとき、毛先がはらりと頬《ほお》に触れるあの感触が、ルヴェイはとても好きだった。

これまでまともなものを食べずに暮らしてきたからか、彼女は痩《や》せぎすで、強く抱きしめたら折れてしまいそうなほどに細かった。

それでも一切の悲壮感はなく、彼女がふわりと笑うと、陽《ひ》だまりのなかにいるような気持ちになる。明るく、朗らかで、ちょっと心配なくらいに脳天気だ。

……正直なところ、ルヴェイは馬鹿《ばか》が嫌いだ。そして、ナンナは一見、ルヴェイのなかでは馬鹿に分類される人間に見える。

危機意識もなければ、お人好《よ》しで、すぐに騙《だま》されてしまいそうで、見ているだけでイライラしそうな性格とでも言おうか。きっと、今までのルヴェイであれば、彼女のような人間には極力関わらないようにしていただろう。

だからこそ、なかば強制的に彼女を深く知る機会が与えられたことに、感謝した。

そうでなければ、こんな風に彼女に興味を持つことはなかったはずだ。彼女に身を委《ゆだ》ね、そして、彼女のことで頭がいっぱいになることもなかっただろう。

今だってそう。何気ない日常のなかで、ふと気を緩めると、彼女の笑顔を思い出してしまう。

（ナンナ……）

ナンナがルヴェイの住処《すみか》のひとつへ居を移してから数日、ルヴェイはどことなくふわふわとした気分で毎日を過ごしていた。

正直、少し浮かれているのかもしれない。

任務とは別に、特定の誰《だれ》かを気にして暮らすことには一向に慣れない。けれども、悪い感覚ではなかった。

ここ数日で、すっかり彼女の周辺も落ち着いてきている。新しい暮らしをはじめた彼女を、商店街の者たち皆が気にかけてくれていた。それはきっと、彼女の人柄によるものなのだろう。

(夕暮れ時まで……あと、少しか)

王城の渡り廊下を歩きながら、ルヴェイは太陽が傾きはじめたことを確認する。

もう少しすれば、彼女を迎えに行く時間だ。

ナンナがひとり暮らしをするための準備を手伝った後は、自身も当然仕事に復帰している。

彼女も早々に、件《くだん》のパン屋で働くことが決まり、毎日嬉々《きき》として仕事に向かっている。

召使い以外の仕事をすることははじめてらしいが、どうやらルドの実家が布の小売店をしていたらしく、早く馴染《なじ》めそうだと笑っていた。

覚えることがたくさんあって大変だろうが、楽しそうに仕事の知識を身につけていく彼女を見ていると、なんとも誇らしい気持ちになる。

まだ恋人とまでは認めてもらえないけれども、彼女は自慢の大切な人で――一生懸命働く彼女が眩《まぶ》しく感じられて仕方がなかった。

とはいえ、そんな素敵な彼女だ。悪い虫がつきそうな場面をすでに幾度か目撃している。

……いや、たまたま。本当にたまたま、任務で近くを通りかかっただけだ。別に仕事をさぼったりだとか……職権乱用とかそういうものでは決してないのだが！

隙《すき》あらば彼女を食事にでも誘おうとする男がちらほらいるようで、ルヴェイとしては気が気でない。

朝も夜も、ルヴェイが可能なかぎり彼女の送り迎えをしているけれども、毎日はさすがに無理だ。

仕事柄、一般的な勤務体制とは時間がずれるルヴェイは、彼女との時間をどう確保するのかが目下の課題であった。

「……」

ここ数日、かなりの時間を彼女と共有した。共に過ごすなかで、彼女も少しはルヴェイのことを意識してくれただろうか。

圧倒的に人と接する経験が足りない自分には、彼女の心の機微が読み取れないのがもどかしくもあって――。

「ルヴェイ。おい、ルヴェイ」

「！」

――呼びかけられ、はっとする。

無意識ながら目的地であるオーウェンの執務室までは辿《たど》り着いていたけれど、ドアの前でぼんやりしてしまっていたらしい。

顔を上げると、開いたドアの隙間《すきま》からカインリッツが覗《のぞ》いている。彼はニカッと笑って、ルヴェイを部屋に招き入れた。

「ああ、来たか」

なかでは、すっかりオーウェンを待たせてしまっていたらしく、ルヴェイは片手を胸に当て、彼に一礼した。

この日は、このところなぜか定期的に行われるようになった男三人による密会だった。

半分は仕事ではあるものの、残り半分はオーウェンの息抜きと趣味、そして個人的な知的好奇心を満たすためのものである。

もちろん、オーウェンが個人的に集めている情報のなかには国家機密級のものも入り交じるために、完全に人払いをしてある。

「――なるほど、〈灰迅《かいじん》〉が、やはり」

このところの話題はもっぱらナンナのことが中心ではあったけれども、その前にと、必要な報告を済ませてしまう。

ナンナのおかげで、ルヴェイの魔力も全盛期の半分ほどは取り戻せていて、密偵の類《たぐ》いの仕事にも復帰することができた。ゆえに、何よりも先にと、懸念事項を伝えたわけである。

「はあ。今までどこに隠れていたのやら。とうとうこの街にやってきたか、という感じだね。ヤツらも」

オーウェンの反応に、ルヴェイの表情もいっそう険しくなった。

〈灰迅〉。

かつて、遠い昔にルヴェイと袂《たもと》を分かった集団――すなわち、旧フェイレンを構成していた部族のなかでも筆頭とされていた一族だ。

彼らは祖国が分裂した際に散りぢりになった。だが、完全に消えてしまったわけではない。

旧フェイレンが分裂した理由はいくつもある。このディアルノ王国への侵攻が何度も失敗したこともそうだし、国家を構成する部族間で対立が激化したのもそうだ。

深刻だったのが、筆頭部族であった〈灰迅〉の後継者の不在だった。その枠を巡って、あの一族内でどれほど醜い後継者争いが起きたのか、想像に難《かた》くない。

結局後継者は決められぬまま、先代の〈灰迅〉の族長――すなわち、旧フェイレンの首領であった男が身罷《みまか》り、〈灰迅〉は内部分裂を起こした。筆頭部族が力を失い、部族間の争いも激化していって――結果、かの国は、国として成立できなくなったというわけだ。

そして、今の〈灰迅〉の族長が名乗り出たのは、すべてが失われた後だった。

その男は、散りぢりになった仲間たちを集め、〈灰迅〉の再興を目指しているのだとか。

(――あいつは、本当に変わってしまったのか)

現族長のことを、ルヴェイはよく知っている。

一族を見限り、裏切ったルヴェイのことも、そしてルヴェイが逃亡先に選んだこのディアルノ王国のことも、彼はさぞ憎んでいることだろう。

〈灰迅〉はもともと好戦的な一族だ。

ゆえに、仲間を集めたあの男は、幾度となく国境付近を荒らし回った。そしてとうとう、一部の〈灰迅〉の部下たちを、ここ王都リグラに送り込んできたらしい。

その目的は定かではない。だが――、

(復讐《ふくしゅう》、なのだろうな)

〈灰迅〉のことは、ルヴェイが一番理解している。

彼らの戦闘力も、行動力も侮れない。当然、ディアルノ王国としても放《ほう》っておけるはずもない。

ゆえに、ヤツらの王都リグラでのアジトを暴いて一網打尽《いちもうだじん》にする――それが、ルヴェイに課された任務であった。

「アジトは複数所持しているようです。暴いたアジトはどれも小さく、潜んでいる人数自体もそう多くはなさそうですが」

「なるほど……」

ルヴェイの報告に、オーウェンも難しい顔を見せた。

「何度も聞くが、いいのか、ルヴェイ？　君にとっては祖国の仲間だろう」

「かつての、です。今の俺は――もう、ディアルノ王国の人間です」

この任につくこと自体、本当は別の人間が担当するはずだった。そこを、ルヴェイ自らが名乗り出たのだ。

旧フェイレンの――特に〈灰迅〉の人間は、責任を持ってルヴェイが捕らえる。それが、祖国を――いや、一族を裏切った者としてのけじめだと考えていたからだ。

もう旧フェイレンに関する事案に関わって十年以上だ。

〈灰迅〉の人間から恨みを買っていることは十分自覚しており――ルヴェイはそっと、かつて黒い痣《あざ》のあった首元に手を触れる。

今はもう、かなり綺麗《きれい》にはなったものの――この痣の、そしてルヴェイの魔力を封じ込めようと呪《のろ》いをかけた男の顔を思い出す。

国を失ったことは憐《あわ》れに思う。だが、元を辿ると、理不尽な侵略を繰り返していたからこそ、だ。

それを逆恨みし、この国に復讐しようとするならば、ルヴェイだって容赦はしない。……その相手と、どんな間柄であろうと。

「ヤツらのアジトは洗いざらい調べます。おそらく、本拠地としている場所もどこかにあるはず」

「……わかった、任せる」

そう言われて、頷《うなず》いた。

「ところで、彼女のことだが——」

と。やはりひと段落したところで、案の定オーウェンが切りだした。

待ってましたと言わんばかりに、大人《おとな》しかったカインリッツも身を乗り出す。

「無事に仕事も見つかったみたいだね、元気にやっているかい？」

「ええ、とても」

どうせオーウェンたちにとってはいいおもちゃなのだろうとは思う。

けれども、彼らがくれるアドバイスは、恋愛経験が圧倒的に乏しいルヴェイにとって、とても参考になるのも事実だ。

彼女が馴染みの商店街にあるパン屋で働けるようになったことは、本当に喜ばしいと思う。心配していた戸籍のことだって、すんなりと受け入れてもらえたと、彼女はとても嬉《うれ》しそうにしていた。

もちろん、その店主はやがてナンナが、ルヴェイに戸籍を買ってもらえるのだろうと思っているようだったが。……でないと、籍を入れられないので。

ルヴェイとしては、否定するはずもない。

あとは、彼女に受け入れてもらうだけ。ただ、これが、実に難航している。

彼女はなかなかに頑固だ。ルヴェイと結婚したほうが彼女にとっても色々都合がいいだろうに、そのような理由では頷かない。

むしろ、未《いま》だにルヴェイの想いを義務だのなんだのと疑っている。

（最初に怖がらせてしまったのがいけなかったのだろうか。だが……それは）

はじめに、不信感しか抱けなかったのは、仕方がないことのように思う。

王太子であるオーウェンに、とにかく丁重に攫《さら》ってこいと命令をされた。わざわざルヴェイを使って捕らえるべき人間など、力を持った悪人に決まっている。

だから、ルヴェイとしてもそれなりの対応をさせてもらっただけだ。……いざ会ってみたら、どこにでもいそうな緊張感のない小娘だったけれども。

あの任務、わざわざルヴェイが引き受けなくてもよかったのでは？　という疑念が膨らんでいた翌日に、さらに呼び出され、あのギフトの説明だ。混乱しないはずがない。

ただ、少し彼女と話してみて、すぐに理解した。

彼女は恐ろしいほどに素直で、愚かしい人間だった。

あのギフトの希少性を理解できていないとしか思えないほどに、欲がない。

正直、拍子抜けしたところに、あの健気《けなげ》さを見せられ――、

……。

………。

…………女性に免疫がなかったことは認めよう。

身体《からだ》を重ねたことで、絆《ほだ》された。その自覚だってある。

ルヴェイが抱いてしまったこの想いを、ナンナは義務感じゃないかと言い切った。

彼女の人を見る目は確かで、それもおそらく、嘘《うそ》ではない。もとを辿ればきっと義務感と、恩義。

後から心が追いつき、やがて抱いた想いは、あっという間にルヴェイのなかで育っていった。

「……」

顔が火照《ほて》っている気がする。

どうも、彼女のことを考えると、自分も愚かになってしまうらしい。

脳の働きが鈍く、緩慢としてしまう。

彼女のへらっとした笑みが焼き付いたまま離れず、同時に、身体を重ねたときに見せた切ない表情がルヴェイの欲情を掻《か》き立てる。

普段、平和そうな顔をしてのんびりと生きているナンナが、ルヴェイに抱かれるときだけに見せるあの表情は、ひどく色気があり、美しかった。

昼間はきらきらと輝く好奇心に満ちた翠《みどり》色の瞳《ひとみ》が、とろんとして細められる。その美しい瞳に自分を映してほしくて、もっと喘《あえ》がせたくて。

(また……彼女を……)

抱きたい。

義務的な抱き方じゃなくて、もっともっと感情を乗せて。

いつか、あの唇に。

(口づけを……)

そうしたら彼女はどんな表情を見せてくれるだろうか。

少しは恥ずかしがり、自分に意識を向けてくれるだろうか。

――それはきっと、とても素晴らしいものなのだろう。

真っ黒い自分とは異なり、色彩豊かな彼女のことがとても好きだった。

彼女は皆に慕われていて、彼女と歩いていると、あきらかに旧フェイレン人の顔立ちをしている自分にまで、皆が心を許してくれる。

あのようなことははじめてだった。

もともと、誰かに好かれるようなことは想定していないし、必要な人間関係を構築するためには、割り切って用意周到《よういしゅうとう》に準備をする人間だ。

必要あらばいくらでも変装するし、口調だって変える。

気兼ねなく話せる人間だって、オーウェンとカインリッツを除けばほんの数名しかおらず、それ以外の人間など、ルヴェイという存在を認識しているかどうかも怪しい。

ただ影として生きてきたのだ。自分は。

〈灰迅〉を裏切り、旧フェイレンを滅ぼした裏切り者。そんな自分には、似合いの生き方だ。

けれども、ナンナはそんな価値観を、なんということもなく、打ち壊していく。

ルヴェイを、どこにでもいるただの男にしてくれる。

彼女の横にいるだけで、自分が特別ではない、一般人のように街に溶け込むことができた。

それは、この身に流れる血と、ギフトのせいで特別扱いを受け、孤独に育ってきたルヴェイにとって、とても素晴らしいことのように感じた。

ナンナはわかっていないのだ。たった数日で、ルヴェイがどれほど彼女に入れ込んでしまっているのかを。

これまで、ルヴェイ自身も気がついていなかった『欲しいもの』を、彼女が全部与えてくれた。

知らぬ間に、渇きは満たされ、途方もない気持ちになる。

（君が好きだ）

きっとこの気持ちが、そう表現するに相応《ふさわ》しいものなのだろう。

（大切にしたい……）

誰かをこんなに欲しいと思ったことなんて、はじめてで――。

「なあ、ルヴェイ――ルヴェイ」

カインリッツに話しかけられて、瞬いた。

「影」

カインリッツが指さした先を見ると、そこには自分の影がある。

「！」

光を無視して自身の足元から広がった影から、にゅるんと、まるで獣の尻尾《しっぽ》のように黒が具現化し、ふらっふらと揺れている。

ナンナのことを考えて心が浮き立つあまり、自身の感情がギフトに出てしまったらしい。

「こ、これは……その。ぎ、ギフトが、治ってきて、最近、制御が……っ」

慌ててその影を引っ込める。

……またやってしまった。みっともない自分に、ルヴェイは狼狽《うろた》える。

また、と言えるくらいには、このところ頻繁に起こしてしまう現象だった。

順調に魔力が解放されていっているせいか、その反動で、どうもギフトが制御しきれなくなっている。それは事実だ。

影に潜ったつもりで移動の調整がうまくいかなかったり、影から物体を創造する際に、形が綺麗に作れなかったり、こうして、操るつもりでもないのに、影が勝手に動いていたり……。魔力が回復してきてからというもの、ギフトに慣れていなかった幼いころでもしていなかった大失敗をしょっちゅうしてしまう。

きちんと操ろうと意識しているときですら、失敗してしまいがちなのだ。

感情の起伏が激しいときなら、なおさら。

結論的に言うと、浮かれているのだ。ナンナの前では必死に抑えているが、油断をすると、どうも感情が影にだだ漏れになってしまうらしい。

こんなギフトの発動の仕方、ナンナと出会うまでは知らなかった。

「――ぷぷぷ、ナンナ嬢、すごいな」

「っ、だ、だが、だな……！」

「君の感情が豊かになって、私も嬉しいよ。ふふ……普段からこうなら、きっと皆、君に親しみやすくなると思うのだがな」

オーウェンたちには、完全に心のうちを見透かされてしまっている。目の前の男たちはふたりして声に出して笑った。

「ルヴェイ、ナンナ嬢を絶対に手放すなよ！」

「当たり前だ……！」

手放すなどという怖い単語を言葉にしないでほしい。ルヴェイ自ら手放すなんてありえなくて。むしろ、こっちが手放されないかと毎日ヒヤヒヤしているのだ。

――だが。

ルヴェイはぎゅっと、両手を握りしめる。長い前髪が揺れ、彼の目元が隠れた。

ここにきて、心配ごとがまた増えた。

だって、この身体を覆っていた痣は、もう半分程度も後退してしまった。たった二度のまぐわいでだ。あと何度の治癒《ちゆ》行為でこれらが完全に消えるのかはわからない。……けれども。

「？　どうした、ルヴェイ」

「治癒行為が……終わったら、と」

ずっと不安に思っていることがある。

「共に過ごす、大義名分《たいぎめいぶん》がなくなってしまったら、彼女は――」

自分から離れていってしまうのではないか。そんな不安が心に影を落とす。ひどく怖くて、言葉にすら発することができぬほどに。

「そこはルヴェイの頑張り次第ではないか？」

オーウェンの言葉はもっともだ。

暖かな陽だまりのなか、ゆっくりと振り返る彼女の姿を思い描く。へらっと笑う彼女が眩しくて、自分なんかが手を伸ばしてもいいものかと思うのに。

それでも、ルヴェイはもう決めたのだ。だから、彼女に関することは、なんだって頑張る。

いつもは避けていることも、面倒に思っていることも、苦手に思っていることも、全部だ。

これまでの人生、ありとあらゆるものに対して、後ろ暗い気持ちをずっと抱いてきた。神に〈影〉という厄介なギフトを授けられたのも、こんな自分に似合いだからだろう。

自分には、日陰がお似合いだ。

だから、人の目に留まることや、ルヴェイという存在を認識されること自体避けてきたけれど――

それだってもう終わり。

だって、ルヴェイはナンナの隣にいたい。彼女の笑顔を、一番近くで見るのは自分でありたい。

彼女の隣なら、太陽の下だって、共に歩いていきたい。

はじめて彼女と商店街を一緒に巡ってから、そんな願望を抱くようになった。

それは、これまでのルヴェイの価値観を全部打ち壊すほどの願望で――温かくて、涙が出るくらいに幸せな未来のように感じた。

「だが、彼女は――」

それを望んでいない。

長い時間共に過ごすなかで、思い知らされた。

彼女は温かくて、優しくて、こんなルヴェイに対しても朗らかに笑って接してくれている。

けれども彼女が望むのは、控えめで、小さな幸せに満ちた平凡な生活だった。

平凡からほど遠いルヴェイに想いを寄せられても、迷惑なだけかもしれない。

だって、ルヴェイは人の感情の機微に敏感ではない。彼女の本心を推し量ることは難しく、かといって、直接訊《たず》ねることも怖い。つまり、臆病《おくびょう》なのだ。

「自信を持て、ルヴェイ！　オレは、ナンナ嬢も満更ではないと見た！」

けれども、闊達《かったつ》とした笑顔でそう宣《のたま》うカインリッツの言葉に顔を上げる。

「どうしたルヴェイ、彼女のことは努力すると決めたんだろう？　尻込《しりご》みしていてどうする！」

普段は何も考えずに暑苦しいくらいに絡んでくる男ではあるが、このときの彼はまさに、〈光の英雄〉と呼ぶに相応しい眩しさであった。

「押せ！　押して、押して、押しまくれ！　治癒が終わっても、その礼だと言って、彼女のもとへ通い詰めろ！」

「くくっ……言い方はいささか強引だが、カインの言う通りだ。彼女、君が想いを寄せているのは治癒行為からくる義務感だと考えているのだろう？　ではなおさら、治癒が終わっても変わらず接し続けることを私もお勧めするよ」

「そうだぞ、ルヴェイ。治癒が終わっても、君が好きだと伝え続けろ。持久戦は得意だろう？」

「！」

ぐずぐずと萎《しな》びれそうなルヴェイに対し、ふたりして背中を叩《たた》いてくれる。彼らの言葉に、ルヴェイは光明を見た。

「じっくりと彼女に想いを伝えていけばいい。そして、治癒行為とは関係なく、彼女が好きだと伝え——満を持して、プロポーズだ！」

「プロポーズ」

「そうだ。彼女も言っていただろう？　よく考えて、その上で自分を選ぶならもう一度プロポーズしてくれ、と」

「!!」

全身に雷を受けたかのような衝撃を覚えた。

確かに。

確かに彼女は言っていたと、こくりと頷く。

「――うむ。ならば、プロポーズに相応しい雰囲気づくりが必要だな」

「もちろん、それまでにこまめに彼女にアピールし続けるのは当然だぞ」

うん、うん、と彼らの言葉にルヴェイは真剣に頷く。

ルヴェイの三白眼はきらきらと輝き、表情にも生気が満ちはじめる。足元では例のごとく、彼の影がふわっふわわと揺れていた。

「――くぅ、あのルヴェイが、こんなにも表情豊かになるなんて。ナンナ嬢！　感謝申し上げる！」

カインリッツが両手を握りしめて天を仰ぐ横では、実に悪い顔をしたオーウェンが今後の予定を詰めていく。

「ふむ――君の呪いが解放されるまで、あと二、三回程度と見るべきか？　そこから余裕を見るとすれば――ああ、うってつけのイベントがあるじゃないか」

とんとんとん、とテーブルを指で打ち、オーウェンが皆の注目を集める。

「一ヶ月半後の〈降星祭《こうせいさい》〉。――これを利用しない手はないな」

◆　◇　◆

〈降星祭〉――一年に一度、月が姿を隠し、その代わりに数多《あまた》の星が降り注ぐ日。

降る星はその後一年かけて生まれてくる子供たちの魂だとも言われている。

子を望む夫婦にとって――そして、これから家族になり、命を繋《つな》いでいくことを望む若い恋人たちにとっても、一年でもっとも特別な夜と言っても過言ではない。

つけ加えると、プロポーズの定番中の定番イベントでもある。これまでのルヴェイにとっては全くもって無縁なものではあったけれど、今年ばかりは違う。

（ナンナにプロポーズ……ナンナに、プロポーズ……）

いや、その前にだ！

アピールを続け、彼女に自分を意識してもらわなければならない。

オーウェンとカインリッツからは、本気とも冗談とも判断しかねるアドバイスは山のようにもらっている。けれども、それを実行するか否かの最終判断はやはりルヴェイ自身がしなくては。

少しでも彼女に振り向いてもらうため、日々を過ごしていこうとルヴェイは心に決めた。

城を出て、影移動で彼女の勤め先に向かいながら、ルヴェイはずっと、そのことばかり考える。

こうして苦もなく長距離の影移動ができるようになったのも彼女のおかげ。ギフトを使うたびに、ルヴェイはナンナの存在を強く感じるようになった。

ただ、そんな大切な彼女の気をどうやって引いたものか。正解が全くわからない。

これまで、彼女の住まいを調《ととの》えるなかで、たくさん贈り物をする形にはなった。けれども、彼女が喜んでいるのは、そもそも物をもらうということでもなさそうだ。

贈り物作戦は、失敗したわけではないけれども、大きな効果をもたらすことができたわけでもない。

ただ、日々の彼女の表情や態度から、たくさんのヒントのようなものはあったように思う。

（高価なものを喜ぶような娘ではないしな……）

使い道がないため、金だけはかなり蓄えている。だが、これ以上安易に贈り物をしたとしても、恐縮されるだけだろう。

「……」

ふと、彼女の横顔を思い出す。

家具が調い、素朴ながらも可愛《かわい》らしい印象の部屋が出来上がっていくのを、彼女はじっと見つめていた。とても懐かしそうに――そして、眩しそうな目で。

ルヴェイには、そんな彼女がひどく寂しそうに見え、思い出したのだった。

彼女はルドの街出身だった。幼いころ、旧フェイレンによる侵攻で、彼女は両親を失ったのだという。

（そうか……家族、か）

自分には縁のなかったものだ。

腹違いの兄弟は大勢いたけれども、それだけ。特に仲良くはなかったし、どちらかと言うと、疎《うと》まれていたとも言える。

（〈灰迅〉に関する報告をしたからか）

らしくもなく、自身の家族のことまでも思い出してしまったのは。

脳裏に、たったひとり――自分を慕ってくれていた弟の顔だけがふわりと思い浮かび――すぐに消えてしまう。

人嫌いだったルヴェイが、その弟に優しくした記憶はない。ただ、何があるわけでもないのに、ルヴェイのことを気にしていた年の離れた弟。

母親が違い、家族内でも対立していたために、いつも遠くから眺めてくるだけだったけれど。結果的に、彼の親愛を捨てる形になってしまった。

今でもたまに考える。自分には、故郷を離れる以外の選択肢があったのだろうか、と。

(いや、やめよう)

ルヴェイは今の自分が悪くないと考えている。

ディアルノ王国での生活には満足しているし、この選択をしたからこそ、ナンナとも出会えた。

彼女には、ルヴェイが抱えるものとはもっと別の――きっと、優しくて温かな家族の思い出があるのだろう。だから、あの素朴な雰囲気の部屋を見て、自分の家族を思い出していたのかもしれない。

人の感情の機微に関して、ルヴェイの推測はあてにはならない。それでも――、

(家族に、ならないか。――とか?)

そう伝えたら、彼女に響くだろうか。

自分では、彼女の心の奥にあいた穴を埋めることは難しいかもしれない。

そうであっても、彼女が寂しい思いを抱えているなら、少しでも支えてあげたい。彼女に想いを伝えたいだとか、結婚したいだとか、そういうことよりも先に、ルヴェイは彼女の心の安寧を願った。

――などと、考えごとをするうちに、彼女の勤務先のすぐ近くに着いたようだ。

建物の影から出て、地面に足をつける。

入口のドアにはすでにクローズドの看板はかけてあるけれども、実は鍵《かぎ》がかかっていないこともル

ヴェイは知っている。この時間、ルヴェイが迎えに来ることが多いからと、店側の厚意で開けてくれているのだ。

カランカランとベルを鳴らしながら中へ入ると、すぐに穏やかな男性の声が聞こえてきた。

恰幅《かっぷく》のいい男は、ここの主人で、確か名前はバージルだったか。ナンナのことをたいそう可愛がってくれて、ルヴェイとしても非常に印象がいい男だ。

「お、ナンナちゃん。彼氏くんのお迎えだよ」

「だから彼氏ではないんですって」

などといつものやりとりをしながら、奥からナンナがひょっこりと顔を出す。

食事をしっかりとるようになったからか、以前と比べると顔色がずいぶんといい。きらきらと輝く翠色の瞳がこちらに向けられるだけで、ルヴェイの心臓は高鳴った。

「お疲れさまです。お迎えありがとうございます。……いつも、大変じゃないですか？」

「いや――」

こんなちょっとしたやりとりでも、すぐに気の利いた言葉が出てこない自分がもどかしい。

むしろ迎えに来たかったんだ。

君も、一日お疲れさま。

今日もしっかり働いたんだな。

仕事は楽しかったか？

夕食も共に食べないか。

――いろんな言葉が脳内でごちゃ混ぜになってしまい、最適解がわからない。

「君の、顔が見たかったから」

わからないなりにも、言葉を選び取ってみた瞬間、彼女は翠色の瞳をまんまるにして、そのまま、ピタッと制止した。

いやー、春だねえ、と言いながらバージルが奥に引っ込んでいく。店内に取り残されたナンナは相変わらず固まったままで、みるみる顔を赤くしていった。

『ナンナ嬢も満更ではないと見た！』という、カインリッツの言葉が思い出される。

いや、でも、まさか！　そんなはずは！

彼女はまだまだ自分のところには落ちてきてくれていないはずで。こんなに甘い反応、ルヴェイだって想定できていなかったのだ。

赤面する彼女の破壊力に、ルヴェイ自身も体温が上がるのを感じた。

脳がまともに働かなくなってしまい、そのままふたり、床に視線を落とす。

「かっ、……帰りま、しょうっ」

「あ、ああ」

ルヴェイの顔も見ずに、ナンナがぱたぱたと入口の方へと向かっていく。店主に声をかけてから、店をあとにした彼女を、ルヴェイも追った。

彼女は肩からかけたショルダーバッグの紐《ひも》を左手で握りしめ、ずんずんと歩いていってしまう。

隣に並んでいいだろうか。——なんて、いちいち不安がって、遠慮をするのはもうやめよう。彼女のことに関しては、精一杯頑張ると、ルヴェイは決めたのだ。

「ナンナ——」

そっと呼びかけると、彼女はぴたりと足を止め、気恥ずかしそうに振り向いてくれる。

彼女の右手が揺れて――ルヴェイは、そっと、手を伸ばす。

ルヴェイの長い指が、彼女の小さな手を捕らえる。

「！」

瞬間、彼女が大きく両目を見開き、きゅっと唇を引き結ぶのがわかった。

「嫌じゃなければ、これで」

「は……い……」

彼女は拒んだりしなかった。ルヴェイが少し力を込めると、躊躇《ためら》いがちにゆっくりと握り返してくれる。その華奢《きゃしゃ》な手の感触に、愛《いと》しさが込み上げてきた。

（大切に、しなければ）

その手に触れるのは、以前、彼女と身体を重ねたとき以来だった。

彼女の手は小さくて、少し、かさかさしている。弱々しくも感じるけれども、働き者の手をした彼女がとても愛らしい。ただ――、

（今度、あかぎれに効く軟膏《なんこう》を、買おう）

ミルザに相談してみるのがいいだろうか。

顔色がよくなってきたからと油断してしまっていた。彼女に食べさせることが一番の使命だと思っていたけれど、それだけじゃ全然足りなくて。

彼女は、自分が抱えている問題を口にしない。

人に甘えることが得意そうに見えて、肝心なところで一歩引いてしまう。

この手で水仕事をすると、ひどく痛むだろう。それなのに彼女は、なんでもない顔をして、元気に家事も、仕事もこなしている。

(……俺《おれ》は、まだまだだな)

全然彼女のことがわかっていない。

(どうやったら、もっと頼ってくれるだろうか)

新しい課題を抱えながら、ルヴェイは彼女と共に帰路につく。

繋いだ手は、家に着くまで放されることはなかった。

第三章　いつか来るさよならに怯えていた

「ありがとうございますー、合計四点で、七二〇リンです」

様々な種類のパンを袋に詰めて、ナンナはにっこりと微笑《ほほえ》む。

出された硬貨を確認し、さっとお釣りの計算をして、商品と一緒にお客様に渡した。

今売れたパンのなかには、ナンナのお気に入りのロカの実のブレッドもある。是非美味《おい》しく食べてほしいと、にこにこ微笑みながら見送った。

ナンナが南区第二商店街にあるベーカリー・グレイスで働くようになってから、もう数週間が過ぎようとしている。パンの値段をそれぞれ覚えることに若干手間取ったものの、最近はすっかり慣れてきた。帰宅時にはあまりもののパンまで頂いてしまって、大助かりである。

この店の主人であるバージルも、今は仕事をお休みしているおかみさんもとても気のいい人で、ナンナはすぐにこの店で働くのが大好きになった。

この店はもともと、おかみさんが腰を悪くしてしまい、療養中だからと、売り子を探していたらしい。

ありがたいことに、おかみさんが仕事に復帰しても、店を手伝ってほしいと言ってもらえて、ナンナとしてもほっとしている。

――そう。ナンナの新しい毎日は驚くほどに順調だ。

ルヴェイが過保護なくらいにあれこれ気を使ってくれているから、というのもあるけれども、家の中はすっかりと過ごしやすくなったし、仕事だってかなり覚えてきた。

入れ替わり立ち代わりやってくるお客さんと、たまに世間話をするのも楽しいし、お薦めした商品を気に入ってくれて、また買いに来てくれるお客さんも多く、毎日が充実している。

それに——。

(ルヴェイさまと過ごしたあと、ついふわふわしちゃうのは、よくないと思うんだけど……)

こうして満たされているのは、きっとルヴェイが支えてくれているからなのだろう。

昨日はお休みだった。だからそのお休みに合わせて、一昨日の夜からそのまま朝まで、ルヴェイと共に過ごしたのだった。……つまり、治癒《ちゆ》行為をしていたということだ。

このところ、ナンナの休みの前日に、ルヴェイが予定を合わせてくれて、そのままひと晩過ごすことが多い。それから、たっぷり寝坊して、一緒に朝ご飯を食べる。

ナンナがゆっくり眠れるようにと、いつもルヴェイが朝食まで作ってくれて。それがまた美味しくて、ナンナはすぐに彼の料理の虜《とりこ》になった。

とはいえ、昨日は仕事があるからと、彼は朝食をとるなり、すぐに家を出ていってしまったのだけれど。

(恋人とか……まだ、そういうのじゃないんだよ。うん)

なんて自分に言い聞かせるのもいい加減、難しくなってきた。

ルヴェイはナンナが想像していたよりもずっと穏やかで、一緒にいてすごく居心地がいい。

はじめて会った夜はあんなに怖かったのに、今ではナンナの反応に照れてわたわたしたり、赤くなったりしているのも、つい可愛《かわい》いって思えてしまうから不思議だ。

「……はぁ」

お客さんが途切れた合間に、そっと息を吐く。もちろん、こういった時間でも、ナンナの仕事はそれなりにある。陳列棚を整えながら、ナンナはぼんやり考えた。

(あと……何回くらいかな……)

――ルヴェイと、共に夜を過ごすのは。

彼と身体《からだ》を重ねるのは、おおよそ一週間に一度だ。予定が合わず、もう少し間が空くこともある。

最初は順調だった治癒も、彼の痣《あざ》が半分以下に後退してからは、どうも効果が緩やかになってしまっている。それでも、ゆっくりではあるけれども確実に、彼の身体から痣が消えつつあった。

それに伴い、彼の魔力も回復しつつあって、仕事の幅も広がったようだ。

(最近……お忙しそうだし……)

だからなのだろうか。

彼の仕事の都合で送り迎えのない日がぱらぱらと増えつつある。それもまた、ナンナの不安を膨らませていた。

――いや、元々送り迎えは、彼の厚意によるものだ。だからナンナにわがままを言う権利なんてないこともわかっている。

どうせ彼が完治すれば、ナンナは用済み。義理堅い彼だから、そのあとも気にかけてはくれるだろうけれども……それでも、いつかは、それもなくなるだろう。

影とはいえ英雄さまの妻に自分が相応《ふさわ》しいはずがない。ちゃんと理解しているからと自分に言い聞かせる。

がやがやと外が妙に騒がしいことを感じつつ、空っぽになっているトレーを下げようとした。

カランカラン。

そこで入口のベルが鳴った。

「いらっしゃいませー！」

自然な笑顔で振り返ったそのとき、入口に立っていた人物を見て、ナンナは瞬く。

華やかな金髪に赤い瞳《ひとみ》。誰《だれ》もが振り向く、正統派美丈夫。特別製の白い制服が非常に似合うその人こそ、カインリッツ・カインウェイルその人であったからだ。

「カインリッツさま？」

「よっ。ナンナ嬢、元気にしていたか？」

なるほど。外がずいぶんと騒がしかったのは、彼の出現によるものだったのか。

「えーっと……どうしてここに？」

彼の大好きなルヴェイはここにはいない。送り迎えこそしてもらっているけれども、さすがに日中まで、ルヴェイがここに居座ることなどない。

「ルヴェイさまはいらっしゃらないのですけれど」

「あのなあ、ナンナ嬢。それじゃあオレがいつもルヴェイのことばかり考えているみたいじゃないか」

「違いました？」

「まあ、違わないが。はぁ……オレも、あんな風に渋い男になれたらなあ」

無理だと思われる。——と言わないのは、ナンナの優しさだ。

ツッコミを綺麗《きれい》に覆い隠し、無言で微笑んで誤魔化すことにした。

「とまあ、ルヴェイのことはあとでしっかり語り合うとして、だ。ちょうど仕事でここいらを回っていてな。ナンナ嬢、最近、このあたりで変わったことはないか？」

「変わったこと、ですか……？」

と言われても、雇われてからたった数週間程度じゃ、異変が起こっていても気づきようがない。

んー、と考えてみてから、ナンナはトレーを片付けるついでに、店の奥に呼びかけてみることにした。

「店長、ちょっといいですかー？」

ナンナの声に、何ごとかとバージルが顔を出す。

それから彼は、カインリッツの顔を見て、ギョッと目を丸めた。

「かかかかかカインリッツさま!?」

「ああ。店主殿、すまない。少し伺いたいのだが――」

「は、はいっ！　なんなりと!!」

さすがに、彼が重度のルヴェイ病であることを知らない店長は、それはもう丁重に〈光の英雄〉カインリッツさまをお迎えしたのであった。

――そして。

「つ……、つ、つかれた……」

ぜぇはぁ、ぜぇはぁ。

カインリッツを見送ったそのあと、ナンナは肩で息をしていた。

これもすべて、カインリッツのせいだ。

と言うより、カインリッツがこの店に足を踏み入れたことに感激したバージルが、彼のためにたくさんお土産《みやげ》のパンを袋に詰めて渡したことが原因であった。

騎士団の皆さんで召し上がってくださいという、バージルのちょっとした気遣いではあった。

カインリッツも喜んでそれを受け取り――おそらく、わざとなのだろう。店を出ながら、その袋のなかから総菜パンをひとつつまんで、ぱくり。

「美味《うま》いなあ！　いやあ、実に美味いよ、ここのパンは」

……この、あまりにわざとらしい一言である。

彼がルヴェイ大好き病患者であることを知らない人々にとっては、やっぱり彼は〈光の英雄〉。国民人気ナンバーワンの男だ。

彼が美味いと言ったパンを食べたいと、お店にお客さんが殺到。

――結果として、お店に並べてあったパンは、見事にすっからかんになったというわけだ。

「ひどい目に遭いましたね……」

「いやあ……ははは。英雄さま、さまさまだねえ……」

どうにかこうにかお客さんをさばき終えて、ふたりしてぐったりする。

一旦《いったん》外に、今は商品がないことと、この後の焼き上がり予定表をかけて、ナンナは少し休憩を取らせてもらえることになった。

けれどもすぐに、カランカラン、と再びベルが鳴り、ナンナは顔を上げる。

「すみません、今ちょっと、全部売り切れちゃってて――」

そう呼びかけながらも、入ってきた人物を見てナンナは固まった。

「ルヴェイさま……？」

「ああ……邪魔だったか？」

今日はどうも、次から次に、特別なお客さんがやってくる日らしい。

いつもの黒いコートを纏《まと》って、入口のドアの前に立っていたのは、何を隠そうルヴェイだったのだ。

こんな時間に彼が現れるのは今までなかったことで、ナンナはぱちぱちと瞬いた。

なんだか目の下の隈《くま》が濃い気がする。何かあったのだろうか。

先ほどのカインリッツの訪問の件もある。心配になって、ナンナはカウンターの奥から出て、彼のほうへと歩いていった。

「いえ。でも――ごめんなさい。今、食べて頂けるものがなにもなくて」

できるならば、甘いものでも差し入れたい気持ちだ。

彼と何度か食事して知ったのだが、彼はかなり甘いものが好きなようだった。

一方で、お酒は一滴も飲まない。だから、お土産にとパイやクリームの詰まったパンを渡してあげると、いつもとても喜んでくれるのだ。

「少し、おかけください」

でも、ないものは仕方がない。

お店の奥にあるテーブル席へ彼を誘う。

「どうぞ」

「あ。――ああ、ありがとう」

彼は素直に頷《うなず》き、窓際の席へちょこんと腰かける。それから少し、思案するような表情を見せた。

「そうだ！　もう少ししたらアップルパイが焼き上がりますよ。お時間あるなら、待たれますか？」

「あ……いや。君の顔を見に来ただけなんだが――だが、そうだな。待とうか」

「よかった！　焼きたてをお出しできますね。ちょっとお待ちくださいね」

にこっと笑ってから、ナンナはぱたぱたとカウンターの奥へ行く。

バージルにルヴェイが来たこととと、アップルパイが焼けたら、彼のために出してあげたいと伝えると、いい笑顔で親指をぐいっと立てられた。

……普段から否定はしているけれど、完全に付き合っていると思われている。もちろんナンナ自身も、自分の否定が、全くもって説得力がないことを自覚しているけれど。

でも、そういうのは一旦横に置いておいて、今は、なんだか疲れている彼に休んでもらいたい。だって、いつもより空気がピリピリしていると言うか、彼から緊張感みたいなものを感じるのだ。

「ルヴェイさま、こちら、どうぞ」

ふわりと、やわらかな香りを漂わせながら、ナンナは彼の席へと紅茶のセットを運んでいく。乾燥させたフルーツの皮をブレンドしたフレーバーティーだ。

そしてティーカップにゆっくりと紅茶を注ぎ、にっこりと笑う。

「いいのか？」

「ええ、もちろん。サービスです。――と言うか、わたしもちょうど、休憩時間を頂いたところだったので」

と言いながら、ルヴェイの向かいの席へと静かに腰かける。ちゃっかり自分の分の紅茶も注いで、そっと口をつけた。

「わたしの休憩に、付き合ってください」

「……ああ」

ルヴェイが口を端を上げたのがわかった。

痣が消えてからというもの、彼はマントを身につけなくなっていて、その表情がよくわかる。

「……」

薄い唇。

東の異民族特有の形だと思う。

少し色が薄くて、かさかさしている。猫舌な彼は、ティーカップの縁に手を添えながらふうふうと冷《さ》まして、様子を見ながら口をつけていた。

丁寧に淹《い》れたお茶は、ちゃんと彼の口にあったらしく、彼がふと表情を緩めたのがわかった。

何を話すわけでもない。

でも、こうして互いにゆっくりとする時間がとても優しく、穏やかで、ナンナは息をつく。

(素敵だなあ……)

何かを訴えようとするときはびっくりするくらい早口で、口数多く頑張るけれども、基本的には寡黙で、何を考えているのかわからない人。すごく優秀で、行動力がある印象だけれど、おそらく彼は本来、驚くほどマイペースなのだろう。

今はナンナのことよりも、別のことに頭がいっぱいのようだった。

何か思い詰めた様子で、時折厳しい表情になるのをナンナは見逃《みのが》さなかった。

(やっぱり何かあったのかな？)

彼はちびちびと紅茶を飲みながら、ぼんやり窓の外を見つめている。

いったい何を考えているのだろう。彼の横顔を見つめながら、ナンナは知りたいと願ってしまう。

もっと、彼と言葉を交わせば、なにか彼の役に立てるのだろうか。

「あの――」

「はーい。お待ちどう」

――と。

話しかけようとしたタイミングで、バージルが焼きたてのアップルパイを持ってきてくれた。もちろん、ナンナの分と合わせてふたつだ。

「ナンナちゃん、よかったねえ。いいタイミングで彼氏くんが来て」

「えっ⁉　あ、だから、彼氏じゃ……」

「ずーっとルヴェイさんの顔見てたじゃないか。おじさん、しっかり気づいてたよ」

「うぇっ⁉」

まさかバージルにばれていると思わず、ナンナは目を白黒させる。

ごほっごほっ、とルヴェイが咳《せ》き込んでいて、彼も彼でかなりびっくりしているらしい。

「またあとで、焼けた分だけでも商品並べるから、レジ頼んだよ」

「はいっ」

あとは若い者同士で――と言わんばかりに、バージルはそそくさと店の奥に隠れてしまう。

とんでもないところを見られてしまったと、ナンナは視線を彷徨《さまよ》わせた。

「えっと。何かあったのかと、思って、ですね。――心配してました」

気恥ずかしくて、アップルパイをつつきながら、ナンナは告げる。

「そうか」

ナンナの言葉に、ルヴェイは驚いたように目を見張る。

「……そうだな。ああ、その通りだ」

くしゃりと目を細めて、彼は続けた。

「少し、緊張していたのかもしれない。君の顔を見に来て、正解だった」

なんだか肩の力が抜けたかのように、彼は笑って、アップルパイを口にする。

「えっと……？」

そのあとはまた、彼は口を閉ざしてしまったけれど、そこに剣呑《けんのん》とした空気はない。静かで、穏やかな休息を過ごして――。


立ち去り際、ルヴェイは神妙な顔をしてナンナに言い聞かせた。

この日、彼はナンナを家に送っていけないということ。

そして、彼の代わりに別の人間を寄越すということ。

夜は絶対に家を出るな。

明日迎えに行くまでは、何があっても。

その言葉には彼の決意のようなものが滲《にじ》んでいて、ナンナは不安にならずにはいられなかった。

◆　◇　◆

その日の夜のことだった。

ルヴェイの言葉を守って、ナンナは勤務後、真っ直《す》ぐに家に帰り、ただ大人《おとな》しく過ごしていた。

店長に持たされたパンと、作り置きしていたスープを軽くお腹《なか》に入れ、悶々《もんもん》としたままベッドに身を投げる。

ぼんやりしていても仕方がないのに、どうも眠る支度をする気にもならない。

せめて気分を紛らわせるために、本の一冊でも――と、ぱらりとページを捲《めく》ってみたものの、文章が全然頭に入ってこなくて、ため息をついた。

昼間、ルヴェイが妙に緊張していたのがずっと気になっている。だめだ、気を紛らわせることもできないと、ナンナはいよいよ本を置き、ごろりと仰向けになって寝っ転がった。

（ルヴェイさま……大丈夫かな）

仕事柄、危険なことも色々しているのだろう。

騎士という身分ではあるものの、彼が請け負っているのはいわば裏の仕事。それとなく訊《たず》ねてみたら、「泥臭いものだ。君に誇れるようなものではない」と言葉を濁らせていた。

彼が、彼の仕事に負い目のようなものを感じているのは知っている。……そして、自身の生い立ちについても。

深入りはしないようにしてはいるものの、旧フェイレン人であることに、ルヴェイ自身も色々思うところがあるようだった。

あきらかに普通でない生い立ちと、仕事。――それでも、ナンナと一緒にいるときは、どこにでもいる普通の人のように、穏やかな様子で過ごしてくれていて。

それもまた、本来の彼自身なのだろう。

彼のことを知れば知るほど、離れがたくなる。

彼と共に過ごす時間をナンナは存外――いや、とても気に入っていて、居心地がよくて、安心ができて。でも、ナンナにはもったいない人だってこともよくわかっている。だから、治癒さえ終われば離れるべきだと思うのに。

それでも、最近、よく考えるようになった。

――本当に、自分なんかでも、手を伸ばしてもいいのだろうか、と。

「はぁ……」

悶々とした気持ちのまま、ため息をついたそのときだった。

――カランカランカラン！

「ナンナちゃん！　ナンナちゃん、いる!?」

ベルの音とともに、聞き覚えのある声が外から聞こえ、ナンナははっとする。これは確か――ルヴェイの同僚の騎士さまの声ではなかっただろうか。

ナンナは身だしなみを整えつつ、ぱたぱたと玄関の方へと向かった。そうして鍵《かぎ》を開けた瞬間、慌てた様子の男性の姿が目に入り、息を呑《の》む。

「ナンナちゃん！」

なにやらただごとではない様子に、ナンナはスカートの裾《すそ》をぎゅっと握りしめた。

そこに立っていたのは、ワイアール家に挨拶《あいさつ》に行ったときも同行してくれた、青騎士のひとりだった。やわらかな茶色い髪がよく似合う気さくな雰囲気の彼は、確か名前はヘンリーだったか。ルヴェイとも懇意にしている数少ない騎士らしく、ナンナのことも気にかけてくれていた。いつも明るい雰囲気で、隊でもムードメーカーらしい。

だからこそ、余裕のなさそうな彼の様子に、嫌な予感が押し寄せる。

「ルヴェイさんが、任務中に怪我《けが》を」

「！」

ナンナの悪い予感は的中したらしい。

心がざらつき、呼吸することを忘れる。そして、頭で考える前に言葉がこぼれ落ちた。

「命はっ⁉　怪我って、どんな――」

「わわっ⁉」

前のめりになって問い詰めると、ヘンリーは驚いて後ずさる。大丈夫、大丈夫だからと繰り返しながら、彼はルヴェイの現状を説明してくれた。

「上級回復薬《ポーション》ですぐに対処したから、命に別状はないよ。でも、それを使っても全部治しきれないくらい、傷が深くて――」

「っ……！」

上級回復薬といえば、一般人ではとても手が出せないくらいに高価で特別な回復薬だ。

ミルザの薬屋で何度か目にしたことはあるものの、それは全部、高貴なお客さま用に特別に調合したものだった。

貴重な素材を複数混ぜあわせたうえ、相当な魔力を込めなければ作ることができないのだとか。ミルザのような非常に魔力が高い人間しかつくることができない稀少なものだ。

そして、上級回復薬とはいっても万能ではない。それを用いたとしても、治療するには限度があるらしい。

回復力を高めるため、服用した者の体力をかなり消耗するらしく、一度に使用できる量も厳密に決められているのだとか。

「……っ」

ナンナは逡巡《しゅんじゅん》した。

ナンナのギフトは〈絶対治癒〉。それは、病や呪《のろ》いだけではなく――試したことはないが、おそらく外傷を治すこともできるはず。

けれども、ギフトを発動させるためには、彼と身体を繋《つな》げなければいけないわけで――。

今、ルヴェイがどんな状態かはわからないが、怪我をした彼にそんな余裕があるのだろうかと不安になる。

(何が〈絶対治癒〉よ……)

いざってときに役に立たない自分がもどかしい。

でも――、

「わたしを、ルヴェイさまの元へ、連れていってください！」

じっとしていられるはずがない。

ヘンリーに連れられ、辿《たど》り着いたのは、王城の東側に位置するこの国の騎士寮だった。

確かルヴェイは、普段ここととは別の家で生活しているはず。でも、今は状況が状況だからなのだろう。一旦ここに運び込まれたらしい。

聞くところによると、ここ騎士寮でもルヴェイのための部屋はちゃんと割り当てられているらしく、今はそこで休んでいるとのこと。……どうも、本当は病棟に入れられるはずのところを、ルヴェイが拒否したのだとか。

どうせ寝ていることしかできないのであれば、自分の個室がいいと人見知りならではのわがままを発揮したらしい。

ナンナと過ごすときは素直で穏やかなため、すっかり忘れていた。そういえば、彼は元々とても偏屈そうだったっけ。

夜に突然現れて乱暴に担がれたり、壁に磔《はりつけ》にされたこともあった。当時の彼の印象が蘇《よみがえ》ってきて、ナンナは頭を抱えたくなった。

(こんなときにまで、何やってるんですか……！)

心配しすぎてどうにかなりそうだったのに、一方の彼がこんなところでわがままを爆発させていたことが憎らしくなってくる。だからナンナは、眉《まゆ》を吊《つ》り上げたまま、ずんずんと騎士寮の廊下を歩いていった。

ナンナの存在を知らない男たちが「あれは誰だ？」という視線を投げかけてくるのをすべて無視して、ヘンリーを急《せ》かす。

そうして、廊下ですれ違う人も減った先——三階の北向きの角部屋に辿り着いた。どうやらここが、彼に割り当てられた部屋らしい。

『あの男は——かった』

『そうか。王都に——いない——』

ドア越しに、ぼそぼそと声が聞こえてくる。誰かがいるようだけれども、ナンナは気にせず、そのドアを開けた。

「ルヴェイさま！」

彼は上半身に包帯を巻かれた状態のまま、ベッドに座り、厳しい表情をしていて——。

「ナンナ……？」

目が合うなり、彼がゆるゆると表情を変えていく。信じられないとでも言うかのように両目を大きく見開き、両手でぎゅっと、膝《ひざ》にかけていたブランケットを握りしめる。

ベッドの前には小さな椅子《いす》に腰かけたカインリッツの姿もあって、先ほどの声は彼のものだったのかと理解する。

「ナンナ嬢、来てくれたのか！」

カインリッツの反応に、ルヴェイは目を見張る。どういうことだ、と詰め寄っているところを見るかぎり、ナンナを呼んだことはルヴェイ本人には知らされていなかったようだ。

「……っ」

咄嗟《とっさ》に影に隠れようとしたルヴェイを、カインリッツが止めた。

カインリッツは小さな光球を魔法で生み出しているらしく、その効果がルヴェイのギフトを邪魔していらしい。

影さえあればどこでも姿を消すことができるルヴェイだが、カインリッツだけは彼を捕らえられる。そういえば、以前もこうして光魔法で捕獲されていた気がする。

……いや、今はそれよりも。

ナンナはふるりと瞳を揺らし、一歩、二歩とベッドに向かって歩いていく。

ルヴェイの身体は、右肩から胸、そしてお腹の部分までぐるぐると包帯で覆われていた。上級回復薬を使用してもこの状態なのだ。どれほどの傷を負ったのか考えると、胸が潰《つぶ》れそうだ。

「あとを頼んでもいいか？」

ナンナのために場所を空けようと、カインリッツが立ち上がる。そうして彼は、ナンナの肩をぽんと叩《たた》いて、ヘンリーと一緒に部屋の外に出ていった。

「ここには人が来ないようにしておく。――というわけだから、ルヴェイ。ナンナ嬢のことは、頼んだぞ？」

「……カイン」

「ま、しっかり説教してもらうことだな」

カラカラと、おそらくわざと笑って見せて、カインリッツたちは退室する。

パタン、とドアが閉まり、足音が遠ざかっていくのがわかった。

しんとした暗い部屋のなかでふたり取り残されてしまって、ナンナはぎゅっと唇を噛《か》みしめる。いよいよ我慢できなくなって、パタパタと彼に駆け寄り、ベッドの前に膝をついた。

「ナン――……」

彼に名前を呼びかけられる前に、がばりと、ナンナは彼の脚に覆いかぶさるようにして身体を伏せる。

「……っ」

無事でよかった。

誰かと、会話できるような状態で、本当によかった。

本当はぎゅうぎゅうに抱きしめたかった。けれど、彼の身体のどこが痛むのかわからなくて、怖くて、躊躇《ためら》ってしまって。――でも、どうしても触れたくて。これがナンナの精一杯だった。

ブランケット越しに彼の存在を感じ、そこからはもう、どうしようもない。

張り詰めていた感情が一気に押し寄せて――でも、自分にはその感情をぶつける権利なんかなくて。

悔しさと、苦しさで胸がいっぱいになる。

「――なにを、やってるんですか」

「……」

ここに駆けつけてくる間、事の次第をヘンリーから聞いた。

この日、大きな捕り物があった。その作戦を遂行中に、仲間を敵の攻撃から庇《かば》おうとして、ルヴェイが身代わりになったのだとか。

本来ならばルヴェイだって、それくらいの攻撃、軽くしのぐほどの実力を持ちあわせているはずだ。けれども、ナンナの治癒により、魔力が一気に解放されている反動か、どうも彼の力そのものが不安定になっていたらしい。

影を操りきれなかったり、使用感を読み違えることまであったのだとか。

そんな事情、ナンナは全然知らなかった！

ナンナの治癒による弊害があったなんて、そんなこと、全く。

(完全に治せていたら、こんな失敗はしなかった？)

今更悔いてももう遅い。それはわかっている。

けれども、あとからあとから、後悔ばかりが押し寄せてくる。

だって、今だからわかる。

このところ、ナンナのギフトの効きが悪かった。それはきっと、ナンナ自身のせいだ。

(わたしが――ルヴェイさまとの関係が終わっちゃうのを、躊躇っていたから？)

あと数回、身体を重ねたら彼の治癒係としての役目が終わってしまう。

いつか彼とは離れる日が来るのだろう。そうするべきだ。彼の隣に立つことは、あまりに荷が重すぎる。――そう自分に言い聞かせながら、それでもやっぱり踏ん切りがつかなかった。

彼のそばにいられる理由がなくなるのが怖くて――いや、もったいなくて。ずるずるとこのぬるま湯に浸かって、彼に甘やかされたままでいたいって、自分に都合のいい願望に溺《おぼ》れていた。

だから、あんなにも治癒の効果が鈍くなってしまっていたのかもしれない。

(わたしのせいだ――)

彼は一途に、ただ真っ直ぐに、ずっとナンナに向き合ってくれていたのに。

「ナンナ……？」

「……っ」

呼びかけられて、余計に胸が痛んだ。

中途半端な治癒をして、彼の足を引っ張った。その結果がこのざまだ。

顔を上げると彼と目が合った。瞬間、彼がぎょっとする。

ナンナの瞳《め》からは涙がほろほろと溢《あふ》れ出て、止めることもできなかったからだ。

「ナンナ」

「ルヴェイさまの、ばか」

「すま、ない……」

「なんで謝るんですか。ばか」

「え……？　あ……」

自分でも無茶苦茶なことを言っていると思う。それでも、悪態をつくことしかできない。

「……ごめんなさい。わたし……ぜんぜん、わかってなくて」

「？」

「ルヴェイさまのお仕事。危険がいっぱいだってこと。ちゃんと、理解できてなかった」

想像力が足りなかった。

だからこうして、彼が怪我をしてはじめて、身にしみてわかって。

混乱して、苛立《いらだ》ちを彼にぶつけた。

――ああ、なんて情けないのだろう。

「痛むのは、どこです？」

「……気にするな、俺《おれ》は」

「ちゃんと、答えてください」

身体を起こして、ぺたりと彼の胸に手をついた。

右肩と、胸をぐるりと隠すように包帯が巻かれている。一部の、まだ治しきれていなかった痣がそこから一部はみ出していて、ナンナは心を痛める。

(この、痣のせいで)

あまりに自分が不甲斐《ふがい》なく、唇を噛みしめる。

そしてナンナは、包帯で隠された傷口を探すように、つつつ、と手を滑らせた。

「っ……！」

右肩と、右の脇腹《わき》のあたりだろうか。彼は眉を寄せ、痛みに耐えるように息を吐く。

「横に、なれますか？」

「ナンナ――」

「……それとも、やっぱり、ご負担ですか？」

ナンナが何をしようとしているのかくらい、彼だってもうわかっているのだろう。

あきらかに、痛みではない別の理由で彼の頬《ほお》が染まったのがわかる。

「負担、と言うか……むしろ、君に、負担では」

彼の問いかけに、ナンナはふるふると首を横に振る。

靴を適当に脱ぎ、彼を押し倒すような形でナンナはベッドの上に膝をつく。そうして彼に跨《また》がり、覆いかぶさるようにして、祈るように、彼の胸に顔を埋めた。

「……ナンナ」

「こういう思いをするのは、嫌です」

「ああ――すまない」

「もっと早く。全部、治してさしあげられたらよかったのに……」

傷口を圧迫しないように、そっと寄り添う。するとルヴェイは左腕をナンナの頭に回して、優しく撫《な》でてくれた。

「君のせいなんかじゃ、ない」

ナンナの髪はぱさぱさしていて、こうして髪を梳《す》かれると、嬉《うれ》しい気持ちと同時に、どうしても申し訳なくなってしまう。

手触りなんて、ちっともよくないはず。

綺麗な髪でなくてごめんなさい。あなたに相応しい女性でなくて、恥ずかしい。そんな惨めな気持ちから、これまでも見て見ぬ振りをし、逃げてきた。

ナンナが誇れるとしたら、きっと、このギフトだけ。

神さまがくれた特別なギフト、〈絶対治癒〉。

これを使って、少しでも早く、彼に楽になってほしくて。

「負担が大きかったら、すぐにやめます」

涙を拭《ぬぐ》って、顔を上げた。そして、決意に満ちた瞳で、ルヴェイの顔をじっと見つめる。

長い前髪から覗《のぞ》く彼の三白眼がふるりと震えた。ごくりと唾《つば》を飲み込んだ彼の喉仏《のどぼとけ》が上下する。

意を決して、ナンナは手を滑らせていく。ゆったりとした寝間着用のズボンの上から、彼の中心に触れると、彼がびくりと震えたのがわかった。

けれども、その中心にはわずかに反応がある。

ナンナはほっとして、そのまま彼のものを寝間着ごしに何度か扱《しご》いた。

「な……ナンナ……！」

「ご負担、でしょうか」

「いや、そういうわけでは、ないのだが――」

上級回復薬のおかげか、身動きができないほどではないらしい。

先ほどのカインリッツの様子から見ても、ナンナの治癒が可能だと判断されたからこそ呼ばれたはずだ。実際、ルヴェイは自分で起き上がったりもできるようで、絶対安静といった雰囲気ではない。

「休んでいれば、いずれ傷は、治る、から。き、君に……こんな形で」

「わたしは、あなたの何ですか？」

「大切な、人だ」

「っ……そうじゃなくて」

間髪入れず告げられて狼狽《うろた》える。けれど、すぐに表情を取りつくろい、そっと呟《つぶや》く。

「治癒係、ですから」

……今はまだ。

ナンナの心の奥で、確かに芽吹いた感情があって。でも、宙ぶらりんな今の自分じゃ、胸を張ってそれを伝えられない。

まずは役目を全うしなければ。そう決めて、ナンナは動き出す。

持ってきたショルダーバッグから避妊薬を取り出し、飲み干す。そのままバッグを横に置き、ナンナは再び彼の中心に手を伸ばした。

「ナンナ……っ」

彼がくしゃりと目を細める。

「んっ……」

彼の身体がびくりと反応する。甘い吐息が漏れ聞こえてきて、ナンナも少しだけ肩の力を抜いた。

（これで……いいのかな……）

いつもルヴェイに気持ちよくしてもらっているばっかりで、ナンナから動いたことなどほどんどない。女性の方から男性に奉仕する方法は、召使いをしていたころに同僚のお姉さまの話を何度か聞いたくらいで、どうしたらいいかなんて探りさぐりだけれど——、

（つ、反応、あった）

上下に扱いているうちに、彼のものがゆるゆると芯《しん》を持ちはじめたのがわかり、ほっとする。

「ま、待ってくれ。ナンナ」

「待ちません」

「せめて、俺が」

「いいえ」

一度決めたらナンナは頑固だ。

「絶対に、譲りません」

そう言ってナンナは、彼のズボンと下着をずらす。

そこには、彼のものが存在感を増していて、ナンナは唾を飲み込んだ。

いつもルヴェイの手に翻弄《ほんろう》されるうちに繋がっているため、こうしてまじまじと見つめることなん

てなかった。ぼこぼこと血管の浮いた彼のものに、ナンナは恐るおそる直接触れる。

（これが、いつも、わたしのなかに……）

きゅっと握ってみると、そのあまりの熱さに驚き、心臓が大きく跳ねた。けれども、ここでやめるつもりなんてない。

「っ……！」

強く握ったまま手を上下させると、彼がびくりと身体を震わせた。

扱いていくうちに、彼のものは硬く勃《た》ち上がり、やがてその先端から透明な汁を滲《にじ》ませていく。拙《つたな》い愛撫《あいぶ》だけれど、彼が反応してくれたことにナンナの気持ちも昂《たか》ぶった。

彼の甘い吐息が漏れ聞こえるたびに、彼の熱が伝染してしまいそうだ。

（こんなときなのに――）

心臓が煩《うるさ》いくらいに暴れている。

彼の長い前髪がはらりと横に流れ、目が合う。頬を上気させた彼は、苦しそうに目を細めている。

そのあまりの色気にくらくらしながらも、ナンナは手を止めることはない。

「本気、なんだな。ナンナ」

「はい」

「……くそっ」

いよいよいてもたってもいられなくなったのか、ルヴェイは身体を起こし、そのままナンナを抱きしめる。

「きゃっ！」

「ナンナ――」

いくら大怪我をしているとはいえ、ルヴェイがその気になったら、ナンナでは抵抗しきれない。あっという間に立場が逆転してしまい、ナンナはいっぱいいっぱいになってしまう。

「……カインが、俺に、君を任せるといった」

「ええ」

「君の迎えは、朝まで来ない。――わかっているな？」

「……はい」

ここは騎士寮。でも、ルヴェイの個室は隅の目立たない場所にあり、前の廊下を誰が通るわけでもない。

「声だけは……少し、我慢してくれ」

「は、い……」

「君の甘い声を、他《ほか》の誰にも聞かせたく、ない」

「っ……」

そう耳元で囁《ささや》かれ、心臓が大きく鼓動した。

けれども彼も同じく、状況が状況だとわかっているからか、ナンナをいたずらに乱れさせるようなことはしない。

膝立ちしているナンナのスカートを捲り上げ、するりと下着の紐《ひも》を解いた。そうして、着衣のまま、彼女の膣《ちつ》内を捏《こ》ねはじめる。

「ん……ぅっ」

「君も、準備をしないと。――負担を、かけたくない」

「負担なんか……ぁ……」

　彼の傷口に響かないようにと、抱きしめるにせよ、力を入れすぎるのはやめておきたい。けれど、あまりに器用に捏ねられて、ナンナの身体が大きく震えた。

　執拗《しつよう》に解《ほぐ》されると、膝立ちのままの状態でいるのもいよいよ難しくなって、彼の方に倒れ込んでしまう。

「う……すみま、せん……」

「構わない。君に、抱きしめてもらえるのは、嬉しい」

「でも……」

「いい。ほら。もっとしがみついていてくれ」

　身体を重ねる最中に、ナンナはいつも、彼に掴《つか》まりたがることは、彼も理解しているのだろう。

　なんだかすっかり見透かされている感じがして、ナンナはきゅっと唇を引き結ぶ。

　抱きしめやすいようにと、彼が上半身を預けてくれたので、ナンナはおずおずと、彼の背中に手を回した。

「もっと力を入れてくれていい」

「ルヴェイさま」

「大丈夫だから。俺は、君を感じていたい」

「は、い……」

　甘い囁きにナンナはこくこくと頷き、彼の言う通りにしがみつく。

彼の身体に巻かれた包帯はさらさらしていて、もう出血はしていないのだと思う。それでも、やっぱり心配で、ナンナは力を込めていい場所を探し、手を滑らせる。

「……ん。そこなら、大丈夫」

腰の下。少し、低い位置だ。

「はい」

「もっと、強く、頼む」

きっと、ナンナのくせを慮《おもんぱか》ってのことだろうに、頼むだなんて言い方は優しすぎる。

ナンナは素直に頷き、ようやくその腕に力を込めた。すると、彼が安堵《あんど》したように息を吐き、ナンナの膣内を捏ね回していた指を引き抜いた。

ナンナの身体は、すっかり彼の愛撫に反応するようにできていて、もう、ひくひくと震えている。ルヴェイもそれがわかっているからか、もはや遠慮することなくナンナの腰を支え、そっと彼女を導いた。

ベッドに腰かける彼に跨がるような形になる。蜜《みつ》口に、硬くて熱いものが押し当てられるのを感じ、緊張で呼吸が浅くなる。そうして彼に導かれるまま、ゆっくりと腰を落としていった。

「っ、っ、っ……！」

「ああ、ナンナ……！」

彼のものが容赦なくなかに挿入《はい》ってくる。ぴっとりと閉じていたナンナの身体は、歓喜に震え、回した腕にますます力を込めてしまう。

ああ、肌と肌を直接触れ合えないのがもどかしい。

きっと彼も同じなのだろう。腰を支えていた手は、いつしかスカートをたくし上げながら、ナンナの太腿《もも》に手を滑らせている。

「く……はぁ……」

腰を完全に落としてしまうと、ナンナのなかにはずっぽりと彼のものが埋め込まれてしまったのがわかる。

彼の甘い吐息がナンナの耳までも犯して、身体の芯からゾクゾクと震えが押し寄せた。

「すまない、ナンナ」

「ぇ？」

「君は、俺を心配してくれているのに。俺は――」

なにかを言おうとして、彼は腰を揺すった。

ぐち、と接合部から水音が漏れ、部屋のなかに静かに響く。

「君と繋がりたいと、欲ばかりが――くっ……」

「ルヴェイさま……っ」

違う。

それは、あなただけではない。ナンナだって、同じように欲が膨らむばかりだ。

「ふぅ……んん……っ」

声を抑えないと、と必死になり、口を閉じる。それでも鼻から抜けるような声が漏れ、恥ずかしさと心地よさに溺れていく。

包帯で覆われた彼の肩口に顔を埋めながら、ナンナは必死で声を我慢した。

勘違いしてはいけない。これは治癒行為だ。

包帯からはみ出ている黒い痣に触れ、自分に言い聞かせる。

でも、彼の与えてくれる快楽は気持ちよくて――いや、それだけじゃない。彼に愛されていることを思い知らされ、どろどろに溺れていく。

いつしかナンナは、甘い疼《うず》きに身を委《ゆだ》ね、自らゆるゆると腰を振っていた。

「ルヴェイさま……ぁ」

「ナンナ――はぁ、可愛い、ナンナ……」

彼がナンナを求めるように、片手で彼女の頬に触れた。その手に導かれる形で顔を上げると、苦しげな表情の彼と目が合った。

切なくて、眦《まなじり》からほろりと涙の粒がこぼれ落ち、彼がそれを唇で拭う。

薄い唇は少しかさかさとしていて。その存在を感じるたびに、胸の奥からもっともっとという欲が膨らんでいく。

そこじゃない。

本当は、唇にほしい。

あと一歩の勇気が出せなくて、ナンナはほろほろと涙する。

臆病《おくびょう》な自分に落胆しながらも、同時に、せめて彼に相応しい自分でありたいとも強く願った。

きっとこれは、ナンナのけじめだ。

彼が好き。たまらなく好きだ。

だから、まずは自分の役目を全うしたくて。

(神さま……神さま、お願いです)

こうして強く祈るのは、彼とはじめて身体を重ねたとき以来だった。

(彼の傷を――それから、祓《はら》いきれていない呪いを、解いて。わたし――)

願っても、いいだろうか。

望んでも、いいのだろうか。

(次に彼と身体を重ねるときは――)

手を伸ばしても、いいのだろうか。

(治癒行為じゃなくて、ちゃんと。ちゃんと、愛し合いたい、です……)

その願いは、ぐるりと彼女の魔力を動かした。

使い慣れてはいないけれども、ナンナの体内には、多くの魔力が眠っている。それらがまるで熱を持ったかのように、ぐるり、ぐるりとなにかを掻き混ぜる。

「ん、ふぁ……!」

「ナンナ――」

ルヴェイの精が放たれたその瞬間、ナンナの魔力は高まり――、

「……っ!」

いつかのように、意識はふつりと途切れたのだった。

第四章　降星祭の夜に

息を弾ませながら、ナンナは通い慣れた道をひた走る。

その足どりは軽く、どこかふわふわした心地で、彼女は目的地へと向かっていた。

ルヴェイの治療を終えてから七日。今日から仕事に復帰したものの、この日は多少早めに仕事を上がらせてもらっていた。

ばんっ！

ショルダーバッグの紐《ひも》を握りしめ、いそいそとやってきたのはミルザの薬屋だ。

勢いよく入口のドアを開いては、店内に呼びかける。

「ミルザ先生っ！」

「ぶふっ!?」

ナンナの突然の押しかけに驚いたらしく、ミルザが口をつけていたお茶を吹き出した。

「けほっ……けほ、ちょ!?　ナンナっ!?　なんだっていうんだ、突然！」

「わわ、すみませんっ」

勢いあまりすぎて、入口のドアを勢いよく開けすぎた。

時間的にちょうど閉店直前だったこともあって、他《ほか》のお客さんの存在とかも無視してしまっていた。

今更ではあるけれど、左右確認。――うん、今日も閑古鳥《かんこどり》が啼《な》いている。

「ミルザ先生、お願いがあるんですっ」

などと、ナンナは慣れた様子で炊事場から布巾《ふきん》を持ってきて、こぼれたお茶を拭《ふ》き取る。それからキッとミルザに真剣な顔を向けた。

「わかった、わかったから。聞くから！　ちょっと落ち着きなよ」

「時間がないんですよ！」

ナンナだってここは退《ひ》けないのだ。忙《せわ》しなくミルザのマグを片付けて、再びカウンターの方へ戻ってくる。

「ねえ、ミルザ先生」

そうしてナンナは、改めてミルザに向き直った。

この日、ナンナはいつになく焦っていた。と言うのも、時間がないのだ。何がと言うと、ナンナがひとりでいられる時間が。

――ルヴェイが大きな怪我《けが》をしたそのあと。

治癒《ちゆ》のために彼と身体《からだ》を繋《つな》げて――彼女の、神さまへの祈りが届いたのか、はじめての日のようにすこーんと気を失って。なんとそのまま三日も目覚めなかったのだという。

身体のなかの魔力という魔力を限界まで搾り取られた結果、ルヴェイの怪我が治るだけでなく、まだ残っていた呪《のろ》いも全部、綺麗《きれい》さっぱり消すことができた。

ナンナ自身、はじめて自覚できたことなのだが、ナンナの治癒能力には、ナンナの意思が大きく影響するらしい。

ルヴェイの怪我の心配と、これまできっちりと痣《あざ》を治療できていなかったことを後悔する気持ちが強く作用したせいか、勢いあまって、全部まとめて治癒できてしまったというわけだ。――その反動で長く眠りにつくはめになったのだけれども。

目覚めたとき、ルヴェイは前に見た以上に顔面蒼白《そうはく》になっていた。

ナンナがここまで目覚めないだなんて、ルヴェイにとっても完全に予想外だったのだろう。すっかり心配させてしまったらしく、実に可哀相《かわいそう》なことをしてしまった。

でも、そのおかげで、ルヴェイの身体にはもう、あの黒い痣はどこにもない。

使い方に慣れていなかっただけで、ナンナの潜在能力は本当に高かったらしい。

目覚めたその日にはもう、ナンナ自身ぴんぴんとしていたけれど、大事を取ってと、半ば強引にさらに三日ほどお仕事はお休みさせられて、今日、なんとか仕事に復帰したというわけだ。

そしてこの日、ナンナは燃えに燃えていた。

（わたしはもう、お役御免の治癒係。でも――）

ゆっくり三日も休むなかで、ナンナは自分の気持ちを見つめ直した。

ルヴェイの手を取ってもいいのだろうか。――そんな想いに向き合い、完全に力を取り戻したルヴェイと過ごすうちに、ひとつの結論に辿《たど》り着いたのだ。

「わたしとルヴェイさまって、お似合いだって、おっしゃってましたよね？」

「はいい？」

ルヴェイは、何も変わらなかった。

あの黒い痣がなくなっても。

力を取り戻しても。

もう、ナンナの力が必要ではなくなっても。

優しくて、ずっとナンナのために走り回ってくれて、ご飯とかも作ってくれちゃったりして——あの木の温《ぬく》もりを感じる家で、できうるかぎりの時間を一緒に過ごしてくれて。

ナンナがベッドに転がりながら本を読んでいるその奥で、彼はせっせと家を掃除したり、向かいのソファーに座って新聞を読んでいたり。

何か話すわけでもなく、ただ同じ時間を共有する。そんな穏やかで優しい時間が、ナンナはとてもお気に入りで。

彼と一緒に過ごす未来を、夢見て——そして、ひとりで考え、ちゃんと決めたのだ。

ルヴェイの想いを受け入れようと。

ううん、それだけではなくて。ナンナもちゃんと、自分の気持ちを伝えようと。

——でも、いざ告白しようと思っても、やっぱり迷惑なのではと踏みとどまってしまうのも事実だった。三日間、チャンスはいくらでもあったはずなのに。

ゆえに、夕方のこの時間、ナンナはひとりで信頼するミルザに真っ先に相談に来たのだった。

本来ならばナンナもまだお仕事の最中だけれども、病み上がりという事情もあって、少し早めに上がらせてもらった。でないと、今日は絶対にルヴェイが迎えに来てしまうと予想できたからだ。

寝込んでからというもの、ルヴェイもまた仕事を休んでまで、ナンナにべったりだった。今のナンナにとって、ひとりになれる時間は貴重で、この隙間《すきま》時間を逃《のが》す手はなかった。

もちろん、店長であるバージルには、ルヴェイ宛《あて》に言伝《ことづて》もお願いしている。だから、そのうち彼もここまで追いかけてくるだろう。

それまでの短い時間を使ってでも、どうしても第三者に話を聞いてもらいたかった。

「お似合いって、今更？　なんだい、ナンナ。アンタ、とうとうルヴェイ君に惚《ほ》れたのかい？」

「ううっ。ま……まあ、ええ。つまり……その」

もじもじもじ。

言語化されてしまうと非常に気恥ずかしいが、両方の人差し指を擦《こす》りながらこくりと頷《うなず》く。

「そういう……こと、でして」

「遅っ！　気づくの、遅っ！」

「ちっ！　違いますよっ！　気がついては！　いましたよ!?　でも、それと、想いを受け入れるのとは別問題と言いますか！」

「ぎゃはは！　つまり、結婚する気になったんだ、ルヴェイ君と」

「け……っ」

言葉に詰まった。

いや、そうだ。真面目《まじめ》なルヴェイの想いを受け入れるということは、つまりそういうことになる。

自分だって、彼との未来を思い浮かべた上で結論を出した。

「結婚……したい、です」

「きゃははは！」

ぱんっぱんっ！　と、ミルザは手を叩《たた》きながら爆笑している。ああもう、いいオモチャだなあと思いつつ、ナンナは詰め寄った。

「でもでも！　わたし、どうしたらいいかわからなくてっ」

「いいじゃゃん、好きになったーとか伝えたら？　ルヴェイ君ってば大喜びで、明日にはもう籍を入れられてるんじゃないの？」

「早っ⁉　早すぎますし、そもそも、まだ戸籍がまだっ。……そうじゃなくて。わたし、今まで思いっ切り断ってばかりいたじゃないですかっ。だから、今更どう伝えたらって、それをですね――」

「乙女《おとめ》だねえ」

「笑ってばかりいないで、背中を押してくださいよ、先生っ」

三日間、ひとりで悶々《もんもん》と考えた。

想いを伝えて、これまで失礼な態度ばかり取ってきたことを謝る。これは絶対だ。

そのうえで、むしろ、自分から逆にプロポーズをするべき立場なのではとか、そのような悩みを抱え、このざまだ。

ミルザならきっと、忌憚《きたん》のない意見を聞かせてくれる。というか、何の遠慮もなく勢いよく背中を押してくれる気がして、こうして話を聞いてほしかった。

「今更あたしがどうこう言ったところでさあ？　アンタ、もう答えを決めてるんだろう？」

「うっ……ま、まあ。でも、いざ告白すると言ってもですね……今更すぎると言いますか。タイミングがよくわからないと言いますか」

「アンタほんと乙女だね……」

もじもじもじ。

らしくもなくいじいじしているナンナに対し、ミルザは肩をすくめる。

「別に悩まなくてもねえ。あるじゃん。もうすぐ、うってつけのイベントが」

「や、やっぱり、アレ、だと思います？」

「……あたしだって別に、男女の付き合いのアレコレに詳しいわけじゃないけどさ。定番中のド定番がすぐあるんだから、それに勢いで乗っかりゃいーんじゃない？」

「他人事《ひとごと》だって思って、適当ですね、先生」

「いやいや！　これでも結構真剣に考えてるって！」

「顔が笑ってます、先生……」

いや、もちろん、ミルザの提案してくれたイベントは、ナンナも念頭に置いていた。

「やっぱり……降星祭《こうせいさい》ですか……」

「はー、アンタがねえ。そんな定番イベントに乗っかっちゃう日が来るなんてねえ」

ミルザはしみじみと呟《つぶや》きながら、身を乗り出した。

降星祭といえば、一年のなかで数あるイベントのなかでも、恋人と過ごすいわば定番中の定番。その日にプロポーズして結ばれた男女は、子宝にも恵まれ、幸せな家庭を築くと言われているわけで。

(女の子からプロポーズするのは、ちょっとぐいぐい行きすぎてる気がする……けど……！)

まずは、想いだけでも伝えたい！

そのためには、確かにうってつけのイベントなはず。

「ま、アンタの雄姿についてては、あとでじっくり聞かせてもらおう」

「ミルザ先生、そういう話、興味あったんですね？」

「いいやあ？　でも、アンタと……ぷぷぷ、ルヴェイ君のことだったら、話は別だ」

きらーんと眼鏡《めがね》を輝かせ、彼女は宣《のたま》った。

好奇心とデカデカと顔に書いてある。これはもう、一生ネタにされるなと思いつつ、苦笑する。

――うん。

でも。ちゃんと決めた。

（わたし、降星祭でルヴェイさまに告白する……！）

腹は括《くく》った！　と鼻息荒く頷いたそのとき、ちょうど来客を告げるベルが鳴り、入口のドアが開く。

「ナンナ！　――ああ、よかった。本当にいた」

「ルヴェイさま」

バージルはきちんと伝言を伝えてくれたらしい。

やっぱりルヴェイはすぐに現れた。

少し心配させてしまったのだろう。めずらしく彼の息が上がっている。

「どうした？　やはり、まだ具合が悪いのか？」

移動先がミルザの薬屋だったせいか、どうやら、薬を買いに来たと勘違いしたらしい。

でも、それは違う。

すでに目的は果たした。だからナンナは朗らかに笑った。

「ふふっ」

「？　どうした？」

「いいえ。ルヴェイさま、ここまで迎えに来てくださってありがとうございます。さ、帰りましょ？」

「え？　――ああ。だが、もう用事は、いいのか？」

自分でもおかしいくらいに、迷いの晴れた笑顔を向けてしまった。だからなのか、ルヴェイの方がなんだか困惑した顔をしている。

「ええ。ね？　先生」

「ん。まーね。じゃ、ルヴェイ君、ナンナのことは任せたよ」

「……？」

にまにまと視線を向けられ、ルヴェイはますます不思議そうに瞬いている。

けれども、ナンナのことに関しては真面目な彼のこと。任せたと言われて、黙っている彼ではない。

きりりと表情を引き締め、もちろんだ、と頷く。

そうしてルヴェイとふたり、薬屋を出た。


夕日が沈み、街が淡いブルーに染まっていく。ぽつり、ぽつりと家々の明かりが灯《とも》っていき、あちこちから美味《おい》しい匂《にお》いが漂ってきた。

そんな街中をふたり並んで歩きながら、ナンナはぼーっと宵《よい》の空を見上げた。

(降星祭かぁ……誘っても、いいよね？　断られない、よね？)

あの空がもっと暗くなって、数多《あまた》の星が降る光景を想像する。

小さいとき——そう、ルドの街にいたころは、大好きな両親と街でお祭りを楽しんでいたっけ。

ただ、ワイアール家に連れてこられてからは、ずっとおあずけされたまま。お祭りの日はナンナがひとり残って、お屋敷の仕事で走り回っていた。ゆっくり流れ星を楽しむ暇なんてどこにもなかったのだ。

だから、この王都リグラできちんとしたお祭りに参加したことは、一度だってない。

「——あの」

「――なあ」

「……」

「……」

……声をかけたものの、あろうことかかぶった。

お先にどうぞ。いやいや、君が――といういつものやりとりが続いて、でもこのときはルヴェイが先に話すことになり、こほんと改まる。

「来週、なのだが」

「！」

来週。それは、もしかして。

「降星祭――というものがあって、だな」

「えっと。はい」

心臓がどくどくと大きく鼓動する。

もしかして誘ってくれるのでは、なんて期待がどんどん膨らんで。

「先ほど。君の雇い主からも、その日、君が早めに上がる許可を、もらってきて、だな」

しかも、まさかの根回し済みときた。

「……君さえ、よければ。その。一緒に――」

「行きます！」

「――過ごさないか、って、え……？」

「降星祭！　一緒に！　行きたい、です！」

……少し前のめりになってしまった。

だって、ナンナも誘いたかったのだ。言った後から、ちょっと気恥ずかしくなって、ナンナは頰《ほお》を掻《か》いた。

「ナンナ……？」

よほど意外な反応だったのか、ルヴェイがぱちぱちと瞬く。

今までナンナが積極的な行動を取ることはあまりなかったからだろう。確かに困惑するかもと思いつつも、ナンナだって、ここで引くつもりはない。

「えっと。わたし、実は、この街に来てから降星祭に参加したこと、なくて……」

ひとまず、それっぽいお話をして、納得してもらおう。もちろん、これも嘘《うそ》ではない。

「一緒に行ってくださると、わたしも嬉《うれ》しいです」

「っ……もちろん！」

「えへへ……楽しみにしてます」

はにかむように笑うと、ルヴェイもこくこくと頷いてくれる。

そうして、その約束を頼りに一週間が過ぎ――。

◆　◇　◆

普段は櫛《くし》で梳《と》かすだけの髪も、この日ばかりは編み込んで、リボンで結んでみる。

髪と同じ色のワンピースは、あまりに可愛《かわい》すぎて、今日までクローゼットに仕舞いっぱなしになっていた仕立てのよいものだ。

ルヴェイに世話になってから、衣服は何着も誂《あつら》えてもらった。それでも、かつて一張羅で生きてきたナンナにとっては、着やすいものとそうでないものがある。

生地が高級だったり、細かな刺繍《ししゅう》や、レースが入っているものなどはどうしても着るのを躊躇《ためら》ってしまう。だから特別な機会があるまでクローゼットに眠らせておこうと考え――まさに、今日。

白のブラウスも、大きな襟《えり》にたっぷりレースがついたものを引っぱり出して、袖《そで》を通してみる。

さらさらとした生地が心地良くて、本物のお嬢さまにでもなった気持ちだった。

「ふぅ……」

外はもう、夕日が沈む時刻だ。

少し早く仕事を上がらせてもらい、一度帰宅をして準備をしてみた。

まもなくルヴェイとの約束の時間だ。彼が来る前に身支度を済ませることができて本当によかった。

……実のところ、昨夜からずっと、この可愛い服を着るかどうかでかなり悩んだのだ。

髪型もちゃんと編み込めるようにと何度も練習したから、慣れていないなりになんとか形になって、まずはほっとしている。

――カランカラン。

と、ベルが鳴った途端、背筋が伸びる。時間通り、ルヴェイが迎えに来てくれたらしい。

はーい、と返事をしながら玄関のドアを開けると、暗くなった空の青を背景に、ひとりの男性が佇《たたず》んでいた。

その男性の姿を見た瞬間、ナンナは硬直する。

「……」

「……迎えに、来た」

「は……い。こんばんは」

「ああ。今日も一日、元気、だったか？」

こく、こく、こく。

ナンナは何度も首を縦に振ることしかできない。

わざわざ家にまで迎えに来てくれたのは、確かに、ルヴェイその人であった。

けれども、ナンナが想像していたルヴェイの姿とはちょっと――いや、だいぶ違う。

（う……そでしょ……！　心の準備が、全然っ）

できていなかった。

ただでさえ、告白するための意気込みで、とっても緊張していたというのに。

（心臓に、悪いっ。ルヴェイさま……かっこ、よすぎ……）

いつか、彼の制服姿を見たときも、あまりにかっこよすぎて視線に困ったというのに。

今日の彼の姿はなんだ。

落ち着きのあるグレーのパンツに、紺色のシャツ。ちょっとレトロなチェックのベストは小洒落《こじゃれ》ていて、さらにリボンタイときた。

そのうえにジャケットを羽織った彼はいつもより大人《おとな》っぽく見えて、くらくらしてしまう。

（かわ……かっこい……かわ……かっこ、いい!!）

可愛いとかっこいいを行き来して、結局、両方となってしまう。

洒落ていながらも肩の力が抜けた風の私服は、ナンナの部屋を誂えてくれた彼の趣味そのままなのだろう。

「……っ」

一方のルヴェイもまた、固まったままだった。

いつものくせなのか、顔を隠そうとする動作をしようとして、手が宙を掻いている。彼も彼で、かなり緊張しているのかもしれない。どうにも落ち着きがなく、目がなかなか合わない。

「えっと。いつもと、雰囲気が、違うのですね……？」

「今日は、その。――特別な、日だから」

「特別……」

「……」

「……」

もじもじ。

もじもじ。

もじもじもじもじ。

ふたりして向き合ったまま、手をいじったり視線を彷徨《さまよ》わせたり、いっこうに話が進まない。

「君、こそ。その…………それを、着てくれたのか」

「はい。あの……デート、なので」

「デー……ト…………」

「違いますか？」

「やっ⁉　違わないっ！　違わ、ないっ‼」

ぶんぶんぶんっ、とルヴェイは首を横に振り、くるりとナンナに背を向ける。

「……出ようか」

そうしてそっと、片手を差し出してくれた。

「…………似合って、いる。その。とても、可愛い」

「っ、あ、ありがとうございます」

彼が耳まで真っ赤にして、盛大に照れているのがよくわかる。

もともと口べたな彼だけれども、気持ちをちゃんと言葉にしてくれた。表情もとても雄弁で、ナンナは自分の体温が一気に上昇するのがわかる。

(わああ……空気っ、空気がっ)

ナンナ自身も、もはや自分の想いを自覚しているせいか、油断するとすぐ甘ったるくなってしまう。

(こんなことで、大丈夫なのかな、わたしっ)

先ほどから心臓がばくばくと煩《うるさ》くて、呼吸するのも一苦労だ。けれど――、

(ううん。絶対。絶対告白、するんだから)

そうしたらきっと、ルヴェイはもっと喜んでくれる。想像するだけでドキドキするけれど、同時に、早く想いを伝えたいという気持ちにもなっていた。

でも、いつ、どのタイミングですればいいのだろう。

今日を迎えるまでずっと考えてきたけれど、未《いま》だに答えが出せていない。

「――ナンナ？」

「っ！　あ、行きます！　はい、行きますっ！」

差し出された手に自分の手を重ねると、彼がきゅっと握ってくれるのがわかった。

(つうわあああ……手汗っ。手汗がっ、どうしよっ)

今まで気にならなかったことが気になりすぎる。

もちろん、彼とは何度も身体を重ねている。でも、それとこれとは別だ。あれはつまり、治癒行為だったわけで。

(好きな人に触れるのって、こんな感じなんだ……)

改めて意識をすると、心臓はドキドキするわ、顔が熱くなってくるわで忙しい。

「ナンナ……？」

さすがに落ち着きがなさすぎたのか、ルヴェイが不思議そうな顔をしてこちらを見つめてくる。

(あ……あれ？　わたし、今まで、どうやってルヴェイさまと話してたっけ……？)

いつもはぽんぽん会話している——と言うより、ナンナが一方的にお話しすることも多かったと思うけれど、意識するとどうにも難しい。

「いえ。行きましょうっ。楽しみですね」

でも、腹は括った。ナンナは一度深呼吸してから、にっこりと笑みを浮かべる。そして、ルヴェイの手を引っ張った。

街中は、ナンナがこれまで見たことがないほどに賑《にぎ》わっていた。

夜空全体に星が降り注ぐから、どの場所が見やすいというわけでもない。それでも人々は街に繰り出し、祭りの雰囲気を楽しむのだ。

屋根の上に登ってまで流れ星を心待ちにしている人も多い。だから、あちこちから賑やかな人の声が聞こえてくる。

そんななか、ここ中央公園は屋台も多く出ていて、ひときわ賑わっていた。

特に、池の畔《ほとり》のベンチや、花壇手前の大階段のところには人がギッシリ押し寄せていて、とてもではないけれど、ゆっくり過ごせる感じではない。

もちろんそれこそが祭りの醍醐味《だいごみ》ではあるけれど、あまりの人の多さにナンナは圧倒された。

「あはは……すごいですねえ」

「……ああ」

普段人混みに慣れていないからか、ルヴェイの顔色もあまりよくない。

定番中の定番と聞いていたから、行き先にこの公園を選んだのだけれども、もう少し人の少ないところに避難したほうがいいだろうか。

「別の場所に行きますか？」

「いや――先に。君が、見たいものを見よう」

「え？」

そう言って彼は、人の流れに沿うかたちで、どんどんと公園のなかに入っていってしまう。

周囲の人々からナンナを護《まも》るかのように、彼にがっちりと腰を引き寄せられ、その近さに息を呑《の》む。

そのままふたり、屋台が数多く並ぶ広場にやってきた。

「こういうものに、興味がある、のだろう？」

「ルヴェイさま……」

特に何か話したわけではなかったが、彼にはお見通しらしい。

周囲からは甘いバターの香りや、香ばしいお肉の香りなど、食欲をそそるいい匂いが漂ってくる。

「いいんですか？」

「もちろん。そのために、ここに来た」

「わあ……！」

ナンナは比較的小食である。

それでも、こうしたお祭りのご飯にはやっぱり引かれるものだ。

あたりをきょろきょろ見回して、何を買おうか真剣に悩んでしまった。見かねたルヴェイが、だったら順番に、と勝手に購入する程度には。

炙《あぶ》った豚串《くし》に、熱々の揚げたチキンやポテト。貝のオイル煮に、おやつにワッフルまで。

ルヴェイがあれもこれもと購入してくれる。ナンナはそれらを自身が食べられる量だけを頂いて、様子を見て残りをルヴェイが片付けてくれた。

完全にナンナに付き合わせてしまっている形になっているわけだが――最後にぺろりとワッフルを平らげる彼の横顔を見て、息を呑む。

薄い唇。わりと大きな口を開けてはむっと、ナンナがかじっていたワッフルを一口で平らげるその横顔が、とてもセクシーに見えてしまう。

じっと見つめてしまっていたことに気づかれたらしく、三白眼がぶるりと震え、彼はわかりやすく頬を染めた。

「不躾《ぶしつけ》に見てしまって、ごめんなさい」

でも、つい彼に目が行ってしまうのは許してほしい。

すっかり自覚してしまったが、ナンナはルヴェイの雰囲気や性格だけでなくて、見目や仕草も相当に好きらしい。

「いや。それは、いいのだが。なんだか、今日の君は……」

口元を押さえつつ、もごもごとルヴェイが言い淀《よど》む。

油断するとたちまち空気が甘くなるのを感じながら、ナンナも視線を彷徨わせた。

互いに赤面してそっぽを向く……という行為を、今日はずっと繰り返している気がする。

流れ星が見える時間はもう少しあとだけれども、そのときまで心臓は持つのだろうか。

——そのときだ。

『そこだ、もう一押しっ！』

……なにやら、場違いな声が聞こえた気がした。

周囲はとても賑やかだ。そんななかでも、小声であるはずの誰《だれ》かの声が、妙にはっきりと聞き取れてしまった。もしかして、声にも無駄な存在感というものが付与されるのだろうか。

「あの……ルヴェイさま」

「ああ。本当に、すまない」

「いえ……」

ルヴェイのせいではないと思う。

あえて言うならば、ただちょっと、ルヴェイが好かれすぎているせいなのだろう。

誰にかと言うと、つまり、カインリッツに。

「……なにやってるんでしょうね、あの方ってば」

「はあ」

ちらっと声のしたほうに視線を向けると、屋台の店と店の合間にしゃがみ込み、こちらを覗《のぞ》いているフード付きのマントに身を包んだ男が確認できてしまった。

すごい。周囲から明らかに浮いている。

むしろ、よくそれで今まで皆に気づかれなかったなと言いたい。足元を見ると、ちらっと青騎士団の制服が見えているお粗末さだ。

（騎士団の皆さん、見回りの仕事とかあったのかな……？）

そんななか、ルヴェイに休みをくれて、この祭りに参加させてくれたことは実にありがたい。カインリッツには素直に感謝せねばいけないことも山ほどある。

けれども、それはそれ。これはこれだ。

応援してくれているつもりなのだろうが、これでは逆効果だ。

（こんな状態であとをつけられて、告白とか無理すぎるよねっ）

こちとら、せっかく覚悟を決めたというのに、これではただのお邪魔虫である。

ナンナはぷくーっと頬を膨らませて、カインリッツを睨《にら》みつける。当然、こちらを見守っていたらしい彼ともバッチリ目が合った。

マズいと顔色を変えても、もう遅い。

ナンナは、すーっ、はぁーっ、と息を吸い、吐いて、もう一度吸って――、

「あっ！　あれは！　〈光の英雄〉カインリッツ・カインウェイルさまでは!?」

さくっと、指をさしながら叫んでみた。

棒読みだってなんだっていい。これ見よがしにフルネームで、だ。

もちろん、効果は絶大だ。

これまで、どれほどパン屋の営業を妨が——いや、宣伝してもらってきたと思っている。

彼はこの国の〈光の英雄〉なのだ。その存在を目にしただけで皆が熱狂するのを、ナンナは何度も目にしてきた。

「ぐわあー！」

と、あっという間にカインリッツが揉《も》みくちゃにされているのがわかった。

——きゃー！　カインリッツさまよー！

——祭りに華を添えてくださるとは!!

なんて、熱狂の渦《うず》のなかに放《ほう》り込まれた光馬鹿《ばか》のことなど、もう知らない。

「このオレの〈幸運＋＋＋〉に打ち勝つだと!?　……うぐわあああ!!」

断末魔が聞こえてくるけれど、当然無視だ。

「ほらほら、今のうちですよ、ルヴェイさま！」

ナンナはぺろっと舌を出し、呆気《あっけ》にとられているルヴェイの手を引いて、走り出した！

「ナンナ!?」

「お腹《なか》はもういっぱいです！　星、見に行きましょ！」

お祭りの雰囲気は十分に楽しんだ。

星を見るなら、できれば、もう少し人の少ないところがいい。

なんて思って走り出したものの、人混みに逆らって走るのは、ナンナにはちょっと難しい。

うまくいかないなあと苦笑いをした、次の瞬間だった。

「――わかった。しっかり、掴《つか》まっていてくれ」

一緒に駆け出したルヴェイに手を引かれ、ぐいっと引っ張られる。

ふわりと、足が浮き、ナンナは瞬く。

体験したことのないような浮遊感に襲われ、心臓が大きく鼓動した。

「!?」

気がつけば膝《ひざ》裏と背中を支えられるような形で抱き上げられている。

(これって、まさか、お姫さまだっこ……!?)

ルヴェイの顔がこんなに近い。たくましい彼の両腕に抱かれ、息をすることも忘れそうだ。

だって、こんなの。まるで、憧《あこが》れた物語のワンシーンみたいではないか!

「!? わ、わわ……っ!」

人々の驚くような声が聞こえたけれど、すぐに遠のいていく。

地面が一瞬で遠ざかり、ナンナは今、自分が浮遊していることを理解した。

「飛んでるっ!?」

……いや、これは跳躍している?

どうやら、ルヴェイが魔法によって身体強化をしたらしい。驚き、慌てて彼の首に腕を回すと、彼は大きく跳躍し、屋台の屋根をひとつ跳び。池の手前に着地し、さらにもう一度、大きく跳躍する。

気がつけばナンナたちは、公園の中心にある池の真上を飛んでいた。

すぐそこにいたはずの人々の姿が、豆粒のようになってしまっている。

「ルヴェイさま!?」

「心配いらない」

「わあ！」

とはいえ、恐怖しないわけがない。

だって、飛行ではなく跳躍だ。湖面に向かって落下していく感覚に、ナンナは身を強《こわ》ばらせる。

このままではふたりで池に落ちる！　――そう思った瞬間、ルヴェイの視線が対岸の巨木に向けられた。

「――夜は、俺《おれ》の時間だ」

しゅるるるる！

彼がナンナの背中に回していた腕を伸ばすなり、袖から黒いロープのようなものが伸びた。

ああ、これは見覚えがある。はじめて彼と出会った夜、身体をぐるぐる巻きにされたものと同じだ。

きっと〈影〉のギフトで作っているのだろう。

それでも、以前とは長さが違いすぎる。いくら影を具現化するにしても、ここまでできるものだったのか。

いろんな驚きが押し寄せるけれど、深く考える余裕もない。

「君のおかげで、この通りだ」

彼はそう呟き、口の端を上げた。

前髪が横に流れ、ぎらりと、彼の目が自信ありげに光ったのがわかる。

完全に力が解放されたルヴェイの圧倒的なギフトに、ナンナは目を奪われた。

ぎゅっと彼に掴まったまま、ナンナは夢のような心地で、彼を、そして周囲を見ていた。だって、今のナンナはまさに、物語のなかのヒロインのようだから。

ルヴェイはそのロープ状の影を対岸の巨木に巻きつけ、自らの身体を引き寄せる。

大勢の民衆が息を呑み見守るなか、彼はさっと巨木に降り立った。

そのまま公園の木々の上を、〈影〉と身体強化の魔法を駆使して移動していく。

「あの……すっごく目立ってますけれど、大丈夫ですか……?」

「っ、ああ。わかっている」

彼はもともと隠密《おんみつ》活動を主としている。だからこそ、彼の存在やギフトを知られることも避けていると認識していたけれど。

彼は、変わったのだ。

——ナンナとて薄々気がついていた。共に過ごしていくうちに、ルヴェイ自身にも多くの変化が訪れたことに。

力を誇示したりしない人なのに、どう考えても、とっても目立っている。

ここまで圧倒的な能力なのだ。あれはいったい何の魔法やギフトだろうと、興味を持つ人も大勢いるはず。

地上はすっかり大騒ぎになっているけれど、ルヴェイは躊躇《ちゅうちょ》しなかった。あっという間に公園を抜け、街のなかを駆けていく。

まもなく流れ星が降りはじめる時間だ。この王都では大勢の人々が外に出たり、あるいは窓から顔を出して、夜空を見上げている。

今宵《こよい》は月がない。

それでも、地上からの光に照らされた彼らの姿は、はっきりと人々の目に映った。

屋根の上に座っている住民も少なくなくて、流れ星よりも先にふたりを見つけては、あれは誰だと指をさす。

ぴょーん、ぴょーんと、人や建物、障害物の多い街を駆けていく。

ナンナはぽかんと、ルヴェイに身を委《ゆだ》ねることしかできなくて――。

時計塔の上にまで辿り着いたとき、ナンナは完全に放心していた。

そんな彼女を、ルヴェイはそっと、屋根に下ろす。

「すまない。怖かったか……？」

呆然《ぼうぜん》としたままのナンナに向かって、ルヴェイは問いかける。

確かに足元はちょっと心許《こころもと》ない。でも、すぐに彼が気を利かせて、しゅるると影を伸ばし、まるで命綱のようにナンナの身体を固定してくれる。

そうして彼の導くまま、ナンナは、眼下に広がる街を見る。

まだ星も流れてはいない暗い空の下だからこそ、余計に、街の明かりが煌々《こうこう》として見えた。

赤やオレンジに灯った、美しい街。

こんな綺麗な景色《けしき》、はじめて見た。

自分が住んでいる街が、夜に、こんな顔をしているだなんて、ルヴェイと出会わなければ知りようもなかった。

「空に近いほうがと、思ったのだが。もう少し、低い場所の方が――」

でも、自分に自信がないルヴェイは、見当違いな心配をしていて。

「違うんです。ただ――とても、綺麗で」

「ああ」

言葉が、見つからない。

このあと、数多の星が流れることも、もちろん楽しみにしている。

でもナンナはこのとき、それ以上に、素敵な贈り物をもらった気持ちだった。

「素敵ですね――」

「ああ」

「ルヴェイさまも。……すごすぎです」

「怖がらせたか？」

「ちょっと」

正直に言うと、ちょっとどころではなかった。

あんな浮遊感を味わうのははじめてで、今だって、膝がぶるぶる震えている。でも――。

「――ふふっ」

彼に顔を寄せ、そっと抱きつく。

「こんなの、はじめて。空、飛んでるみたいでした」

「……君が、俺の力を取り戻してくれたおかげだ」

「ふふっ。やっぱり、すごいんですね、ルヴェイさまは」

彼が仕事をしているのを見たのは、はじめて出会ったときだけだ。縛られて、担がれて、攫《さら》われたあの夜だけ。

腕利きだとは聞いてきたけれど、どれほどの実力なのかは直接目にしたこともなくて。

「まるで、物語の……お姫さまになった気分でした」

少し気恥ずかしいけれど、思ったことをそのまま伝えてみる。

すると彼が明らかに動揺して、視線をきょろきょろ彷徨わせ――何かを決意したらしく、ナンナを抱く手に力を込める。

そうして深い夜空を見上げ、ぽつりと呟いた。

「毎年、この日は――ここで星を見てるんだ」

「特等席、なんですね」

「ああ。ここは静かだから」

地上からの声は届かない。

そんな特別な場所に、ナンナひとりだけを招待してくれた。

それがとても誇らしくて、幸せで。彼の見つめる先をナンナも一緒に見上げ、唇を引き結ぶ。

今、このとき。この瞬間。彼の隣に並んでいる奇跡に感謝した。

こんなの、彼と一緒じゃなきゃ絶対に体験できない。ドキドキして、ちょっとだけ怖くて、でも楽しくて、とびっきりロマンチックで。

全然普通じゃなくて、人並み外れた能力を持った、特別な人。

ルヴェイ・リーという人間は、この国では〈影の英雄〉と呼ばれるほどに、優秀で、なくてはならない人で。

そんな人が今、どこにでもいるただの男の人みたいに、頬を染めながら夜空を見上げている。

「……ああ、来たか」

きらりと、星が輝いた。

東から西へ。弧を描くように流れていく星々を、彼は指さした。

「すごい。……綺麗……」

王都にやってきて、もう九年が経《た》つ。

この街ではじめて、ゆっくりと降星祭を楽しむことができたのは、ルヴェイのおかげだ。

来年も。その次も。ずっとずっと、彼と共に過ごせたら、どんなに素敵だろう。

「……」

「……」

互いに無言で、星空を見上げる。

きらきらと流れる星々を眺めていると、あまりに幸福で泣きそうになってしまった。

こんなにとびっきりの幸せをくれた彼に、ナンナだって――、そう思い、言葉を選ぶ。

「あの――」

「なあ――」

……あろうことか、かぶった。

「ルヴェイさまは――」

「ナンナは――」

仕切り直そうとして、また。

お互い、顔を見合わせて、締まらなくて、くすくす笑う。そうしたら彼がそっと、ナンナの顔を覗き込んだ。

「ルヴェイさま……？」

「――ナンナ。その。いいだろうか」

彼の薄い唇が動くのを、ナンナはじっと見ていた。

いつもはナンナに譲ってくれがちなルヴェイが、この日だけは先に、と思っているらしい。

まさかという思いと、もしかしたらという期待で胸が高鳴る。

数多の星が降り注ぐ空の下で、彼はじっとナンナを見つめたまま、その目を逸《そ》らさない。

骨張った細い指がナンナの頬に触れ、そっと撫《な》でていく。

「俺が、こうして元の力を取り戻したのは、君の、おかげで」

「……」

「君には、感謝しても、しきれなくて。でも、君が言うような、義務感とか、そういうのとは……関係なく、だな」

「ルヴェイさま」

彼が何を伝えようとしているのか、ここまで聞いて、わからないナンナではない。

ただ彼は真っ赤になって、そのあとの言葉がなかなか出てこないようだった。

（ふふふ……こういうときも、ちょっと締まらない）

そんな彼が、とても好きだ。

（わたしから伝えようって思っていたけど。でも――）

ナンナはそっと、彼女の頬に触れたままの彼の手に、己の手を重ねる。

そうして目を細めて微笑《ほほえ》んだ。

「――最後まで、聞かせてください」

「っ、あ……ああ。その」

彼の言葉を促すと、彼はふるると三白眼を震わせて――でも、逸らさない。

真剣な様子でナンナをじっと見つめたまま、その口を開く。

「――君が、好き、だ」

わかってる。わかってた。

彼がどれほどナンナを好いてくれているのか。

ずっと否定していたことが、申し訳なくなるくらいに。

胸がいっぱいになって――でも、今度こそはとナンナも思う。もう、絶対に言葉を間違えない。

「わたしも、好き、です」

「……！」

「ずっと。ずっと、否定していて、ごめんなさい。好きに……好きに、なりました。あなたが、とても――」

言葉を、最後まで紡ぐことはできなかった。

彼に強く抱きしめられ、そのまま唇を奪われたからだ。

「……っ」

唇と唇を重ねるだけのキス。でも、ぎゅうぎゅうに強く抱きしめられ、そして、唇も強く押しつけられては、身動きひとつ取れなくて。

好きで。幸せで。愛《いと》しくて。胸が苦しくて、たまらない。

「ナンナ……」

「ん、んん……っ」

短く呼吸し、再び性急に口づける。髪を梳《す》かれ、頬を撫でられ、彼がくれる熱にとろとろに蕩《とろ》けてしまいそうで。

ふと、目を開き、目の端に映る光景をぼんやりとした気持ちで見ていた。

蕩けるようなキスをくれる彼の背後が。ナンナたちの足元から伸びる影が。地面から、無数の黒い雷のように、あるいは、黒い炎や無数の腕のように闇夜《やみよ》に伸びる。

その光景に、夢のなかの景色が重なり、ナンナは理解する。

九年前の、ルド侵攻のことだった。

旧フェイレンの男たちに連れ去られそうになったとき、ナンナの周囲に、無数の黒い何かが地面から伸びて——顔を上げたその向こうに、黒い装束を着た、長い黒髪の男が立っていた。

あんな光景、いくらなんでも、夢だろうと思ってきたけれど。

(ルヴェイさまは……あの事件で、ルドを救った立役者)

あの、夢のなかで——いや、夢だと思い込んでいただけで、九年前、ルドの街で本当にナンナを

救ってくれていたのは――、

（やっぱり、あなただったのですね。ルヴェイさま）

もしかしたらという思いはあった。

けれどもそれが確信となり、ますます彼が愛しくなる。

ルヴェイは、ナンナのたったひとりの英雄。

彼への想いで胸をいっぱいにしながら、ナンナはそっと、目を閉じた。

◆　◇　◆

ふわふわとした気持ちのまま、ふたり、星降る夜空の下、たっぷりと互いの想いを確かめあった。

言葉は少なかった。

ただ、ナンナはルヴェイのことが好きで。

ルヴェイもナンナのことを好いてくれている。

想い合うという喜びを受け止めるだけで、あっというまに時間は過ぎてしまって。

最後の星が流れたあと、部屋へとふたり戻ってきて。

「ぁ……」

「ナンナ――」

どさりとベッドに下ろされて、ナンナは甘い吐息を漏らす。

彼は片手で小さな瓶を手にしたかと思うと迷いなくその中身を口に含んだ。そのまま齧《かじ》りつくようなキスをされ、唇をこじ開けられると、とろりと甘い液体が流れこんでくる。

もう何度も口にしているから、これがなにかわからないナンナではない。

避妊薬――それが意味することは、ただひとつ。もう我慢ができないのも、お互いさまらしい。

ルヴェイはジャケットを脱ぎ捨ててから、がばりとナンナに覆いかぶさった。性急にタイを緩め、シャツのボタンをいくつか外す。

ナンナのブラウスのリボンもほどいて、再び彼女の唇にキスを落とした。

「ぁ、ふぁ……」

「ナンナ……はぁ、ナンナ……」

ちゅ、ちゅう……ちゅ……。

唇が何度も何度も重ねられる。

けれども、まだ足りない。そう思っているのはナンナだけではないらしい。

「……もう少し、深くしても？」

「は、い……」

唇を親指の腹で拭《ぬぐ》いながら、彼はそう問うた。もちろん、はい以外の返事などない。

ゾクゾクとするような色気を纏《まと》った彼は、ナンナの返事を聞くなり、強く彼女の唇を吸う。

そのまま強引に唇をこじ開けられ、舌と舌が触れ合った。

「っ……」

これまで、繰り返してきたのはただの治癒行為だった。だから、唇へのキスだけは避けてきたのだ。

でも、想いが通じ合った今、遠慮する理由などなくなった。

これまでの分を取り戻すかのように、互いに唇を求め合い、深く、貪《むさぼ》り合う。じゅち、じゅち、と唾液《だえき》が絡まり、舌の根元まで犯されるような感覚に、ナンナの身体は熱くなる。

彼は器用に、ナンナの服を脱がせていき、あっという間に素肌に触れられた。

「ナンナ……愛している、ナンナ」

「ぁ、ルヴェイさま……っ」

「もっと、呼んでくれ」

「ルヴェイさまぁ……っ」

彼とは幾度も身体を重ねたけれども、挿れられる前から、こんなにも身体の芯《しん》がきゅんと切なくなったのははじめてだった。

早く彼が欲しくて、肌と肌を触れ合わせたくて、彼の服を引っ張る。

すると、心得たと言わんばかりに、彼がベストとシャツを一緒に脱いで、適当に放り投げる。

そのままナンナの下着を剥《は》ぎ取って、彼自身もまた、身につけていたものすべてを脱いでしまった。

「ぁ……っ」

「ナンナ、可愛い……きれい、きれいだ」

「ルヴェイさま……っ」

彼のモノはもうそそり勃《た》っていて、ナンナに欲情してくれているのがよくわかる。けれども、すぐに挿れるつもりはないらしく、ナンナの身体のあちこちにキスを落としていく。

ちう、と強く吸われるたびに、所有の印が刻まれる。本当に彼のものになったのだと思うと、幸福感に溺《おぼ》れてしまいそうだ。

「君をもっと、俺にくれ」

首に、胸に、お腹に——太腿《もも》を持ち上げて内腿にもキスをされた。ふくらはぎにも、そして足の甲にまで、数多のキスが降り注ぐ。

「ひゃっ、ルヴェイさま……ま、待って……」

「すまない——君が、想いを返してくれたと思うと」

彼がそっと息を吐く。

「今まで、ずっと、我慢してきたから——」

あれで我慢してきたの!? と驚くけれども、どうやら事実らしい。その証拠《しょうこ》として、彼は本気で、ナンナの全身に、あますことなくキスをくれるつもりらしい。

片方の脚を持ち上げ、彼はナンナの太腿に触れた。愛おしそうに頬ずりし、そのままちゅっと、内腿をキスされる。

彼の前髪がはらりと流れる。ちら、と視線をこちらに寄越した彼から壮絶な色気を感じ、ナンナは震えた。

「ひぁ……っ、あっ」

「ナンナ——」

彼は唇を落としていき、やがて太腿の付け根など、際どいところまでたっぷりと愛される。くすぐったさと羞恥《しゅうち》と期待で、ナンナは、自分の身体の芯がずくりと疼《うず》くのを感じていた。

大事なところには一切触れられていないというのに、すでにぐっしょりと濡《ぬ》れてしまっている。

とろとろと蜜《みつ》が腿を伝ってシーツを汚し、切なさと恥ずかしさで泣きそうになってしまう。

ぴちゃり、と。彼の舌がいよいよナンナの大事な部分に触れた。

「ひゃ、あああ……！」

はじめてではないのに、ナンナの身体が大きくうち震える。

肌の表面が熱くなったかのような、不思議な感覚。歓喜が押し寄せ、ナンナは己の身体を抱きながら、彼の愛撫《あいぶ》を感じていた。

「もう、とろとろだ」

「だって、ルヴェイさまが……」

いっぱい口づけて、焦《じ》らして――感じていないはずがない。

火照《ほて》った肌をどうすることもできなくてきゅっと身体を強ばらせる。ルヴェイはするすると太腿を撫でながら、本格的にナンナの膣《ちつ》内を攻略しはじめたらしい。

片方の手で花弁を広げ、そこに唇を押し当てる。じゅじゅじゅ、とわざと音を立てて吸い上げられると、羞恥でますます身体が強ばってしまう。

「ナンナ、ナンナ……」

「あ、はぁ……ん、ルヴェイ、さまぁ……！」

「ああ。もっと、感じてくれ」

なかを舌で捏《こ》ねられるのと同時に、花芽をいじられると、抗《あらが》いようのない快感が押し寄せてくる。

びくんっ、びくんっと太腿が大きく震えると、彼は宥《なだ》めるように撫でてくれる。よしよしと甘やかしながらも、口での愛撫は全然やめてくれない。

「ああ、ナンナ、可愛い」

てしまう。

「ひゃ、あ、あ、……！」

やがて花芽を弾《はじ》かれた瞬間、ナンナの身体は仰け反った。押し寄せる快感に抗うことができず、果

「ん、んぅ……」

全身がぶるぶると震え、なにかを掴みたくて、でも、できなくて。

「ルヴェイ、さまぁ……」

泣きそうになりながら彼の名を呼ぶと、ようやくルヴェイが顔を上げてくれる。

「ナンナ、可愛い」

そのまま身体を起こし、ルヴェイはいよいよ己の熱杭《ねつくい》をあてがった。

「ま、……今、わたし……っ」

「ナンナ、もっと感じて、くれ」

「あああ……っ」

この日のルヴェイは待ってなんかくれない。彼自身がナンナを強く求めてくれるのがわかって、ナンナも幸せに溺れそうだった。

ずぶぶぶ、と彼のものが挿入され、強すぎる快感がナンナを支配する。

全身がビリビリするような感覚は、苦しいくらいだ。それでも、ナンナは幸せで、手を伸ばす。

「ルヴェイさま……」

さっきから、下半身ばかり。ナンナ自身も彼を抱きしめたくて、おねだりする。

こうして身体を重ねるとき、ナンナが彼に掴まりたがることは、彼も理解してくれているらしい。

くしゃりと目を細めて笑い、彼はそのままナンナに覆いかぶさった。

「ぁ、くぅ……ナンナ……」

「ルヴェイさま、もっと……」

「ああ……っ」

彼の背中に腕を回し、しがみつく。彼もまたナンナを強く抱きしめてくれ、ナンナの肩口に顔を埋めた。

彼の心臓の鼓動が聞こえる。

どくっ、どくっと強く、速く鼓動している。余裕がないのは彼も同じなんだって思うと、たまらない。

顔を埋めたルヴェイは、そこにもたくさんのキスをくれて――ナンナは彼の髪を梳かしながら、甘えるように擦り寄った。

「唇には、してくださらないのですか……？」

だって、まだまだ足りないのだから。

「ナンナ――」

彼は驚いたように顔を上げ、なんだか泣き出しそうな顔をして目を細めた。

「君が、好きだ」

「はい」

「愛している」

「わたしもです、ルヴェイさま」

そう言葉を紡いだ瞬間、彼は表情をくしゃくしゃにして、さらに深いキスをくれた。

たっぷりと舌を絡ませながら、互いの存在を感じ合う。

ぐちゅっ、ぐちゅっ。容赦なく腰を叩きつけるような激しい抽送。強すぎる快感は苦しいけれど、ナンナは多幸感を感じていた。

こうして、彼が感情を剥《む》き出しにして、ナンナを愛してくれるのが嬉しかった。

今までの治癒行為とは全然違う。

だって、こんなに彼に、求められている。それは彼自身がナンナに甘えてくれているからこそで
――彼が自分本位に抱いてくれるのがたまらなく幸せだった。

「は……ぁあっ」

ナンナの睫《まつげ》毛がふるると震える。ああ、このまま溶けてしまいそうだ。

「ナンナ……ナンナ……」

名前を呼び、キスをして、身体の奥深くまで繋がり合って。どろどろに蕩けるような感覚に、ナンナは溺れていく。

互いの汗が混じり合い、室内に肌がぶつかる音と、淫靡《いんび》な水音が響きわたる。

たくさん愛し合い、求め合い。やがて再び意識が攫われそうになってナンナの身体は跳ねる。

ルヴェイも甘く息を吐きながら、ひたむきにナンナを求めてくれた。

「ナンナ……もう、くっ……」

「ん。きてください、ルヴェイ、さま……」

「ああ、愛して、る……っ」

瞬間、彼のものから精がたっぷりと吐き出された。

どくっどくっ、と強く脈動するのを感じると同時に、ナンナの意識も攫われる。瞬間、ナンナの膣がきゅっと締まり、ルヴェイが呻《うめ》いた。

「は……はぁ、はぁっ……」

彼から甘い吐息が漏れ、ナンナもまた、彼の頭を抱える。そのまま再び唇を重ねあい――ただ、彼の熱をもっと感じていたいと欲望のままに唇を求める。

（すき……）

ナンナの腕のなかで、ぶるぶると震えたまま、顔を寄せてくれる彼が。

（もっと、たくさん……あまえて、ほしい……）

縋《すが》るように、ナンナを抱きしめたままでいてくれる、彼に。

ちゅ、ちゅ……とリップ音を立てながら、彼にいっぱいキスを贈る。

唇に、額に、頬に、眦《まなじり》に。

じっとりと汗ばんでいる彼が愛しくてどうしようもなくて、彼にももっと幸せを感じてほしくて、何度も。何度も。

「ルヴェイさま、すき……」

「っ……」

「しあわせ。きもち……い」

「な、ナンナ……」

いつもだったら、ここでギフトが発動して、たちまちナンナは意識を失ってしまっていた。

けれどもこれは治癒行為ではない。だから、気を失うことだってない。

彼の存在を感じて、愛して、もっと深く繋がっていい。

そう思うと、もう全身くったりして汗びっしょりなのに、もっと彼に甘えたくなってしまう。

「ルヴェイさま……もっと……」

ちゅ、ちゅ、と彼にたくさんキスをするうちに、繋がったままの彼のものが、再び芯を持ちはじめるのがわかった。

「っ、ナンナ、これ以上は――」

「だめ、ですか？」

「だが――」

甘えるように額をくっつけると、彼の三白眼がふるると震えるのがわかった。

「わたし、もっと……ルヴェイさまを、かんじたい、です」

「っ、っ、っ……！」

「いっぱい……いっぱい、すきです」

「ナンナ……」

満たされている。でも足りない。

こんな想いを抱くのははじめてで――でも、ナンナひとりじゃ、この感情を持てあましてしまう。

「だから……ね？」

甘い共犯者を誘うように、ナンナは彼に擦り寄った。

これは、治癒行為ではない。だからもっと、心が満たされるまで、たっぷり愛し合ってもいいじゃないか。

　ナンナの気持ちが伝わったのか。彼も、ナンナの髪をたっぷり梳かして、それから手を繋ぎ、指を絡め合って。それでもまだ触れ足りないと、唇を重ねて——、

「いいんだな？」

　そう問うた。

　こくりとナンナが首を縦に振ると、彼の三白眼が震えた。そうして彼は、ぎゅっと唇を引き結んだのち、表情を緩める。

　愛しくて、たまらない。

　そう雄弁に語る彼の表情を見て、ナンナもまた、目を細める。

　与えられるだけじゃない。たくさん、彼を愛して、幸せにしたい。

　そう願いながら、ナンナはしっかりと、彼を強く抱きしめた。

エピローグ

ずうううん。

その日、オーウェンの執務室の空気は非常に重かった。

ルヴェイ自身が纏《まと》う空気が、いつにも増して陰気くさい。というか、じめじめしている。

突然何かを思い出し、春の陽気のようにふわっと空気が緩む瞬間があるものの、すぐに何かに打ちひしがれ、哀愁含む様子で頭《こうべ》を垂れるのだった。

感情の振れ幅が大きすぎる。

ふわっ。ふわっ。

いつになく影も制御しきれないらしく、まるで尻尾《しっぽ》のようにゆるゆるゆらりと揺れたり、萎《しお》れてへなへなになったりと忙しい。

「ねえ、ルヴェイ」

見かねたオーウェンがにっこりと微笑《ほほえ》んで、先に話を聞こうではないかと彼を促したのだった。

降星祭《こうせいさい》から一週間――。

男三人による定例会は予定を繰り上げて執り行われた。

このところ、度重なる重要任務でルヴェイが不在だったせいか、オーウェンとカインリッツも、事の次第を聞きたくて、首を長くして待っていたらしい。

カインリッツなど、あの降星祭の日、それなりにひどい目に遭ったはず。それでも彼はけろっとした様子で、むしろナンナへの告白がうまくいったのか、そればかり気にしているようだ。

いよいよルヴェイを捕まえたと、先ほどから興味津々《きょうみしんしん》な様子で、目をらんらんと輝かせている。

彼らに前のめりに事情を聞かれ、物怖《ものお》じする。だが、今まで相談に乗ってくれていたという恩義もあり、降星祭についての報告からは逃げられそうもない。

つまり――、

「俺《おれ》は……至らなかったん、です」

「は⁉」

「ええ⁉」

重い口を開くなり、オーウェンたちが驚愕《きょうがく》する。

「え⁉　待て、ルヴェイ⁉　君、振られたの⁉」

「うっそだろ、あれだけいい雰囲気出しておいて⁉　ナンナ嬢⁉」

あ。しまった、言葉を間違えたとルヴェイはふるふると首を横に振る。

「そう、では、なくっ！　ちが！　ふ、ふ、っ、……など……っ‼」

ないないない。あってはならない！

この世界には言霊《ことだま》というものがあって、口にすると神がその言葉を耳にして、気まぐれに叶《かな》えてしまうことがあるのだという。

冗談でもそのようなことを口にしてほしくなくて、ルヴェイは必死で主張した。

「違いますっ！　ナンナには、ちゃんと……その。受け入れて、もらえて」

「なんだ。ああ、よかったじゃないかルヴェイ」

「うおおお、おめでとうっ！　幸せにっ……！　幸せになれよ……っ!!」

オーウェンは満面の笑みで、そしてカインリッツに至っては滂沱《ぼうだ》の涙を流しながら祝福の言葉をくれる。

もちろん彼らの祝福はとてもありがたい。ルヴェイ自身も、幸福な気持ちを否定できるわけもなく、浮かれてしまっている。

ただ、どうしても引っかかっていることもあり、ルヴェイは両手を握りしめ、そっと目を伏せた。

「？　どうした、まだ何か心配ごとでも？」

「いえ、その……」

もじもじもじ、と言い淀《よど》む。

でも、このふたりに隠してはいられないかと、いよいよ観念した。

「想いは……その。受け入れて、もらえたの、ですが。…………あの」

身を乗り出してくるふたりに圧倒されつつも、思い切って口にした。

「結局……プロポーズが、できて、おらず」

「え？」

「は？」

「……」

周囲が沈黙に包まれた。

ルヴェイも、まさかとは思ったのだ。

あの降星祭の夜――美しい星空の下で、彼女と想いを確かめ合った。

彼女が想いを受け止めるだけでなく、愛を返してくれたことがあまりに嬉《うれ》しくて、プロポーズの言葉なんて完全に飛んでしまっていた。

彼女にもう一度告白して、改めてプロポーズをするという当初の計画は、たった半分しか達成できなかった！

「次は、……来年……？」

「え？」

「いやいやいや！　いつでもすればいいじゃないか⁉」

何を言い出すんだと、オーウェンまで目を白黒させている。

ナンナはロマンチストであることを加味しても、降星祭は一年で一番プロポーズするに相応《ふさわ》しい日であったはずなのに。肝心なところが飛んでいた自分が情けない。

人々の注目を集めたのもまた、ルヴェイにとっては決意の表れだ。それを彼女に見てほしかった。

――彼女のそばにいるのに相応しい自分になりたくて、ここそ生きることをやめようと、決意したからこそ。

堂々と彼女と手を繋《つな》いで、太陽の下を歩きたい。

彼女の相手は自分なのだと、この街の人々に知らしめたい。

彼女には、きっと、暖かな日差しがよく似合うから。朗らかに笑う彼女のそばに立ちたい、そう願って――彼女に想いを返してもらえて。

夢にまで見た最高の夜を過ごし、幸せに溺《おぼ》れながら彼女を愛し、向きあって――ようやく気づけたことがある。

――まだ、自分には、彼女にプロポーズする資格がないのかもしれない、と。

「……本当に、俺は至らなかったのです」

気持ちばかりが先走ってしまい、全然見えていなかった。

ルヴェイの相手に自分は相応しくないのではと真剣に悩んでくれた彼女に申し訳が立たない。

「今の俺では、まだ――」

だからルヴェイはそっと目を伏せる。

「色々、精算せねばならないことが、あります」

彼女と想いが通じて、思い知ったことがある。

ルヴェイが抱える過去も、事情も。彼女が解いてくれた呪《のろ》いのことだって――彼女にはまだ話せていないことがあまりに多い。

それでは不誠実ではないかと思うようになって――また、ルヴェイは躓《つまず》いてしまって。

「なるほどな。――まあ、君自身にその自覚があるなら、問題ないと思うがな」

「ナンナ嬢は懐が深いからな。きっと受け止めてくれるさ」

「ああ……」

そうであれば、いいと思う。

旧フェイレン人であるルヴェイに対しても、どこにでもいるただの男のように接してくれる。そんな彼女に惹《ひ》かれて止《や》まないのも、きっと、彼女のそばが居心地がいいからだ。

「全部、ひとつひとつ解決していけばいいんだ。君たちには、まだまだ時間がある」

そう言って、オーウェンはすっと、ルヴェイの前に一枚の書類を差し出した。

それは彼女のルド時代の調査報告だった。新しく戸籍を与えるのではなく、かつての戸籍を復籍させる方向で事を進めてくれているらしい。そうすれば、彼女が手放す必要のなかったものが、取り戻せるから。

予想通り、気になる記載もいくつか見つけてしまい、ルヴェイは目を見張る。

「やはり……」

予想は、確信となる。

ずっと気になっていたのだ。どうしてワイアール家が、あそこまでナンナにこだわっていたのか。

彼の家も今、落ちた信用を取り戻すために大変なことになっているようだけれども――なるほど、こんな事情があったのか。

「これでナンナも前に進める。――ルヴェイ。君だけが足踏みしているわけにはいかない、だろう?」

「ナンナ嬢を幸せにしてやらねばな！」

カインリッツもまた、大きく頷《うなず》いた。

◆　◇　◆

「ナンナちゃん、最近綺麗《きれい》になった？」

「お店の雰囲気がますます明るくなって。店長、ほんといい子を雇ったねえ」

なんて、お客さんに褒められるたびにそわそわしてしまう。

綺麗、だなんて褒め言葉を使われることなど、これまでなかった。痩《や》せぎすで、童顔、子供っぽい自分では、せいぜいが「可愛《かわい》い」止まりだったから。

けれどもこのところ、大人《おとな》っぽくなったと言われることが増えて、ナンナは赤面してばかりだ。

（えっと。うん。好きな人がいるって、すごいね……？）

どうにも浮かれてしまう。でも、実際毎日がとても楽しい。

お店を閉める時間には可能な限りルヴェイが迎えに来てくれて、ふたりで並んで帰る何気ないひとときまで満ち足りている。

今日も彼は迎えに来てくれると言っていたから、今から待ち遠しい。

――カランカラン。

ちょうどそこでベルが鳴り、夕刊の配達があった。

ナンナはそれを受け取るなりバージルへ渡しに行き、自分は店内を整える。

しばらく経《た》ったあと、わー！　と、奥からバージルの驚きの声が聞こえて、ばたばた表にやってきた。

「大変だっ！　すごい、これ見て、ナンナちゃん！」

彼がナンナに差し出したのは、先ほど届けられた夕刊だった。

ばんっ！　とバージルが強めに指さした箇所の文字が目に入り、ナンナは目を丸める。

そこには、ちょうど昨日起こったらしいとある誘拐事件に関する記事が載っていた。どうやら騎士団が犯人の身柄を押さえたらしく、ナンナは興味深くその記事を追って――、

「手柄を上げたのは、青騎士団第二部隊………ルヴェイ・リー？」

——頭が真っ白になった。

「ルヴェイさま⁉」

いったい何が起こっているのか、さっぱり理解できなかった。

だって。あのルヴェイなのだ。

なにか手柄を立てるたびに、その功績をカインリッツに押しつけてきた彼が、どうしてこのような記事にその名を書かれているのか。

「すごいねえ、ナンナちゃんの彼氏くんは……！」

興奮したバージルの隣で、くらくらしながら記事の続きを読む。すると、先日の降星祭で池を跳躍した男と同一人物であるらしいと、懇切丁寧に書き記されてある。

まさに絶賛だった。

あんなにも素晴らしい身体能力、魔法能力、そしてギフトに恵まれた人間が、これまでこの国の影として働いてくれていた。これからの彼の働きに是非期待したいと、締められている。

ゆるゆると実感が湧《わ》いてきて、ナンナは狼狽する。

「いったい……なにが、どうして？」

ルヴェイが難解事件を片付けたというのは、別に不思議なことではない。

呪いが解かれ、魔力が完全に解放された彼はもはや無敵だ。夜の時間帯であればなおさら、彼に敵《かな》う人間なんていないと思う。

（でも……ルヴェイさまは今までずっと、カインリッツさまに）

表に出るのは徹底して、嫌っていたはずだ。

「ルヴェイさんってば青騎士さまだったんだ。どうして教えてくれなかったのさ⁉　すごいねえ、ナンナちゃん！」

「えっ⁉」

興奮するバージルの横で、ナンナは完全に混乱していた。

そうか。彼は身分すら明かしてこなかった。

彼がこのような記事を書かせることを、よしとするとは考えにくいのに。

(なにか心境の変化、とか)

……顔が妙に熱い。

きっかけとして、ひとつだけ思い当たることがある。でも、そんなの、自惚《うぬぼ》れがすぎないだろうか。

(とにかく、話を――)

もう、夕暮れどきだ。今日もまもなく彼が迎えに来てくれるはず。

聞きたいことが山ほどできてしまった。だから早くお店を片付けないと。

カランカラーン。

そうして店仕舞いを進めていると、クローズドの看板を無視して、入口のドアが開かれる。

慌てて片付けたのもあり、ナンナもしっかり帰宅準備を終えていて。

いつもの通り、黒いコートを纏ったルヴェイがそこには佇《たたず》んでいた。

◆　◇　◆

すっかりと暗くなった道を、ふたり並んで歩く。

ルヴェイは左手で、ナンナの小さな右手をしっかりと握っていて。……いつもよりちょっとだけ、彼の手に力がこもっている。

先ほどからずっと、ルヴェイは無言だった。

何かを訴えるような目を、ナンナに向けたり、逸《そ》らしたり。そうして忙《せわ》しなくきょろきょろしているときは、彼が何かを伝えたいときなのだと、ナンナはすでに学んでいる。

だからきゅっと、掴《つか》んでいた手に力を入れてみる。すると、ルヴェイはふるると視線を震わせてから、口元をきゅっと引き結ぶ。

「今日の夕食は、わたしが準備しますね」

このところ、彼が迎えに来てくれた日は、そのままナンナの家で一緒に夕食をとることが多い。

とはいえ、結婚しているわけでもないし、彼は基本的にはそのあと自分の家に帰っていく。ナンナが翌日お休みの日や、……まあ、そうじゃない日もたまに、彼がナンナの家に泊まっていく日もあるけれど、今日はどうだろうか。

「いや、俺が」

「ふふ。お仕事頑張ったんでしょう？　だったら、労《ねぎら》うのはわたしの役割です」

そう言うなり、彼の三白眼がふるりと震えた。

「……知っていたのか」

「実は先ほど、夕刊で」

あれを読んだのか、と、諦《あきら》めるようにしてルヴェイはほうと息を吐く。

それからもう一度深く呼吸したのち、彼はそっと教えてくれた。

「君に誇れる俺でありたかった。それだけだ」

「ルヴェイさま」

「隠れるのももう終わりにする」

「はい」

これは、完全にナンナの勝手な想像だけれども、きっと彼は、ナンナのことを考えてくれているのだと思う。

誰《だれ》に憚《はばか》ることもなく、太陽の下を、手を繋いで歩く。そんな当たり前な毎日を、ナンナに与えてくれるために。

降星祭の夜に、人々の前で堂々とギフトを披露した彼を見たときから、そう感じてはいたのだ。

「ふふ」

気恥ずかしそうに、ルヴェイはじっと進行方向を見つめてばかり。前髪が風で流れ、彼の顔がよく見えた。

黒のコートを纏った、どう考えても常人ならざる人。

陰気な雰囲気は相変わらずで——でも、本当はとても穏やかで、優しい人であることは、ナンナが一番知っている。

〈影の英雄〉だからと、一歩引いていたのはナンナもだった。

でも、彼と同じ。それももう終わりだ。

隣で歩いてくれるのがどんな彼であっても、構わない。

ルヴェイはルヴェイだ。

表に出ようが、裏で活躍しようが、いずれにせよナンナは彼を支えるだけ。

「——どうした？」

「いいえ」

ナンナの前では、あどけない表情を見せる彼がとても愛《いと》おしい。

早くふたりでゆっくりしたくて——ちょっとだけ甘い想像もしながら、ナンナは目を細めた。

夕日もとっくに沈んでしまったというのに、互いに頰《ほお》が赤い気がする。

毎日、毎時間、こうして彼にドキドキさせられてばかりだ。

でも——、

(どこにでもいる、ただの男の人)

彼はとても特別な人間で——なのに、彼と一緒に過ごす穏やかな時間とか、どこにでもあるような優しい時間を過ごせることが、ナンナはとても幸せで。

これからも、こんなささやかな日常を嚙《か》みしめていきたくて。

はにかんだ笑顔を浮かべると、彼もふと、表情を緩めてくれて。

——次の瞬間には、彼の唇が、ナンナのそれをかすめている。

「……」

「……家まで我慢が利かなかった。許せ」

「……はい」

つい甘い想像に溺れてしまったのは、ナンナだけではなかったらしい。

くすりと笑って、手にちょっと力を入れたら、同じように握り返してくれる。

そんな、この街のありふれた恋人として当たり前の関係が、ナンナにはとても心地よくて。

「……やっぱり、夕食の支度手伝ってください」

そうすれば、もっとゆっくり、ふたりの時間を過ごせるかもしれない。

「もちろん、ナンナ」

まずは今日の夕食はなににしようか。

そんな何気ない話をしながら、彼らはふたり並んで帰っていった。

書籍版書き下ろし

MELISSA

彼女は俺のもの

腕の中に閉じ込めて、もう少しだけ、独《ひと》り占めしていたい。

ルヴェイだけのものにならなくてもいい。皆に愛され、朗らかに笑うナンナが好きだから――など
と自分に言い聞かせる。

だって、彼女はルヴェイを選んで、この手を握り返してくれた。それだけでこの上なく幸せなはず
なのに――。

「んっ、ぁ、……ルヴェイ、さま……っ」

いつもはきらきらと輝く快活な瞳《ひとみ》も、ルヴェイの腕の中にいるときだけは、とろりとうるむ。

淫《みだ》らに身体《からだ》をくねらせて喘《あえ》ぐ彼女をもっとよくしたくて、ルヴェイはくにくにと彼女の膣《ちつ》内を解《ほぐ》し
ながら、慎ましい胸元に口づける。ちう、と強く吸いつくと、はっきりとした赤が彼女の白い肌に刻
まれた。

その色彩を見てようやく、ルヴェイは安堵《あんど》したように口元を緩める。

だめだ。

殊勝な考えでは、満足できやしない。

――やっぱり彼女はルヴェイのもの。

もの、だなんて表現に違和感を感じつつも、ルヴェイはその言葉に縋《すが》りたかった。

自分がこんなにも、独占欲の塊だったということを、はじめて知った。

昼間の出来事を思い出しながら、ルヴェイは焦燥感に駆られつつ、彼女の身体を貪《むさぼ》るのだ。

ナンナと想いを通わせてからというもの、彼女と会話するたびに胸が弾んだり、触れあうたびに、言いようのない幸せに包まれたり――知らない感情に戸惑うこともあれど、ルヴェイの心の中にはいつもナンナがいた。

彼女と共に生きていきたい。だから、ルヴェイの生き方自体にも大きな変化が起こりつつあった。特に、仕事に対する姿勢や、その仕事内容に。

今まで、騎士などという身分はあくまで名目上のものだった。ルヴェイ自身が望んだこともあって、いつも王太子であるオーウェンの影として、裏の仕事ばかりをこなしていた。

ただ、ナンナと過ごしていくうちに、彼女の隣を歩いていくためには、今の自分のままではだめだと考えるようになったのだ。

オーウェンも理解を示してくれて、『今まで、私たちが君に甘えすぎていたんだ』と、笑って受け止めてくれた。

彼やカインリッツの配慮もあって、少しずつだけれど、ルヴェイを取り巻く環境自体が変わってきているわけだ。

他《ほか》の青騎士たちの任務に同行することも、共に訓練をすることだって増えたし――カインリッツたっての願いで、彼らの剣技を鍛える役目も与えられた。

……が、他の騎士たちと接点を持ちはじめて早々に、恐れられるようになってしまったのも事実。

オーウェンの直属として重宝されていたことや、カインリッツに異常なほどに慕われていること、その他色々ワケアリそうな雰囲気もあったせいか、元々、遠巻きにされていることは知っていた。が、直接接する機会が増え、愛想もなければ目つきも悪い、そのうえ稽古《けいこ》が厳しすぎるということで、輪をかけて恐れられるようになってしまったらしい。

元々、怪しまれたり恐れられたりするのは日常茶飯事だったため、どうということもなかったのだが——そんな現状を、例のごとく、カインリッツが憂慮したというわけだ。

結果、何を思ったのか全く理解できないが、ルヴェイと他の隊員たちの溝を埋めようと、あの馬《ば》鹿《か》が勝手に動いたのだった。

◆◇◆

それは、訓練場にて他の騎士たちの剣の相手をしていたときだった。

王城の東側にある訓練場の入口付近。石造りのアーチになっているそこに、ちょこんと愛《いと》しい人が立っていたのだ。

(ナンナ？　どうして、こんな場所に……？)

彼女の存在を見つけるだけで、ルヴェイの世界は色彩を変える。

元々、素朴で動きやすい服装を好む彼女も、この日は普段よりも上質な衣装を選んだらしい。よそ行きの淡い水色の生地に白い大きな襟《えり》が印象的なワンピースを着た彼女は、いつもより少し大人《おとな》っぽく見える。

彼女は大きなバスケットを大切そうに抱えながら、訓練場を興味深そうに眺めていた。

カインリッツが隣に立っているあたり、きっとヤツが強引に誘ったのだろう。

いったいなぜ、何のために？　と疑問に思うが、それを突き詰める余裕などなかった。光の英雄がわざわざ連れてきた娘は誰《だれ》だと、他の騎士たちが色めき立っていたからだ。

当然、ルヴェイの心はざらついた。

いても立ってもいられなくて、すぐさま勝負にケリをつけて、ナンナの元へと跳躍する。

「ナンナ！」

駆け寄るなり、ナンナはぱああと表情を明るくした。

「ルヴェイさま！　お疲れさまです」

そう呼びかけながら、ぱたぱたと駆け寄ってくる彼女が愛らしい。

げんきんなもので、そんな彼女の笑顔を見るだけで、先ほどまでの心のざらつきもどこへやら。たちまち、ルヴェイの心は温かく解けていく。

「どうしたんだ？　いったいなぜ、ここに？」

そう疑問を投げかけると、ナンナは手に持っていたバスケットを掲げて、なにやら得意げに笑ってみせた。

「――見学に来ないかって。カインリッツさまに誘って頂いたのです」

これ、差し入れです、とはにかむ彼女をすぐさま抱きしめたくなったが、場所が場所だ。湧《わ》き起こる欲をどうにか呑《の》み込みながらも、どうしても表情が緩んでしまう。

ふ、と笑みがこぼれた瞬間、周囲がざわめいた。

あのルヴェイさんが？　なんて声がちらほらと聞こえたが、もちろんルヴェイはそれらを黙殺する。

そしてナンナを訓練場の中へといざなったのだった。

本来ならばルヴェイ自ら、彼女の案内役を買って出たかったが、それは許されなかった。ナンナはどうも、ルヴェイの訓練姿を見るのを楽しみにしていたらしいので。元々見せ物になることは好まぬ気質ではあるのだが、ナンナが望むのならば吝《やぶさ》かではない。

ルヴェイは先ほどと同じように剣を構え、他の騎士たちの訓練に付き合うことになった。

彼女がすぐそばにいるというのに、騎士どもの相手をせねばならないのは残念の一言だ。それでも、せっかくならば少しでもいいところを見せたいと思ってしまうあたり、自分にも俗っぽいところがあったのかと苦笑してしまう。

一方のナンナには、椅子《いす》を用意させ、訓練場の端で見学してもらうことになった。護衛も兼ねてカインリッツを残し、ルヴェイは訓練へと戻ったわけだが――。

ルヴェイの心の中に、新たなる不安が膨らんでいくのを感じていた。

……いつになく彼女が、その可愛《かわい》らしい目をきらきら輝かせていたのが引っかかっている。

こうして剣を振りながらも、彼女のあの表情が気がかりで、どうも集中しきれない。……まあ、二、三人程度の相手なら、考えごとをしながらでも十分対応はできるのだが。

（ナンナ、君はやはり……）

彼女と共に過ごす中で、彼女の趣味趣向を知る機会が大いに増えた。

彼女は普段から大衆小説を好んで読んでいて――先ほどのきらきらした目は、騎士物語を読むときに見せる、アレだ。間違いない。

（……そんなに、騎士たちの訓練を見るのが楽しみだったのか……？）

言ってしまえば、ここ騎士団の訓練場は、彼女好みの男の巣窟《そうくつ》だ。

どうもルヴェイは心が狭いらしく、彼女が他の騎士に少しでも興味を持つこと自体、あまりいい気持ちにはなれないらしい。

（……いや。何を弱気になっている、ルヴェイ！）

対峙《たいじ》する騎士たちの剣を受け流しながら、ルヴェイは自分に言い聞かせる。

（俺は彼女を信じている！　信じては、いるの、だが……！）

彼女がどれほど深く自分に想いを寄せてくれているか、きちんと理解しているつもりだ。そこを疑うはずもないが、それはそれ、これはこれだ。

根本的にルヴェイは、自分に男としての魅力があるとは思っていない。

武力では誰にも負ける気はしないが、それだけで魅力的だと言い切れるほど、ルヴェイの頭はおめでたくない。

どうせ気も利かないし会話も弾まない、つまらない男であることは自覚している。

彼女の愛を信じてはいるが、心の奥底に燻《くすぶ》る不安が消えることは、この先もないのだろう。

対するこの騎士団の他の男たちはどうだ。

平民からのたたき上げも混じってはいるものの、その多くが貴族の子息で構成されている。

見目がよく、当然身なりも整った者ばかりだし、所作も洗練されている。

異民族である自分とは異なり、長身で、甘いマスク……とでも言えばいいのだろうか。まさに彼女が好む騎士物語に出てきそうな男たちが揃《そろ》い踏みというわけだ。ナンナが興味を持つのも仕方がない。

そして、ルヴェイの不安はナンナだけに留《とど》まらない。

ここの騎士たちも騎士たちで、先ほどからナンナに興味を示し、隙《すき》あらば話しかけようとしているのだ。

もし騎士たちに声をかけられて、ナンナが頬《ほお》を赤らめでもしてみろ。……正直、正気でいられる自信がない。全然ない。まったくもってない。不可能だ。

瞬時にその騎士の元へ跳躍し、影でぐるぐる巻きにしたあと、訓練場の裏に連れていき、ありとあらゆる苦痛を——とまで想像したところで、いかんいかんと首を振る。

あまりに物騒なことをやらかすと、今度はルヴェイが彼女に嫌われかねない。

(そうだ。嫌われ。嫌わ……れ……)

訓練の最中だというのに、股間《こかん》がひゅんとなった。

嫌われる、だなんて言葉を思い浮かべるだけで、背筋が凍る。

他の騎士たちへの勝手な嫉妬《しっと》もどこへやら。冷や水を浴びるがごとく、ルヴェイは一瞬で冷静になり、訓練に意識を向けるしかなくなる。

「脇《わき》が甘い！　そんなことでは、戦場ですぐに殺されるぞ！」

……多少、厳しくなるのは仕方がないことにする。

(まあ、他の騎士が彼女に興味を持つのも、当然と言えばそうか……)

ただでさえルヴェイ自身も、このところ注目されがちなのだ。

オーウェンの影として働いていたこれまでのルヴェイの立ち位置は、本当に特殊なものだった。

大きな任務の際も、影から他の騎士たちを助けることがほとんど。一部の騎士とは連携を取っていたものの、基本は単独行動だ。

それが先日の〈灰迅《かいじん》〉のアジトでの作戦ではどうだ。敵から攻撃を受けた騎士を、思わず庇《かば》ってしまった。わざわざ影から表に出て庇うなど、あまりにルヴェイらしくない。

さらにこのところ急に、表の任務に同行するようになったことで、皆、いったい何が起こったのだと不思議に思っているようだった。

そんなルヴェイが心を砕いている娘に対し、皆が興味を持ってしまうのは、当たり前とも言える。

（あの夜、カインが呼んだのもな……）

ルヴェイが大怪我《けが》を負った大捕物の夜、なぜか騎士寮に連れてこられたという娘の噂《うわさ》も、かなり広がっているようだし……。

なにせあの夜、上級回復薬《ポーション》でも治癒《ちゆ》しきれなかったはずのルヴェイの怪我が、たった一夜で綺麗《きれい》さっぱり治ってしまったのだ。

今日の訪問で、件《くだん》の娘がナンナであったということも、まず間違いなく伝わってしまっただろう。

ナンナのギフトを知る者はほとんどいないし、当然箝口令《かんこうれい》も敷かれている。が、妙な勘ぐりをする者も出てきているはず。

彼女がルヴェイの恋人だと知られること自体は吝かではない。だが、皆の興味が変な方向にいかないかが非常に気がかりなのである。

……もちろん、彼女はとても可憐《かれん》だし。当然、そちらの意味でも心配になってしまうわけだが。

「もし、レディ。今日は見学ですか？」

――ほら、みたことか。

離れた場所で他の男たちに稽古をつけながらも、ルヴェイは聞き漏らさなかった。

早く勝負を終えた騎士たちが、我先にと彼女に話しかけていたのだ。

しかも、ナンナについていたはずのカインリッツまで、彼らを受け入れる姿勢だ。と言うか、喜んで談笑をはじめるなど、なんと役に立たない護衛なのだろうか！

（……読めたぞ）

ルヴェイの眼光が鋭くなった。

対峙している騎士たちの悲鳴が聞こえたが、それもこれも全部カインリッツのせいだ。苦情は彼に言ってもらおう。

——カインリッツがナンナを連れてきた時点で、何か思惑があるのだろうとは思っていた。

あの男は、ルヴェイのためだと吹かしながら、なんだかんだと勝手に行動しすぎるきらいがある。

それがまた、どれもこれも回りくどく、大げさなのだ。

（カイン、いくらなんでも、それは許せん……！）

きっとヤツにはナンナと騎士団の男たちを懇意にさせようという思惑があったのだろう。

人当たりのいい彼女に、騎士たちと会話をさせることで、彼女を選んだルヴェイに親近感を持たせようという、非常に回りくどく、ありがた迷惑なことをしようとしているらしい。

曰《いわ》く「何ごとも草の根運動が大事だからな！」が口ぐせの男だが、今回ばかりは黙っていられない。

ナンナが楽しみにしていたところ悪いが、やはりこの訓練の決着は早々につけることにしよう。

……でないと、気が気ではないので。

ルヴェイは身体能力強化の魔法をさらに強め、聴力と視力を向上させる。すると、遠くで語り合う男たちの声がさらにはっきりと聞こえた。

「君のような可憐な女性が、彼の？」

「へぇえ、いつも怖い顔ばかりしてるのに。ルヴェイさんは、君には優しいのかい？」

騎士たちの問いかけに、ナンナは頬を染めて笑っているようだった。

（く……っ！）

だから！　それが！

その表情だけは見たくなかったのだ!!

ぎりりと奥歯を噛《か》みしめ、影を放出させようとして――踏み止《と》まった。感じたことのない類《たぐ》いのどろどろした感情が己の中に渦《うず》巻いていき、我慢できなくなる。

影の代わりに下段から剣を振り上げ、ひとりの騎士を怯《ひる》ませた。構えが崩れたところを蹴倒《けたお》し、慌てる他の騎士に向き直る。ギンッ！　と容赦なく殺気をぶつけると、恐怖で皆が硬直する。

――わかっている。これはすなわち、ただのやつあたりだ。

いつも、皆の中心で笑う彼女のことを好ましく思っているが、今だけは素通りできかねる。

（訓練をっ！　見に来てくれたのでは、なかったのか……！）

そんな男たちより、自分に目を向けてくれ。――なんて、一方的すぎる思いが膨らんでいった。

狭量な自分に嫌気がさすが、こればかりはどうしようもない。

いよいよ堪《た》えきれなくなって、ルヴェイは、稽古をつけていた騎士たちを打ち負かした。

「――訓練はここまでだ！」

そう宣言するなり、ぐりんと、ナンナたちの方へと顔を向ける。

輪の中心で上機嫌で笑うカインリッツの顔が憎らしい。

「でさ。ルヴェイのヤツ、ナンナ嬢をあの家から連れ出すって躍起になってなぁ――」

どうも妄想混じりのなれ初めらしき何かを、声高らかに語っているようだが、正直、殺意しか湧いてこない。

ルヴェイは己の脚にも身体強化の魔法をかけ、全力で跳躍した。

ほんの数歩で彼女たちの輪の中に割り込むと、周囲の騎士たちが呆気《あっけ》にとられ、ぽかんと口を開けた。当然、それも無視の一択だ。

「ルヴェイさま?」

輪の中心で瞬くナンナに、自分がどんな顔を向けていたのかもわからない。

「――ナンナ」

ただ……少し、声が強《こわ》ばっていたからだろう。ナンナの目が大きく見開かれる。

しまった。怖がらせただろうか。ルヴェイ自身も言葉に詰まり、口を閉じる。

こういうとき、口べたな自分がもどかしい。今の思いを上手《じょうず》に言葉にすることができなくて、咄嗟《とっさ》に彼女の手を引いた。そして、ざわめく騎士たちをよそに、訓練場を後にする。

「ちょ。えっ⁉　……ルヴェイさま⁉」

あたふたする彼女をなかば強引に攫《さら》う形になってしまった。

でも――戸惑いながらも、彼女はルヴェイを信じて、その手を強く握り返してくれたのだった。

「……っ」

握った彼女の手が、少し熱い。

彼女の存在だけが、いつもルヴェイを救ってくれる。

つまらない嫉妬と苛立《いらだ》ちで、会話ひとつまともにできなくなってしまった不甲斐《ふがい》ない自分に、彼女は怒ったり失望したりなんてしない。一方のルヴェイはというと、不機嫌にさせてしまったのではと不安で、彼女の顔を見ることすらできないのに、だ。

繋《つな》がった手ひとつで、彼女はこうもルヴェイを安心させてくれるのだ。

それは彼女だけにしかできないことで、やっぱり、ルヴェイの心の中心には彼女がいることを思い知らされる。

訓練場から出て、ようやく人の目から隠れたところで、いよいよ我慢できなくなって、ルヴェイは彼女の手を強く引いた。

自分の胸に飛び込んできたナンナを受け止め、驚いて顔を上げた彼女の唇に、己の唇を寄せる。

「！」

――ああ、ようやくだ。

満たされる心地がした。

彼女の唇は柔らかくて、乾いた心にたっぷりと水を与えられたようだった。もっと、もっとと欲が膨らみ、その唇をこじ開ける。

緊張で彼女の身体が強ばるけれども、それもわずかのこと。彼女は目を細め、やがてルヴェイに身体を預けてくれる。

彼女の震える舌を捕らえて、絡ませる。彼女の熱をもっと感じたくて執拗《しつよう》に口内を舐《ねぶ》ると、絡んだ唾液《だえき》がくちゅりと音を立てた。

彼女の睫毛《まつげ》がふるふると震え、翠色《みどり》の瞳が色彩を変える。いつもは快活できらきら輝く彼女の瞳がうるみを帯び、普段は夜だけに見せるその切なげな表情にくらりとした。

「――っ」

……早く、彼女の家に帰りたくなってきた。

このまま、彼女のすべてを貪ってしまいたいが、さすがに場所が場所だ。どこでも盛《さか》るような猿ではなかったはずなのに、彼女を求める欲が抑えきれない。

自分で自分の変化に愕然《がくぜん》としながらも、ルヴェイはなんとか押し止まった。

「ナンナ――」

まるで自分のものとは思えないほどの甘い声が漏れる。さっと彼女の頬が赤く染まるのを見て、ルヴェイの顔まで火照《ほて》ってしまいそうだ。

「ルヴェイさま。その……人、が……」

「わかっている。すぐに、戻る」

すぐに、などと言いながらも、縋るように彼女を抱きしめる。

「だが。……俺《おれ》だって、嫉妬くらい、する」

ぽろりとこぼれ落ちた本音に、彼女の身体がぶるりと震えた。

「狭量な男で、すまない。本当に、わかってはいるんだ」

それでも、胸の奥で膨らむ気持ちを抑えきれなくて、こんなにも振り回されてしまう。

「――今夜、仕事が終わったら、君の家に立ち寄っても？」

「……っ」

彼女が息を呑むのがわかった。

「この、続きを。……だめだろうか？」

彼女は決して否定することはなく、おずおずと、抱きしめ返す腕に力を込めてくれる。

（……俺は、幸せ者だな）

ひとつでもいい。未来に、彼女との約束が欲しい。

こんなに自分がわがままだったなんて、彼女と出会うまで、知らなかった。

◆◇◆

――あのあと、すぐに訓練に戻ったものの、カインリッツにはさんざん冷やかされた。

他の騎士たちからも、なにやらニヤニヤした目を向けられて、「ルヴェイさん、今度、飲みましょう！」なんて誘われてしまった。

ルヴェイ自身は酒が一滴も飲めないのだが、カインリッツの様子から察するに、後日強引に飲み会が開催されそうだ。

つまり、まんまとカインリッツの思惑通りになってしまったというわけだ……。

「ルヴェイ、さま……？」

「ん――」

自身がつけた所有の証《あかし》を見つめてようやく、昼間の苛立ちが収まっていく。

「あっ、んん……」

もっと。もっと彼女が、自分のそばにいることを確かめたい。こうして独り占めできている事実を噛みしめたい。

昼間は我慢する。だから、せめて夜はと希《こいねが》い、数多《あまた》の口づけを落としていく。

彼女の蜜《みつ》口を掻《か》き混ぜると、ねっとりとした愛液がルヴェイの指に絡みついてきた。

「ナンナ、ここ、好きだろう?」

「あぁ……ま、って、くださ……っ」

「声、我慢しなくていい。もっと聞かせてくれ」

「ひゃあぁんっ」

中指で膣内のざらざらしたところを擦《こす》ると、彼女の身体が大きく跳ねた。羞恥《しゅうち》でぎゅっと己の腕を抱く彼女がたまらなく愛らしく、同時にもっと意識してほしくなる。

執拗なくらいに膣内を捏ね回すと、くちっくちっと淫靡《いんび》な水音が部屋に響きはじめる。

自分の手でこんなにも気持ちよくなってくれている事実が嬉しく、ルヴェイは口の端を上げる。

すっかりと柔らかくなったそこは、ひくつきながら、ルヴェイを誘った。

「ルヴェイさまぁ……」

甘ったるい彼女の声に誘われるように、ルヴェイも我慢が利かなくなる。

「欲しい、か?」

何が、欲しいか、だ。我慢できないのは、ルヴェイの方なのに。

でも彼女は素直にこくこくと頷き、目を細める。

「ん、ほし、ぃ。ほしいです……っ」

ねだられて、甘えられて、満たされる。

彼女はこうして身体を重ねるとき、ルヴェイにしがみつきたがる。そんな素振りを見せてくれるたびに、ルヴェイの独占欲が疼《うず》くのだ。

「わかった。俺に、掴《つか》まって」

「は、ぃ……っ、んんん……っ」

ルヴェイだってずっと我慢していた。

彼女の媚態《びたい》にあてられて、ルヴェイのモノはすっかりと硬く、熱くなっている。

早く彼女とひとつになりたくてたまらない。指を引き抜き、彼女にのしかかった。

彼女の股《また》を開かせ、己のものを彼女の膣内に埋めていく。彼女の甘い吐息に、ますます煽《あお》られ、堪《こら》えきれずに一気に腰を押しつけた。

「ひゃ！　ああ……っ」

突然の衝撃に、彼女の身体が仰け反る。離すまいと強く抱き込むと、彼女もまたぎゅうぎゅうに抱きしめ返してくれる。

「く……っ」

繋がっている部分が熱い。彼女の膣内はきつく、ひどく気持ちよかった。

彼女は根元までしっかりと彼の剛直を受け入れてくれ、ようやく、という想いが溢《あふ》れ、多幸感に包まれる。

「ひゃ……ぁん、そこ……っ」

「ん。ここだな」

わかっている。彼女はこの奥のところを擦られるのに弱いらしい。

支配欲に似た感情に突き動かされ、腰を揺する。円を描くようにして奥を掻き混ぜると、くちくちと、淫靡な水音が室内に響きわたり、彼女の身体が震えた。

彼女の膣内がひくつき、次第に彼女の吐息に甘さが含まれていく。

「ふぁ……ぁん、んっ、ルヴェイ、さまぁ……っ」

名前を呼ばれると、ますます己の猛《たけ》りに熱が集中するのがわかった。もっと彼女に呼んでほしくて、何度も何度も彼女を穿《うが》つ。

「ナンナ」

「ん、あぁ……っ」

彼女の翠色の瞳《め》がうるみを帯び、揺れた。

はくはくと息を吐きながら、その快楽に身を委《ゆだ》ねる彼女は恐ろしく淫靡で、ルヴェイを虜《とりこ》にする。

(彼女のこの顔を見られるのは、俺だけ)

昼間の彼女からは想像もできないほどに淫らで、美しい。

「ルヴェイ、さまぁ……っ」

こうして、求めてくれるのも。抱きしめてくれるのも。自分にだけ。

それがどれほど幸福なことなのか、改めて思い知る。

彼女はとても大らかで、優しくて。今も快楽に溺《おぼ》れて必死になりながらも、ルヴェイの気持ちを汲《く》み、受け止めようとしてくれているのだろう。

彼女の手が何かを探し求めるように宙を掻いた。

それを掴み取り、ベッドに縫いつけるようにして、彼女と手を繋ぐ。すると、彼女が満足げに目を細め、淫らに微笑んだ。

「もっと……もっと、くださ、くださ、い……っ」

額を汗でびっしょりにしながら、彼女はそう告げる。

くださいだなんて殊勝な言葉を使ってくれているけれど――、

「ふふっ。もっと。いっぱい、好きに、動いて……んんっ」

――彼女は、いつも、ルヴェイに甘える理由をくれるのだ。


彼女の膣内にたっぷりと精を吐き出し、それでも、すぐに抜く気なんて起きなかった。

もっと彼女と繋がったままでいたい。そう願いながらナンナに寄り添うと、くったりしていた彼女が、ふふ、とかすかに笑った。

「ナンナ……？」

そんな彼女に顔を寄せると、彼女はルヴェイの髪にそっと手を伸ばし、撫《な》でるように髪を梳《す》いた。

「ルヴェイさま、だけですよ？」

「え？」

「なにも、心配いらないです。ルヴェイさまだけが、特別で。皆さんとは、違って見えますから」

それは、昼間の答えなのだろうか。

ルヴェイが吐露した言葉に対する、彼女の。

「だから。不安になったら――こうして」

ちぅ、と、彼女から口づけが落とされて、ルヴェイは瞬く。

「たくさん。甘えてください。全部、ぶつけていいですから」

小さな嫉妬にも、彼女はこうして向きあって、ルヴェイの汚い気持ち全部まるごと包んでくれる。

彼女と巡り会えた幸福に感謝しながら、ルヴェイはもう一度強く、彼女をぎゅっと抱きしめた。

文庫版書き下ろし番外　初めてのデート

　降星祭《こうせいさい》から一週間と少し。今日のナンナはいつにも増してごきげんだった。

　この日はルヴェイとふたり揃って休日で、彼と一緒に街へ出て来ていた。晴れて恋人同士になってから初めてのデートである。

　ルヴェイの仕事がこれから忙しくなるようで、その前に一度お出かけしようと誘ってもらえたのだ。改めて、彼との関係が一歩進んだことを意識してしまう。

　今日は繋《つな》いだ手がいっそう熱い気がする。ちらっとルヴェイの方に目を向けてみると、彼も彼で視線をあっちに向けたりこっちに向けたり、どうも落ち着きがない。

　彼もこの日は影に潜るつもりもないらしく、生成り色の爽やかなシャツにベージュのベスト。それから、焦げ茶色のパンツというカジュアルな格好をしている。顔立ちこそ異国人らしさはあるが、ごく自然に街の中に溶け込めるような、一般人の格好だ。

　普段の真っ黒な彼にもときめくけれど、それはそれ、これはこれ。今の彼の姿が、新鮮に思えてドキドキしっぱなしだ。

　ふとルヴェイと目が合うと、彼も頬《ほお》を赤くした。繋いだ手にぎゅっと力が込められ、ナンナもますます意識するばかり。

（今日は一日一緒なんだよね。……出だしからこれで、わたしの心臓持つかな？）

　南の広場でマーケットが開かれているので、まずはそこを見に行く予定だ。もちろんその後も、ルヴェイはいろいろ予定を立ててくれているようだ。

家に迎えに来てくれたときから彼の瞳《ひとみ》は使命感に充ち満ちていた。きっと、今日のデートをどう過ごそうか、真剣に考えてくれたのだと思う。

「今日は」

「――はいっ」

唐突に話しかけられて、ナンナは瞬く。

少し声が裏返った。ナンナもナンナで、ちょっと緊張しすぎかもしれない。

「一日、一緒にいられて、その……嬉しい」

「わたしも、です」

一応、大人の男女ではある。主に治癒《ちゆ》のためだったとはいえ、身体だって何度も重ねた。でも、互いに初めての恋人ということで、どうしたらいいのかさっぱりわからない。

「天気がよくてよかったですね」などと当たり障りのない会話をしながら、ふたり一緒に目的地に向かった。

「わああ、すごいですね！」

休みの日のマーケットは非常に混み合っており、その賑《にぎ》やかさにナンナは目をキラキラさせた。

そういえば、遊ぶためにマーケットに来ることは初めてだ。

ワイアール家にいたころは、世間一般の休日にまともに休めたことなどなかったし、ルヴェイに助けられてからも、まだ足を運んでいなかった。

市場の活気とはまた雰囲気が違い、子連れの家族や恋人同士の姿も多く、非常に賑わっている。

個人出展のアクセサリーやら衣類、小物を扱っているお店も多く、目移りしてしまう。

先ほどまでの緊張もどこへやら、ナンナの心は浮き立った。どんなお店があるのか気になって、ふらふら先に行ってしまいそうなところを、ルヴェイにやんわりと止められる。

「——人が多いから気をつけてくれ。大丈夫。ゆっくり、見よう」

「あ！　——はい。ふふふ」

優しい眼差《まなざ》しで見守られ、少し気恥ずかしい。子供みたいな反応を見せてしまったと反省するも、彼は楽しげに笑ってくれているから、まあいいかと開き直る。

そうして、恋人同士になってからの初デートを、だんだんと自然に過ごせるようになったころのことである。


「——きゃっ⁉」

ナンナの足元に、後ろから何かがぶつかった。

「どうした、ナンナ⁉」

さすがに足元はルヴェイも警戒しきれていなかったのか、ナンナの悲鳴に慌てて反応する。ぎゅっと身体を抱き寄せられ、一体何があったのかと振り返ったところで——、

『り！　り！　り！』

——目が合った。

きゅるんとした黒い瞳をキラキラさせた小動物と。

「ね、おかあさん！　あそこ！　鈴色ウサギがいるよ！」

「まあ、ほんとね！」

なんて、周囲の声まで聞こえてくる。

ふわふわもこもこ、淡いオレンジがかった茶色い毛並みをしたウサギのような生き物がいる。

鈴色ウサギという名は、色彩ではなく声色を示すもので『りん！　りん！　りり！』と鈴のような愛らしい声で鳴いている。鳴くたびにお耳がぴょこぴょこ動いて実に可愛《かわい》らしい。

「わあ！」

ナンナの故郷ルドのあたりでは、たまに見かける魔獣であった。

魔獣とはいっても、獣との違いは魔力を持つ種かどうかということだけだ。

鈴色ウサギは別名〈魔喰《まぐ》いウサギ〉という物々しい名前もついているのだが、それは外から魔力を補給することで冬眠に備えるという性質があるからだ。魔力をエネルギーの一部として変換する特性を持った、少しだけ変わったウサギというだけで危険はない。それどころか、その知能の高さと飼いやすさ、さらに可愛らしい見た目と鳴き声で、愛玩動物として非常に人気がある。

現に、目の前の鈴色ウサギもまた、首に銀のコインがついた首輪をしているようだった。

「誰かの飼いウサギちゃんが、逃げてきちゃったのでしょうか？」

不思議に思ってしゃがみ込むと、その鈴色ウサギはぴょうんと高く跳び上がり、ナンナの懐に飛び込んできた。

「きゃっ⁉」

「ナンナ⁉」

勢いに押されて、後ろに倒れ込みそうになってしまう。が、そこはさすがのルヴェイといったところか。彼の生み出した影に支えられ、尻もちをつくのは免れた。

『りり！　りり！　り！　りりりん!!』

ぱたぱたと、鈴色ウサギはお耳をばたつかせて大興奮のようである。

ルヴェイの影をクッションに、転がるナンナの胸の上に乗っては大忙し。すんすんとナンナに鼻を擦りつけて匂いを嗅いだり、ぺろぺろと舐《な》めてきたり。それがあまりに可愛いやらくすぐったいやら。突然のことで驚きはしたけれど、ついつい頬を緩めてしまう。

だが、ふわもこ幸せタイムはそう長くは続かなかった。

黒い影がにょきっと伸びてきたかと思うと、鈴色ウサギを掴《つか》んで、持ち上げてしまったからだ。影に捕らわれた鈴色ウサギは必死でバタバタするも、影がその子を手放すことはない。

やがてルヴェイが片手で鈴色ウサギの背中をがしっと掴み、もう片方の手をナンナに差し出してくれる。

「大事ないか？」

「はい。――あの、ありがとうございます」

素直に彼の手を掴んで立たせてもらうも、ルヴェイの視線は鈴色ウサギの方へと向いたままだった。

なんだか、ルヴェイの表情が怖い。明らかに鈴色ウサギを警戒した様子で、凝視している。

「俺の許可なくナンナに近づくな。食うぞ」

実に物騒な言葉である。

「あの、ルヴェイさま。その子、誰かの飼いウサギちゃんだと思うので、食べるっていうのは」

「家畜だろう？　食用ではないか」

「いえ!?　全然違うと思いますけど!?」

ルヴェイにとっては、どうもペット＝家畜＝食用という図式が成り立ってしまっているらしい。

可愛いウサギちゃんのピンチ！　と焦ってしまう。ナンナはルヴェイから鈴色ウサギを奪おうとするも、彼はひょいとその子を高く持ち上げた。

「ちょっ……ルヴェイさま！」

「やめておけ、ナンナに襲いかかった魔獣だ。身体は小さくとも危険だろう？」

「別に襲いかかられていませんって！」

「しかし……」

じーっと訴えるようにルヴェイを睨《にら》んでみると、彼も少しばかり怯んだようだった。

『り、り、りん！』と、鈴色ウサギは元気に暴れ回り、しゅるりとルヴェイの手からすり抜ける。それから再びナンナに跳びかかってきた。

慌てて両腕を差し出して、受け止める。その柔らかな感触に、つい笑みが溢《あふ》れてしまうと、その子も幸せそうにすんすんとナンナに擦り寄った。

「か、可愛い……っ」

たちまち、ふわもこの幸せに包まれてしまう。

ナンナの腕の中ではその子も幸せそうで、耳をぴこぴこしながらひっついてくる。撫でても全然嫌がらず、ふすふすと鼻を近づけてくるばかりだ。こんなの、デレるなという方が無理だ。

人に慣れているのか、甘え上手だ。ナンナの腕の中でころんと仰向けになり、すっかり寛いでいる。

「ナンナ……」

「ルヴェイさま、こんな可愛い子にいじわるしちゃだめです」

「い、いじわる……っ⁉」

ルヴェイの表情が強張った。一歩、二歩と後ろに下がり、この世の終わりとでも言うかのように、衝撃を受けている。

「し、しかし。ナンナ、家畜だぞ？　食用だ。あまり、愛情を抱いては――」

「愛玩動物です。こんなに綺麗《きれい》なのですから、きっとどなたかのご家族ですよ。家畜じゃありません。――っていうか、家畜だって、食べない動物もいるでしょう？」

「ウサギは食用だ」

「……」

なるほど。この価値観の違いは生まれ育った環境によるものなのか。どうも、ルヴェイには一部の常識がナンナのものと異なっているようである。

思わず絶句してしまうと、ルヴェイもさすがに感覚の違いを理解したのだろう。

「――わかった。君は、その小動物も馬のようなものと言いたいのか。なるほど」

さすがにまずいと思ったのか、フォローを入れてくれる気になったようだ。合っているようで、やはりちょっとずれているけれど。

旧フェイレン出身の彼にとっては、馬が最も身近な動物であったらしい。

「えっと……ちょっと違いますけど。とにかく、ひどいことしないでください」

「わかった。だが、だな」

譲れないものがあるらしく、彼はひょいとナンナから鈴色ウサギを奪い取る。

『りり！　りり！　りりり！』とじたじたする子をしっかり抱きしめ、それはもう、堂々と言い放った。

「こいつは雄だ」

「え」

「どう見ても、君に気があるようだし……その」

「……」

「…………許せ」

取り上げさせろ、ということなのだろう。ナンナのジト目に耐えきれなくなったのか、彼はそっと視線を外した。

まったく、こんないたいけな小動物に対抗心を燃やすだなんて。彼らしいといえばそうなのかもしれないけれど。

（ルヴェイさま、もう少し情操教育が必要かも）

普段は大らかなナンナも、さすがに大きくため息をついた。

「でも、この子、どこのウサギちゃんなんでしょうね」

人通りの多い広場を、ルヴェイをふたり並んで歩く。

「そうだな。まあ——そのうち見つかるだろう」

ルヴェイはなんとも複雑な表情を浮かべていた。

鈴色ウサギの飼い主を探すことにしたが、この人混みだ。探すのは容易ではないだろう。

ひとまずマーケットの運営本部に助けを求めようと、飼い主を探しがてら移動しているわけだが。

——正直、どうにも耐えられなくなって、ナンナはそっと目を背けた。

だって、油断すると、噴《ふ》き出しそうになってしまう。

いや、わかるのだ。ナンナだって気になる。つい目を向けちゃう人々の気持ちは。でも——！

『り！　りりり！　りん！』

「おい。じたじた暴れるな。さっきまでご満悦だったろう！」

『りら！　りりり！』

組み合わせが、不可思議すぎて。

たしたしたし。と短い前足で何かを主張するふわもこ鈴色ウサギは、黒いもさもさの上に鎮座していた。——つまり、ルヴェイの頭の上に。

眼光鋭いルヴェイと、小さな天使。その謎の組み合わせが、一周回って微笑ましく思えてしまって、ナンナは笑いを堪《こら》えるのに必死だった。

(ウサギちゃんも、なんだか楽しそうだし)

最初こそ、鈴色ウサギはルヴェイに抱きかかえられるのを嫌がった。ナンナの腕の中に逃げ込もうとする鈴色ウサギと、それを阻止したいルヴェイの格闘の末、この子もここならばまあ許そうと、安寧の地を見つけたらしい。

そしてそれがルヴェイの頭の上だったというわけだ。

『りりりん！』

頭のてっぺんに乗っかって、ルヴェイを支配できた気にでもなれたのか、鈴色ウサギはすっかりご満悦。ぺしぺしとルヴェイの頭を叩いては勝ち誇った顔をしている。

「ふん、せいぜいよく鳴くことだ。ご主人さまに聞こえるようにな」

『りら！　りり！』

ルヴェイはというと、鈴色ウサギを邪険にしっぱなしだ。そのわりに鈴色ウサギが頭から落ちないようにと、しっかり影で支えて上げているあたり、とても優しい。

こうして、ひとりと一羽の攻防戦はルヴェイが折れる形で決着がついたわけだ。

結果的に、眉間に皺《しわ》を寄せまくった目つきの悪い人と、ふわもこ天使な鈴色ウサギとの組み合わせが爆誕してしまった。

鈴色ウサギの鳴き声は、美しくよく響く。それが余計に周囲の人々の目を引きつける。

こんな日に限って、ルヴェイは影に沈める服装ではなかった。普段だったらどろんと影に逃げ込んでいそうだが、それもままならない。鈴色ウサギに対して悪態をつきながらも、その両頬は真っ赤だ。

恥ずかしすぎてナンナと手を繋ぐ余裕もないのか、両腕をぎゅっと組んだまま、背を丸めて俯き気味で歩いている。

シャイな彼には少し酷な状況なのだろう。妙な微笑《ほほえ》ましさはあるけれど、さすがに可哀相になってきて、ナンナはくすくすと笑った。

（わたしが抱き上げてもいいんだけど、ルヴェイさま、拗《す》ねるだろうし。ウサギちゃんも、ルヴェイさまの頭に乗っかってもらっていた方が、目立つからいいよね。うん）

早く飼い主さんに見つけてもらわなきゃと、ナンナも一肌脱ぐことにした。

「鈴色ウサギちゃんの飼い主さん！　いらっしゃいませんかー？」

広場をとことこ歩きながら、大きな声で呼びかけてみる。

瞬間、ルヴェイがぎゅるんとこちらを向いた。大きく見開かれたその目が「もしかして俺もやるべきなのだろうか」と訴えかけている。

シャイな彼にはさすがに酷なことなので、ナンナは大丈夫と手を横に振ってみるも、鈴色ウサギの方が許してくれないらしい。てしてしてし、と。お前も叫べとばかりに、彼の頭を叩《たた》いている。

さすが魔獣というだけあって、知能はかなり高い。すでにナンナたちのことをよく理解しているようだった。だからこそぞんざいな態度で、早くやれとルヴェイをせっついている。

「………………あ、えと、ごほん」

わざとらしく何度か咳をしてみせて、ルヴェイもそっと、手を口の前にかざした。

「この、ウサギの飼い主…………………さん」

「ルヴェイさま、さすがにそれじゃあ誰にも聞こえないですよ」

シャイなところを頑張って、一緒に呼びかけてくれる気になったらしい。だが、まったくもって役には立たない声量である。

「……」

「ウサギちゃんの飼い主さーん！」

「…………さん」

「いませんかー!?」

「くっ……!!」

「ほらほら、ルヴェイさま、頑張りましょう！」

「か、かっ、飼い主、さぁーんっ！」

「それです！」

正直、この国の〈影の英雄〉に何をやらせているのだとも思うが、ちょっと楽しくなってきたから許してほしい。

てしてしと、鈴色ウサギに促され、らしくもない大声を張り上げるルヴェイと『りりり』な一羽。なんだかセットで、とても微笑ましい光景だ。

(本部に着く前に、飼い主さん見つかるかな)

なんて思ったところで、手をぶんぶんと振り回している少年と、その両親らしき人たちの姿が見えたのだった。


こちらの呼びかけに気づいてくれた家族は、王都に住む商家の人だったらしい。

小綺麗な服を着た少年が、すっかり泣き腫らしていた目をきらきら輝かせて、鈴色ウサギに手を伸ばしていた。

両親はさすがに情報通らしく、ルヴェイのことも知っていた。少し驚いたような顔を見せていたが、鈴色ウサギを見つけてくれたことに大変感謝し、深々と頭を下げたのだった。

どうやら、鈴色ウサギの名前はロニーというらしい。少年とは大の仲良しで、ロニーは彼の顔を見つけるなり、すぐに少年の腕の中に跳び込んでいった。

これで一件落着だ。めでたしめでたし。

ナンナもほっとひと息ついたところで、彼の両親がそっと教えてくれた。

「ロニーは、少し人見知りなところがあって。私たちとはぐれてからきっと、自分を助けてくれそうな、心地いい魔力を放つ方を探したのだと思います」

鈴色ウサギは〈魔喰いウサギ〉とも呼ばれるだけあって、人間の魔力の質に敏感だ。そしてナンナの魔力は、ロニーにとって魅力的だったらしい。

自分でも忘れがちだが、ナンナはそれなりに魔力を持っているのだ。しかし、さっぱり制御ができないため、普段から垂れ流し状態らしい。ロニーにとっては、その魔力がとても美味しそうに感じたのだとか。

(妙に懐かれたと思ったけど、そんな理由だったんだ)

垂れ流しているものだし、好きに食べてもらって構わないけれど、なんとも複雑な気分である。

「それから、騎士さまの魔力もきっと、気に入ったのでしょう。——とてもお優しい方ですのね」

なんて、ご夫人に優しく微笑まれ、ルヴェイはすっと視線を外す。

最初こそロニーを邪険にしていたが、なんだかんだ最後は仲良しだった。きっとルヴェイの魔力の質も、ロニーと接しているうちに柔らかくなっていたのかもしれない。

褒められるのにまだまだ慣れないのか、ルヴェイの頬が赤い。でも、ちゃんと喜んでいるらしく、口元がほころんでいた。

ロニーは、最後にルヴェイをてしてしと叩いてから、少年に連れられて去って行ってしまった。遠ざかっていく家族の背中を、ルヴェイはじっと見つめていた。

そんな彼の腕に、ナンナはそっと自分の腕を絡める。

「ちょっと、寂しいですね」

終始賑やかな攻防戦が繰り広げられていたが、ロニーとルヴェイはいいコンビに思えた。

ルヴェイは、余っている方の手で、自分の頭の上をぽふぽふ叩く。そこにあるべきもふもふがない寂しさを、今さらながら実感しているようである。

「ロニーちゃん、ルヴェイさまの優しさもお見通しだったみたいですよ？」

「……俺は、ヤツを取って食おうとした男だぞ」

「ふふっ、それでも、です」

ルヴェイはなんだかんだ世話焼きだ。ナンナ以外には素っ気ないところもあるが、それでも根の優しさは隠しきれない。

見た目はおっかなく感じるかもしれない。それでも、じっくりと話してみると、実直で、真面目で、誠実な人であるとよくわかる。

ロニーに対してもそうだった。最初こそ悪態をついていたものの、揺れないようにゆっくり歩いていたし、影であの子が落ちないように気を配っていた。

鈴色ウサギはとても頭がよくて、ルヴェイの本質をちゃんと見てくれていたのだろう。

「別に。ヤツが、少し、似ていたから。放っておけなかっただけだ」

「え?」

「君に。毛並みの色も。雰囲気も。とても」

「ええ?」

ルヴェイがとても複雑そうな表情をして、こちらを見ている。

「当たり前のように君に擦り寄るし」

「魔力が美味しそうだったらしいですね」

「それでも」

ルヴェイは、言いにくそうにぼそぼそと呟いた。

「君に抱かれたヤツが、とても似合いで。馴染《なじ》んでいて。家族みたいで。……少し、妬いた」

「ウサギちゃんですよ?」

「そうだが。君の、――――になるのは、俺なのに」

「え?」

微かな声が、周囲の喧噪《けんそう》にかき消される。

聞き直すも、彼はすぐにそっぽ向いてしまい、教えてくれない。

「いつか。ちゃんと言う。――だから、それまで、どうか待っていてくれ」

「……はい」

「あと。――その。ああいう、小さい生き物も、悪くないと思った」

「ふふっ」

いつか。本当にいつか。

彼と、彼の腕に抱かれたもふもふと、一緒に過ごす日が来たりするのだろうか。
早くそんな日が来るといい。そのようなことを、ナンナは思った。

あとがき

はじめまして、浅岸久と申します。

このたびは『影の英雄の治癒係』をお手にとっていただき、ありがとうございます。

WEBであれやこれやと好き勝手書かせて頂いた作品にこうしてお声がけ頂き、まさか書籍になって皆さまの手元にお届けできる日がやってくるだなんて。人生ってわからないものですね。

たしかあれは、高校三年生のとき。周囲が大学受験に向かって切磋琢磨しているなか――ほら、進路相談あるじゃないですか。担任の先生と面談して、「将来ですか？あー……小説家になりたいですね。なりかたわからないですけど」って真顔で答えて真顔でスルーされたあの日のことを思い出します。

わからないなりに、大人になってからもWEBでこつこつ小説を書いていたところ、このような素敵なご縁に恵まれ、今でも夢かなって思っています。

というわけで、本作は、二〇二一年四月にムーンライトノベルズさまにて連載させて頂いておりました物語を加筆修正し、書籍化したものとなります。

実は、書籍化するにあたり、ＷＥＢで本編として書かせて頂いた部分だと、ちょっと一冊にまとめるにはぎりぎりかも……というお話になりまして。思い切って前半部を中心に再構成して、たっぷり追加エピソードを書かせて頂く形になりました。

ナンナとルヴェイの物語を、もう一度、新しい形で書いてもいいの!?　と、とても贅沢な気持ちになりつつ、うきうき書かせて頂きました。

ですので、もしすでにＷＥＢでお読みの方がいらっしゃいましても、きっと新鮮な気持ちでお楽しみいただけるのではと思っております。

あとは、今回入りきらなかった後半のエピソードなども、また新しい形でお届けできるように、作者と一緒に祈りを捧げておいてくださいませ。


さて、この物語はもともと『魔法を使うたびに痣が増え、それに全身覆われたら死を迎えてしまうヒーロー』というネタをいつか書いてみたいと思いつつ、いやいやさすがに死を迎えるのは重すぎる、と踏み止まっていたものが原型となります。で、数年間熟成させた結果、痣が広がることにより魔力が封じられていくヒーローと、それを唯一治癒することができるヒロイン、という組み合わせに落ち着きました。

私は、基本ハイスペで格好いいはずなのに、欠点もいろいろ抱えた人嫌いの陰キャヒーロー（重たい過去持ち）が、朗らかでお日様のような包容力のあるヒロインによしよしされて、前向きに生きていくようになるっていう物語が大好きなんですよね。

一緒にいるからこそしっくりくるふたり、みたいなものを目指して、この物語を綴らせて頂いております。

そんな陰キャヒーローのルヴェイですが、もっさりヘアーに三白眼・顔まで広がる痣持ち・全身真っ黒・しかも身長もいうほど高くない――と、作者の趣味をこれでもかと乗っけた結果、商業化するにはちょっとやりにくいヒーローなのでは――と、今回のお話を頂いた当初、内心申し訳ない気持ちを抱えていたりもしました。

ところがです。そんな彼を、亜子先生がまさに理想的な素敵ビジュアルに落とし込んでくださいました！

クセの強さをしっかりと感じる美形。関わるとめんどくさそうな影のあるイケメン。この人、絶対重たい過去持ってるでしょ、というのが一目で分かる陰キャヒーロー。一筋縄ではいかない彼を、ドンピシャなビジュアルに仕上げてくださり、亜子先生にはいくら感謝してもしきれません。本当にありがとうございました。

特に、ピンナップのラフをはじめて拝見したときに、陰キャでありながらも、オフではこだわり強めなおしゃれ着ルヴェイの解釈一致具合に本気で天を仰ぎました。

ヒロインのナンナもとっても表情豊かに描いてくださって、亜子先生のイラストを拝見してから、脳内でナンナがよりいっそう元気に動き回るようになりました。

なんと、びっくりなことにこの物語、ゼロサムオンラインさまにて、コミカライズ企画が進行中でして。作画もそのまま亜子先生がご担当くださるとのこと！

何から何まで、亜子先生にお世話になりっぱなしです。本当に感謝しております。

ナンナとルヴェイの物語が亜子先生の手によって漫画になり、より親しみやすい形で公開されることが、私自身も大変嬉しく、今から楽しみでなりません。

どうか、読者の皆さまにも、私と一緒に楽しんで頂けたらいいなと思います。

最後になりましたが、このような素晴らしい機会をくださり、とても自由に書かせてくださった編集部の皆さま、制作に携わってくださった方々、そしてこの物語をお読みくださった皆さまに、心から感謝を申し上げます。ありがとうございました。

今後も、私自身が楽しみながら、読者さまにも楽しんで頂けるようなお話を書けるよう頑張っていきます。

では、またいつかお目にかかれますように！

影《かげ》の英《えい》雄《ゆう》の治《ち》癒《ゆ》係《がかり》

浅岸 久

2023年2月5日　初版発行

著者　浅岸 久
発行者　野内雅宏
発行所　株式会社一迅社
〒160-0022 東京都新宿区新宿3-1-13　京王新宿追分ビル5F
電話　03-5312-7432(編集)
電話　03-5312-6150(販売)
発売元：株式会社講談社(講談社・一迅社)
印刷・製本　大日本印刷株式会社
DTP　株式会社三協美術
装丁　AFTERGLOW

ISBN978-4-7580-9524-2

●本書は「ムーンライトノベルズ」(https://mnlt.syosetu.com/)に
掲載されていたものを改稿の上書籍化したものです。
●この作品はフィクションです。実際の人物・団体・事件などには関係ありません。

MELISSA
メリッサ文庫